W0281792

fiancés sans amour

J'AI LU

Barbara Cartland est une romancière anglaise dont la réputation n'est plus à faire.

Près de trois cents romans variés et passionnants mêlent aventures et amours.

Les Éditions J'ai Lu *en ont déjà publié plus de quarante que vous retrouverez dans le catalogue gratuit disponible chez tous les libraires.*

Désormais les Éditions J'ai Lu *publient également* Les romans préférés de Barbara Cartland, *un choix des livres qui ont enchanté sa jeunesse.*

BARBARA CARTLAND

fiancés sans amour

traduit de l'anglais par Marie-Thérèse Boinais

Éditions J'ai Lu

Ce roman a paru sous le titre original :

THE DANGEROUS DANDY

NOTE DE L'AUTEUR

Le lecteur découvrira dans les pages suivantes divers personnages qui ne sont pas fictifs : la duchesse de Devonshire, lord Alvanley, lord Worcester furent des amis intimes du roi George IV qui n'était encore que prince de Galles à l'époque où se situe l'action (1779). Et lord Yarmouth, futur marquis de Hertford, fut le fondateur de la très célèbre collection Wallace dont le premier fonds provenait essentiellement des collections réunies par George IV dans sa demeure de Carlton House.

Le reste de ces collections d'objets d'art, de meubles et de peintures est demeuré en possession de la famille royale d'Angleterre et appartient aujourd'hui encore à Sa Majesté la reine Elisabeth II.

On peut encore voir, de nos jours, dans Bond Street, à Londres, la boutique de l'apothicaire Paytheus & C° qui prit, peu de temps après l'époque où se situe ce roman, l'enseigne de Savory & Moore.

B. C.

1

– Je pense que vous allez vite vous apercevoir à vos dépens que votre position est plutôt dangereuse...

Cet avertissement avait été lancé par une belle voix d'homme, chaude et grave. La jeune fille, qui était montée sur le parapet, appuyée contre une grande urne de pierre, poussa un cri de surprise.

Il y avait un homme juste en dessous d'elle, au milieu de l'allée qui longeait la balustrade séparant le parc du fleuve. En dépit de la faible clarté des étoiles, on voyait bien qu'il était de la plus grande élégance : c'était de toute évidence un dandy à la dernière mode.

Sa chemise à jabot et sa volumineuse cravate faisaient une large tache blanche qui se détachait sur la masse sombre des buissons.

Ils se regardèrent un moment, en silence. La brise qui montait de la rivière s'engouffrait sous la jupe ample de la jeune fille qui semblait se balancer dans le vide au-dessus des flots noirs, sur le point de s'envoler.

Elle dit d'un ton dédaigneux, le regard lointain :

– Je suis... parfaitement bien. Laissez-moi!

Le gentilhomme rétorqua :

– J'ai pourtant la désagréable impression que je

cours le risque de devoir bientôt mouiller le bel habit que j'étrenne ce soir... J'en serais navré : mon tailleur s'est donné beaucoup de mal! Aussi je tiens à vous prévenir : le courant est particulièrement violent à cet endroit.

– Je le sais aussi bien que vous! murmura-t-elle. (Sa voix était imperceptible. Elle ajouta, en voyant que le gentilhomme ne s'en allait toujours pas :) Cela ne vous regarde pas!

C'était une sorte de défi : il ne s'y trompa point, et répliqua aussitôt sur un ton enjoué :

– Vous n'avez pas de chance! Je suis incapable de résister à mes instincts de Bon Samaritain... Il m'est donc impossible de passer mon chemin en vous laissant juchée là.

Cependant, au-dessus de sa tête, la jeune fille continuait à se balancer dangereusement dans le vide. Le silence de cette chaude nuit d'été était absolu.

Elle se décida enfin à dire d'une voix étouffée qu'il avait du mal à comprendre :

– C'est la seule chose qu'il me reste à faire...

– En êtes-vous bien certaine? demanda-t-il très vite.

– Absolument certaine!

– Nous allons quand même discuter la chose ensemble! Vous pouvez avoir confiance en moi. Et, si vous avez un problème, je trouverai le moyen de tout arranger.

– Oh! Non! Pas en ce qui me concerne!

– Oh! Oh! Je gagerais bien que si! Voulez-vous parier avec moi?

L'intonation un peu moqueuse de la belle voix bien placée de l'inconnu déchaîna la colère de la jeune fille qui se retourna pour le toiser en lui disant brutalement :

– Allez-vous-en! Vous n'avez pas le droit de vous

mêler de mes affaires! Retournez au bal : vous n'aurez plus à avoir peur de mouiller votre beau costume neuf!

Elle avait voulu donner un tour persifleur aux derniers mots, mais sa voix était serrée par la peur ou l'émotion.

Il ne se laissa nullement démonter et déclara d'un ton ferme :

– Mais moi, je veux parler avec vous ! Et je vous donne ma parole que, si vous parvenez à me convaincre que vous avez raison de faire ce que vous voulez faire, je vous laisserai tranquille.

Tout en parlant, il avait levé le bras droit. Il lui tendait la main avec l'assurance de quelqu'un qui s'attend à être obéi. Il avait mis tant d'autorité dans son geste que la jeune fille lui saisit machinalement la main. Elle avait les doigts glacés.

Il la tira doucement vers lui, sans brusquerie, pour la faire descendre. Finalement, elle lâcha le vase auquel elle s'était agrippée et sauta sur le gravier de l'allée.

Elle était petite et toute menue. Elle avait d'immenses yeux inquiets qui paraissaient trop grands pour son mince visage triangulaire, en forme de cœur, en partie masqué par les boucles d'une opulente chevelure blonde.

Elle leva la tête pour dire d'un ton suppliant :

– Laissez-moi... partir!

Il la tenait toujours par la main. Mais ce n'était pas à cette étreinte qu'elle faisait allusion. Il comprit parfaitement le sens qu'elle avait donné à « partir ».

– Pas avant que vous m'ayez expliqué clairement pourquoi vous avez décidé de vous jeter dans la Tamise!

L'inconnu était grand et mince. Sa carrure athlétique ne nuisait pas à l'élégance de sa silhouette. Toute sa personne respirait la force et la décision.

La jeune fille comprit immédiatement qu'il ne lui servirait à rien de tenter de s'enfuir en courant. D'ailleurs, elle se sentait faible et désemparée depuis qu'il l'avait empêchée de mettre son projet à exécution. Elle avait du mal à rassembler ses idées et son énergie.

Les échos de l'orchestre qui jouait dans le lointain lui parurent soudain s'amplifier. La musique du bal la rappela à la réalité, et elle jeta un coup d'œil apeuré derrière elle.

Elle balbutia, inquiète :

– On risque de venir... On doit me chercher...

– Dans ce cas, je vais vous emmener avec moi dans un endroit où personne ne nous découvrira, déclara l'inconnu d'un ton ferme et impassible.

Il prit la jeune fille par le bras et l'entraîna à travers les buissons jusqu'à une petite tonnelle qui se trouvait au bord de la rivière où les lilas en fleur et les seringas embaumés qui l'entouraient de toutes parts la dérobaient aux regards indiscrets, l'isolant du reste du jardin.

Un lampion chinois était suspendu au gros arbre qui la surplombait. Sans doute avait-il été placé là à l'intention des invités qui auraient pu désirer quitter le bal. La chandelle allumée à l'intérieur de cette lanterne de papier jetait une lueur dorée sur la verdure environnante et se reflétait sur les flots sombres et clapotants de la Tamise. Il y avait sous la tonnelle un banc avec des coussins. L'inconnu fit asseoir la jeune fille et prit place à côté d'elle.

Au moment où il se penchait pour s'asseoir, son visage fut éclairé par la lumière du lampion, et la jeune fille s'écria sans réfléchir :

– Oh! Mais vous êtes le fameux dandy!

Il ne put réprimer un sourire :

– Vous me voyez très honoré de voir que vous semblez me connaître.

– Oh! Veuillez m'excuser! Je n'aurais pas dû dire cela. Je suis confuse... Mais, vous savez, je vous ai aperçu un jour, en me promenant au parc : vous conduisiez un magnifique attelage, aussi ai-je demandé à qui appartenaient ces chevaux...

Elle se remémorait la scène. Elle revoyait la moue dédaigneuse de sa mère qui lui avait répondu d'un ton sarcastique qui trahissait son antipathie : « C'est lord Dorrington : un dandy coquet et paresseux, un bon à rien! Inutile d'avoir des vues sur lui, c'est un célibataire endurci : un de ces gandins qui ne pensent qu'à leur élégance et gaspillent leur fortune chez le tailleur! »

La jeune fille n'avait pas répondu. Elle avait cependant constaté que, tout dandy qu'il fût, cet homme savait conduire ses chevaux avec un brio exceptionnel. Et elle s'était demandé ce qu'il avait bien pu faire à sa mère pour susciter une telle hostilité...

La voix de lord Dorrington la fit revenir à la réalité :

– Je crois que nous devrions commencer par le commencement, lui disait-il. Comment vous appelez-vous?

– Aline! Et je suis la fille de lady Maud Camberley.

Il se contenta de répondre d'une voix neutre :

– J'ai eu l'occasion de la rencontrer.

Lord Dorrington se souvenait parfaitement de cette femme trop maquillée qu'il avait trouvée en face de lui, un soir, à la table de jeu d'un tripot, car la partie s'était fort mal passée. Il regardait avec étonnement la jeune fille assise à côté de lui et se demandait comment elle pouvait être la fille de cette tricheuse invétérée...

Le joli petit visage en forme de cœur auréolé de cheveux blonds qui brillaient sous la clarté de la lanterne avait quelque chose d'étrangement attirant. Aline était certainement toute jeune. Ses lèvres, frémissantes en ce moment, paraissaient douces et sa bouche révélait une grande sensibilité.

Elle était très pâle; elle avait dû, pensa-t-il, traverser une profonde crise pour se décider à faire ce dont il l'avait empêchée; elle devait être à bout de nerfs. Deux petites taches rouges sur ses joues trahissaient son émoi et faisaient paraître plus pâle encore son teint de lait.

Elle ne regardait pas lord Dorrington. Son regard restait rivé sur l'eau sombre du fleuve qui coulait à quelques mètres d'eux. Un désespoir infini emplissait ses yeux.

Elle croisait et décroisait ses doigts froids et crispés au creux de son ample jupe couverte de ruchés et de volants de dentelle. Sa toilette, pour sophistiquée et coûteuse qu'elle fût, n'était pas de bon goût et ne lui seyait pas.

Elle avait l'air tellement abandonnée et sans défense que lord Dorrington, dont le ton était généralement persifleur et mondain, s'astreignit à prendre une voix douce pour lui demander :

– Allez-vous me dire enfin ce qui vous bouleverse tant?

Aline secoua la tête :

– A quoi bon?... Vous ne pouvez pas m'aider... Personne ne peut m'aider!

Il insista doucement :

– Pourquoi croyez-vous cela? Et comment pouvez-vous en être aussi assurée?

– Parce que... Si je retournais dans la salle de bal, on annoncerait sur-le-champ mes fiançailles.

La voix de lord Dorrington se fit plus douce encore.

– Et vous ne voulez pas épouser l'homme que l'on vous destine, n'est-ce pas?

Elle cria presque :

– J'aime mieux mourir! Oh! Pourquoi donc m'en avez-vous empêchée tout à l'heure? Ma décision était bien prise, je vous assure!

– Et, cependant, vous avez hésité..., observa-t-il d'un ton calme et attentif.

– L'eau semblait si froide... et si... noire! Mais on dit que ce n'est pas une mort pénible... La noyade est très rapide quand on... on ne sait pas nager...

La voix d'Aline n'était qu'un souffle. Elle tremblait de peur. Lord Dorrington l'interrompit :

– Ce n'est pas une façon de mourir pour quelqu'un de votre âge, ma petite fille.

– Mon âge n'a aucune importance. et... si je suis condamnée à l'épouser, lui...

– Mais qui est-ce? demanda lord Dorrington.

– Le prince Ahmadi du Khariz.

L'aversion qu'exprimait la voix d'Aline était si violente qu'on aurait cru qu'elle parlait d'un serpent.

– Le prince Ahmadi? En effet, j'en ai entendu parler, mais je ne le connais pas personnellement.

– On le voit partout à Londres. Les gens le trouvent charmant parce qu'ils apprécient sa fortune. Il est très, très riche! dit-elle d'un ton désabusé.

En écoutant la jeune fille, lord Dorrington se souvint avoir entendu dire que lady Maud Camberley empruntait toujours de l'argent à tout le monde. Il demanda :

– L'argent a-t-il beaucoup d'importance pour vous?

Aline soupira :

– C'est pour maman qu'il en a! Elle tient à me marier à quelqu'un de très riche. Elle n'a cessé de me le répéter avant mon retour au couvent.

– Au couvent? Mais quel âge avez-vous donc? se récria lord Dorrington, stupéfait.

– J'ai dix-sept ans et demi. L'été dernier, je suis allée à Bath avec maman. Elle m'a emmenée à tous les bals et dans toutes les réceptions. Mais j'étais une gêne pour elle; j'ai fini par le comprendre. Elle n'était pas contente de moi; je n'avais pas le succès qu'elle escomptait. Alors j'ai demandé à retourner au couvent avec mes compagnes à la rentrée.

– Vous aviez vraiment envie d'y retourner? s'étonna-t-il.

– Oui. Et j'aimerais mieux y être encore, au lieu d'être obligée d'aller dans le monde. Au moins, au couvent, j'ai le temps de lire et d'étudier!

– Vous aimez donc l'étude? demanda avec surprise lord Dorrington.

Aline soupira :

– C'était merveilleux quand mon père était vivant! Il m'apprenait tant de choses! Nous lisions ensemble. Nous avons étudié toutes sortes de sujets importants qui nous passionnaient. Quand je suis au couvent, je peux approfondir toutes ces questions...

Lord Dorrington l'interrompit :

– Mais vous ne pouvez pas passer toute votre existence enfermée dans un couvent!

– Certes non! Je le sais bien... Mais le jour où maman m'a fait chercher, alors que le trimestre était à peine commencé, je me suis doutée qu'un malheur m'attendait...

– Un malheur? s'étonna lord Dorrington.
– Elle voulait me faire rencontrer le prince Ahmadi...

La petite voix d'Aline était pleine de terreur et de dégoût en prononçant ces derniers mots. Puis elle poursuivit d'un ton véhément :

– Je ne peux pas l'épouser : comprenez-moi! Je ne peux pas! Je le déteste : il a quelque chose de monstrueux... de bestial... Je pense que c'est à cause de la manière dont il me regarde... J'ai l'impression qu'il me déshabille... Je sens très bien que, si jamais il me touchait... s'il essayait de m'embrasser, je me mettrais à hurler..., dit-elle d'une voix vibrante d'émotion.

Lord Dorrington demanda d'un ton grave :

– Avez-vous fait part de vos sentiments à votre mère?

– Je lui ai répété des centaines de fois que je ne voulais pas épouser cet homme. Mais elle ne veut pas m'écouter! Elle passe son temps à me dire que j'ai beaucoup de chance et que je devrais m'en rendre compte! Elle prétend que le prince sera très gentil avec moi et me couvrira de bijoux... Comme si c'était une chose que je souhaite!

Lord Dorrington remarqua sèchement :

– Pourtant, la plupart des femmes sont très contentes qu'on leur en offre.

Aline poursuivit, sans tenir compte de la remarque :

– D'autre part, je ne crois pas un mot de ce que dit maman quand elle m'affirme que je serai l'épouse officielle du prince. Je suis même convaincue que personne ne me considérera comme sa femme quand nous serons dans son pays.

– Qu'est-ce qui vous donne à penser cela? s'étonna lord Dorrington.

– Mon père se passionnait pour l'Orient. Nous avons lu des documents sur le royaume du Khariz. Je suis sûre que vous ne savez pas où il se trouve?

– Entre la Perse et l'Afghanistan, répondit paisiblement lord Dorrington.

Aline eut l'air stupéfait :

– Presque tout le monde l'ignore! C'est un tout petit Etat. Mais très riche. Ses ressources en minerais sont immenses.

– Et le prince Ahmadi en héritera à la mort de son père.

Aline ne se préoccupa point de l'interruption et continua d'un ton dédaigneux :

– En fait, le prince Ahmadi n'est pas le descendant du roi. Il a bénéficié d'une loi locale. La Constitution du Khariz prévoit que, lorsque le souverain n'a pas de descendant direct, il peut désigner son successeur parmi les enfants de ses concubines.

Lord Dorrington demanda vivement :

– Et cela vous gêne vraiment que le prince Ahmadi ne soit pas de sang royal?

– Cela me laisse tout à fait indifférente, se récria-t-elle. C'est autre chose qui m'ennuie. Les lois religieuses du Khariz autorisent les hommes à avoir quatre épouses. En outre, elles peuvent être répudiées, puisqu'ils sont musulmans. Le divorce est des plus faciles là-bas : il suffit à un homme de jurer solennellement trois fois qu'il a divorcé, et tout est fini entre lui et la femme désignée. Elle perd immédiatement tous ses droits d'épouse.

– Mais... sans doute que..., commença lord Dorrington d'un ton rassurant.

Aline l'interrompit :

– Naturellement maman prétend que tout cela ne veut rien dire. Elle dit que le prince Ahmadi va m'épouser selon les lois anglaises et qu'il lui a affirmé son intention de passer les trois quarts de son temps en Europe. Mais, moi, je n'en crois rien. (Comme lord Dorrington restait silencieux, elle poursuivit :) Il existe des coutumes absolument abominables au Khariz. Je suis allée à la bibliothèque du British Museum pour me renseigner et préciser le souvenir de mes lectures avec papa. Je n'ai pas trouvé beaucoup de livres sur le Khariz. C'est un pays trop petit. Mais ce que j'ai pu lire a suffi à confirmer ce que je pensais. Ce sont des sauvages. Ils ne sont pas civilisés.

Lord Dorrington déclara d'un ton pondéré et plein de sympathie :

– Sachant ce que vous savez et pensant comme vous pensez, il faut que vous refusiez d'épouser le prince Ahmadi. On ne peut pas vous conduire à l'église de force.

– Maman veut absolument que je l'épouse! soupira la jeune fille. Je suppose qu'il a dû lui promettre de l'aider d'une façon ou d'une autre...

Lord Dorrington pensait qu'il n'y avait rien de plus évident; mais il se contenta de dire :

– Vous seule pouvez prononcer le « oui » fatal devant le prêtre!

– J'ai encore essayé de parler avec maman cet après-midi, quand elle m'a dit que le prince désirait que nos fiançailles soient officiellement annoncées dès ce soir. Sachez que lady Glossop qui donne cette réception est ma marraine. Aussi maman pensait-elle lui faire plaisir en annonçant cette nouvelle chez elle, au cours du bal.

– Peut-être n'avez-vous pas dit avec suffisamment de fermeté à votre mère que vous ne vouliez pas épouser le prince?

– Je lui ai dit que je préférais mourir plutôt que de

me marier avec lui! gémit Aline. Elle s'est contentée de me signifier que, depuis la mort de mon père, elle avait pleine et entière autorité sur moi pour décider de mon mariage; et que je n'avais pas voix au chapitre.

Lord Dorrington savait que c'était malheureusement vrai. Les enfants étant mineurs, les parents ou le tuteur pouvaient les marier contre leur consentement. Telle était la loi de l'époque!

Aline se mit à frissonner, elle demanda avec inquiétude :

– Quelle heure est-il?

Lord Dorrington consulta la grosse montre suspendue à la longue chaîne d'or brillant sur son gilet brodé :

– Minuit moins le quart.

Aline sursauta et s'écria d'une voix altérée par la panique :

– Les fiançailles doivent être annoncées à minuit! Comprenez-vous ce que cela signifie ? Comprenez-vous aussi que l'on va partir à ma recherche si je ne retourne pas dans les salons? Je n'ai que quelques minutes pour leur échapper. C'est pourquoi, milord, il vous faut me quitter immédiatement et oublier à jamais que vous m'avez aperçue ! (Elle s'était levée en parlant. Puis elle ajouta, non sans ironie :) Vous ne manquerez pas de lire ce que *Le Times* dira à mon sujet après-demain, j'en suis persuadée! Car je mériterai probablement une ou deux lignes de ce genre : *Nous avons le profond regret d'annoncer que le 3 mai 1799, le corps d'une jeune fille a été repêché dans la Tamise, près de...*

Elle ne put achever. Sa voix défaillit. Elle regardait lord Dorrington au fond des yeux. Il s'était levé brusquement.

– Vous êtes donc lâche, vraiment lâche? La première fois de votre vie où vous avez à vous battre, vous vous dérobez! s'exclama-t-il d'un ton méprisant.

– Lâche? répéta la jeune fille stupéfaite.

Lord Dorrington poursuivit d'un ton pondéré :

– Je sais que je ne me trompe pas en vous rappelant que votre père fut soldat autrefois. Je sais aussi que vous avez un oncle général.

– Oui, dit Aline, mon oncle commandait le régiment des grenadiers de la garde; mon père, lui aussi, a servi dans ce régiment.

– Alors, ils ne sont certainement pas fiers de vous en ce moment!

Un long silence suivit les paroles de lord Dorrington. Puis Aline soupira profondément avant de dire d'un ton hésitant et peu convaincu :

– Je... j'aimerais bien une fois encore essayer de parler à maman... pour lui faire comprendre... Mais, si jamais les fiançailles sont publiquement annoncées à minuit, elle ne m'écoutera même pas. Il lui sera facile de dire qu'il est trop tard, quoi que je puisse dire ou faire pour essayer de la persuader.

Lord Dorrington opina, l'air préoccupé :

– C'est exact. Je comprends parfaitement. C'est pourquoi j'estime qu'il vous faut quitter ce jardin immédiatement.

– Mais, si je retourne là-bas, dans les salons, on me verra tout de suite. Le prince Ahmadi doit m'attendre avec impatience... J'en suis sûre.

Elle frissonnait tout en parlant et la peur agrandissait ses yeux. Son désarroi faisait pitié à lord Dorrington, qui lui demanda avec une grande douceur :

– Dites-moi pour quelle raison cet homme vous fait si peur.

– Je ne le sais pas moi-même : c'est stupide! J'ai beau me répéter que je me conduis comme une enfant.

C'est un sentiment irraisonné : chaque fois que cet homme m'approche, j'ai l'impression qu'il y a un serpent dans la pièce! J'ai immédiatement envie de crier et de m'enfuir.

» Devant lui, pourtant, je me suis sentie plusieurs fois incapable de faire le moindre geste. Il semble posséder une sorte de... pouvoir caché... comme un sorcier : un pouvoir hypnotique.

– Alors, il faudra que vous trouviez toujours un prétexte pour ne jamais rester seule avec lui, déclara lord Dorrington d'un ton ferme.

– Je m'en rends bien compte et c'est une chose que je me suis déjà promise, répondit Aline avec tristesse. Je me suis aperçue malheureusement qu'il fait faire à maman tout ce qu'il veut. Elle veut absolument lui faire plaisir, alors elle lui obéit.

Lord Dorrington allait lui poser une nouvelle question, mais se ravisa. D'une voix décidée, il l'encouragea :

– Il faut absolument que je vous aide à vous enfuir d'ici. Je vais vous ramener chez vous dans mon carrosse; le seul ennui est que si on l'apprend, vous vous trouveriez compromise. Mais nous devons prendre ce risque.

Aline s'inquiétait d'une seule chose :

– Il ne faut pas que le prince Ahmadi me voie partir!

– Oui, je le sais parfaitement. C'est pourquoi voici comment nous allons faire. Vous allez prendre ce sentier, le long de la balustrade de pierre jusqu'au bout du parc. Il aboutit à la grand-route... (Il réfléchit un instant avant de poursuivre ses explications :) Je crois bien me rappeler que le jardin n'est pas fermé par un mur. Il doit y avoir une haie d'ifs. Je pense que vous trouverez facilement moyen de la traverser...

– Mais où devrai-je vous rejoindre? demanda Aline.

– Je retourne dans la maison tout de suite. Je vais prendre congé de lady Glossop, en ayant soin de la féliciter chaleureusement pour son agréable soirée. Et je saute en voiture au plus vite. Je ferai arrêter le carrosse sur la route au bord de la rivière près du pont. Vous m'attendrez cachée dans les buissons et vous n'en sortirez que lorsque vous me verrez descendre de la voiture.

– Bien : je ferai exactement ce que vous m'avez dit.

– Donnez-moi votre parole! dit-il d'un ton bref. Je veux être sûr de vous trouver là où je vous ai dit!

– Non, je ne me jetterai pas à l'eau lorsque vous aurez le dos tourné, si c'est à cela que vous pensez, répliqua-t-elle avec lassitude. Vous avez raison : ce serait une lâcheté. J'en ai honte, mais c'est si difficile... si difficile!

– Je vous attends donc sur la route d'ici quatre ou cinq minutes au plus. Partez tout de suite, Aline, et suivez cette balustrade comme convenu, dit-il d'un ton impassible, pour ne pas laisser voir son émotion.

Elle leva la tête et le regarda un moment avec de grands yeux interrogateurs. La lumière du lampion éclairait directement son visage sur lequel lord Dorrington pouvait lire un profond étonnement. Elle lui demanda doucement :

– Pourquoi êtes-vous si bon pour moi? Pourquoi?

Il eut un léger sourire :

– Je suppose que je me poserai la même question d'ici demain matin! Allons, minuit approche, Aline, aussi je vous conseille d'atteindre la grand-route le plus vite possible.

Ces mots ramenèrent la jeune fille à la réalité. Elle

jeta un regard inquiet derrière elle, effrayée à la pensée qu'on l'attendait et qu'on risquait à tout moment d'arriver.

Elle ne répondit rien et partit, la main posée sur la pierre moussue de la balustrade, disparaissant derrière les buissons odorants, tandis que lord Dorrington s'éloignait dans l'autre sens. Il marchait d'un pas négligé, affectant l'allure languide qui seyait à un élégant seigneur. Il n'en eut pas moins traversé les grandes pelouses rapidement et pénétra dans la salle de bal dont les grandes baies vitrées étaient ouvertes sur les jardins.

La lumière des centaines de bougies sur les lustres de cristal éclairait une foule élégante. La meilleure société anglaise dansait lentement sur les parquets brillants.

Les femmes étaient couvertes de bijoux. Elles arboraient des diadèmes de pierres précieuses et de perles sur de savantes coiffures et portaient de longues robes drapées et froncées, couvertes de broderies. Sur certaines, on voyait des incrustations de pierreries scintiller jusqu'au bas des ourlets.

Les hommes, tout aussi somptueusement vêtus, arboraient toutes leurs décorations. Le ruban de l'ordre de la Jarretière se remarquait sur la plupart des invités qui portaient des haut-de-chausses de satin blanc et les bas de soie.

Les plus jeunes étaient à la dernière mode, suivant en tout point le beau Brummel et le prince de Galles. Leurs costumes étaient plus simples et moins ornementés. Mais les grandes cravates blanches, nouées avec art, étaient le comble de leur élégance raffinée et extrêmement sophistiquée malgré les apparences.

Plus personne ne portait perruque en 1799, sauf les domestiques. Pour les valets, c'était encore le complément indispensable des lourdes livrées chamarrées de broderies dorées et boutonnées haut. On voyait leurs têtes poudrées passer entre les groupes élégants auxquels ils présentaient des plateaux d'argent chargés de pâtisseries et de verres de cristal où pétillait le champagne.

Lord Dorrington se fraya habilement un passage dans la foule des invités, évitant de se faire interpeller par l'un de ces importuns prêts à l'accaparer; il tenait à se dérober à toute conversation qui eût pu le retarder. Il finit par trouver la maîtresse de maison dans l'antichambre attenante à la salle de bal.

Lady Glossop était en train de parler avec une femme qu'il reconnut aussitôt : c'était lady Maud Camberley. Un homme de haute stature, un étranger au teint basané, se trouvait près des deux femmes. Il devina immédiatement que c'était le prince Ahmadi.

Lady Glossop lui tendit sa main gantée de blanc en minaudant.

– Comment, cher lord Dorrington, vous nous quittez déjà? Quel dommage!

– Croyez bien que moi-même, je le regrette beaucoup, répondit-il avec chaleur. Malheureusement, j'ai un rendez-vous auquel je ne puis me soustraire : Son Altesse Royale le prince George m'attend à Carlton House. Or, je crains de m'être déjà mis en retard...

– En ce cas, je ne vous retiens pas... Il ne faut pas faire attendre Son Altesse, dit avec un sourire aimable lady Glossop, qui ajouta d'un ton gracieux : Son Altesse sera donc le grand gagnant, puisqu'il va jouir du plaisir de votre compagnie, alors que nous le perdons.

– Vous êtes vraiment trop aimable, murmura lord Dorrington.

– Ce que je regrette, c'est que vous n'assisterez pas à la petite cérémonie intime qui va avoir lieu ici, dans quelques instants, ajouta-t-elle en se tournant vers lady Maud Camberley à qui elle s'adressa : Je pense, chère Maud, que vous connaissez probablement lord Dorrington?

– Nous nous sommes déjà rencontrés en effet, dit lady Camberley d'un ton sec.

– C'est exact, répondit lord Dorrington en s'inclinant, mais si peu qu'elle saisit parfaitement l'insulte discrète qu'il mettait dans son geste. Elle ne put retenir un léger haut-le-corps.

Mais lady Glossop poursuivait, imperturbable :

– Il faut absolument que vous fassiez la connaissance du prince Ahmadi. (Et se tournant vers ce dernier, elle lui demanda :) Votre Altesse me permettra-t-elle de lui présenter mon ami, lord Dorrington? L'homme le plus élégant de Londres.

– J'ai déjà eu l'occasion d'entendre parler de vous, milord, déclara le prince avec un sourire onctueux qui découvrit l'éclair éclatant de ses dents blanches.

– J'en suis très flatté! répondit lord Dorrington d'un ton qui exprimait clairement le contraire.

Il examinait attentivement le prince, tout en parlant. Il en conclut que la petite Aline avait raison d'avoir peur de lui : il la comprenait parfaitement.

Le prince Ahmadi était superbement vêtu d'un habit aux couleurs flamboyantes. Il était très grand, très fort, d'une taille peu commune. Ses manières trop onctueuses et policées, comme son assurance, étaient manifestement dues à son éducation en Europe.

Il conservait cependant quelque chose de très profondément exotique et oriental dans toute sa personne. Lord Dorrington n'aurait pas su dire ce qui causait cette impression. Etait-ce dû à l'expression farouche de son regard de braise? Ou bien à ses yeux noirs comme le jais? Ou bien au fait qu'ils étaient très rapprochés?

Ou peut-être encore, à cause de la sensualité de ses lèvres et de sa bouche cruelle?

Il n'était vraiment que trop naturel qu'un être aussi jeune et sensible qu'Aline le trouvât terrifiant.

Cependant lord Dorrington avait hâte de partir.

– Permettez-moi de vous féliciter encore pour cette agréable soirée et de vous remercier, dit-il en s'inclinant devant lady Glossop.

Puis il partit vers la porte avec nonchalance, comme quelqu'un qui n'a nul besoin de se hâter, et traversa sans se presser le vaste hall de marbre où attendaient les laquais chargés de faire avancer les carrosses.

Dès qu'il fut assez éloigné pour être hors de portée de voix, lady Maud Camberley s'écria :

– Je n'aime vraiment pas cet homme!

Le prince Ahmadi lui répliqua d'un ton dédaigneux :

– Je ne vois pas pourquoi vous lui accordez autant d'importance, chère amie. Il ne présente pas le moindre intérêt. C'est un de ces Anglais dilettantes et inutiles, comme il y en a tant aujourd'hui : rien de plus qu'un portemanteau!

Lady Glossop s'insurgea aussitôt contre les violentes critiques faites à son invité et prit sa défense avec flamme :

– Mais pas du tout! Je le trouve, moi, extrêmement agréable. Je le connais depuis de longues années, et je puis vous affirmer qu'Ulric Dorrington est un homme remarquablement intelligent et cultivé, en dépit de son goût exagéré pour la toilette et de son élégance sophistiquée.

Cependant, aucun de ses interlocuteurs ne prêtait attention à ce qu'elle disait. Ils faisaient un aparté et s'entretenaient avec inquiétude.

– Je me demande où peut bien être Aline? dit d'un ton aigre lady Maud. Je lui avais pourtant formellement demandé de venir me voir entre chaque danse!

– Je ne l'ai pas aperçue depuis plus de vingt minutes. La dernière fois que je l'ai vue, elle dansait avec un petit bellâtre qui avait une cravate comme une serpillière, tellement il transpirait avec ce chiffon autour du cou par cette chaleur, répliqua le prince avec hauteur.

Lady Glossop intervint d'un ton conciliant :

– Peut-être sont-ils allés se promener dans le jardin, car il fait vraiment une chaleur épouvantable.

Lady Maud répliqua d'un ton furieux :

– Mais il n'y a aucune raison pour qu'Aline soit dans le jardin. Si je ne le lui ai pas interdit cent fois, je ne le lui ai jamais dit! Je l'ai bien mise en garde : les jeunes filles qui sortent entre les danses perdent leur réputation.

– Qu'importe? A dater de ce soir, c'est moi qui aurai le privilège de la surveiller désormais, dit le prince d'un ton suave. Soyez certaine que je ferai très attention à sa conduite. Lorsqu'elle sera entre mes mains, Aline ne fera pas la moindre sottise.

Lady Maud lui décocha un sourire obséquieux :

– Certes! Je suis certaine que Votre Altesse saura la surveiller parfaitement. C'est cela au fond, dont la pauvre enfant a besoin : de la protection d'un homme tel que vous! Tout a été si difficile pour nous depuis que mon mari est mort!

Elle avait pris une voix douce et plaintive. Mais le prince Ahmadi ne lui accorda pas la moindre attention. Son regard noir et perçant fouillait l'élégante assemblée des danseurs qui rentraient dans la salle de bal après être allés faire un tour dans les jardins. Tous se hâtaient en entendant les violons attaquer une nouvelle danse. Mais Aline n'apparaissait toujours pas!

Le lourd carrosse de lord Dorrington attelé à un couple de superbes rouans dont les robes étaient parfaitement assorties, vint se ranger au bord de la route, juste avant le pont.

Le laquais sauta du siège. Mais il n'eut pas le temps d'ouvrir la portière. Une petite silhouette blanche avait déjà surgi des buissons et bondi vers la voiture. Elle ouvrit la portière et grimpa lestement à l'intérieur, avant même que lord Dorrington ait pu faire un geste.

Elle était hors d'haleine.

– Vous êtes venu! Vous êtes venu! dit Aline d'une voix essoufflée. J'avais tellement peur que vous ne changiez d'idée...

– C'est exactement la phrase que j'allais vous dire en constatant que vous étiez au rendez-vous! s'étonna gaiment lord Dorrington, avant de demander : Donnez-moi votre adresse.

– J'habite au 36 Hertford Street.

Le laquais disposa une chaude couverture sur les genoux de la jeune fille, puis le carrosse repartit.

Le trajet était assez court entre l'élégant quartier de Chelsea où se trouvait la propriété de lady Glossop et la rue où lady Maud Camberley avait loué pour quelques mois une petite maison assez inconfortable. Mais les rues étaient étroites et fort encombrées. La lourde voiture n'avançait que très lentement.

Aline demanda avec inquiétude :

– Avez-vous vu maman?

– Oui : elle était avec lady Glossop. Elles vous attendaient et le prince Ahmadi était avec elles.

– Alors... vous lui avez parlé? s'enquit la jeune fille avec anxiété.

– Mais oui, je lui ai parlé.

Elle lui jeta un bref regard pour essayer de deviner ses sentiments, puis demanda anxieusement :

– Est-ce que vous saisissez, maintenant que vous l'avez vu, les sentiments que cet homme m'inspire? Avez-vous compris?

Lord Dorrington répondit doucement, d'un ton grave :

– Certes, je crois vous comprendre. Pourtant, Aline, il faudra vous marier un jour de toute façon. Même si vous parvenez à échapper au prince Ahmadi, tôt ou tard, un autre homme deviendra votre mari.

– Jamais je ne me marierai! Jamais! Je déteste les hommes. Vous entendez, je les hais! s'exclama-t-elle avec véhémence.

Lord Dorrington sourit et lui demanda d'un ton légèrement ironique :

– Auriez-vous une longue expérience des hommes?

– Oh! Je sais bien ce que vous pensez de moi! Je suis très sotte et très ignorante et peut-être un peu folle. N'est-ce pas? Pourtant, j'ai rencontré quantité de jeunes gens, l'été dernier, quand nous avons séjourné à Bath avec maman. L'un d'eux a même demandé ma main. Mais maman l'a tout de suite repoussé parce qu'il n'avait pas d'argent. Vous voyez bien que je connais les hommes...

– Peut-être avez-vous eu la malchance de ne rencontrer que des hommes peu intéressants...

Aline secoua la tête.

– C'est une chose dont nous parlions souvent avec papa. Il pensait que j'avais peu de chances d'être heureuse si je me mariais avec un homme de mon milieu.

Lord Dorrington était stupéfait.

– Pourquoi votre père pensait-il cela?
– Parce que je suis trop intellectuelle.
Il la regardait avec ahurissement, se penchant pour mieux distinguer ses traits dans la semi-clarté donnée par la lanterne accrochée dans la voiture. Puis il releva la tête en riant aux éclats sans pouvoir se retenir.
– Pardonnez-moi, Aline, dit-il lorsque son fou rire se fut calmé. Mais ce que vous venez de me dire est tellement surprenant et inhabituel dans la bouche d'une jeune mondaine de votre âge...
– Mais je ne suis pas une mondaine! se récria-t-elle avec indignation. Je suis très clairement consciente que je serais incapable de vivre heureuse auprès d'un sot. D'ailleurs, je ne serais pas capable non plus de le rendre heureux.
– Mais enfin, pourquoi êtes-vous persuadée que vous ne rencontrerez jamais que des sots?
– Parce que je ne peux avoir l'occasion de rencontrer personne d'autre dans le milieu où je vis, rétorqua-t-elle. Vous n'imaginez tout de même pas que les hommes intelligents pourraient se complaire à tourner des nuits entières dans une salle de bal ou à rester assis à raconter des sottises à des filles de mon âge tout au long d'une soirée ou d'un grand dîner?
– Je dois avouer que ce que vous me dites me surprend énormément, dit-il d'un ton rêveur.
Aline reprit :
– Nous en avons souvent parlé avec papa. Il était du même avis que maman, pour une fois : il reconnaissait qu'aucun homme appartenant à la bonne société ne souhaite avoir une femme intelligente pour épouse. C'est la raison pour laquelle maman était constamment furieuse contre moi. Elle trouvait que je passais trop de temps à lire et à étudier. Mais papa, lui, estimait que le fait que je sois cultivée compenserait

celui que je n'aie pas de dot, et pourrait améliorer mon sort après sa mort.

– En somme, vos parents s'étaient froidement résignés d'avance à ce que vous restiez vieille fille..., constata lord Dorrington d'un ton choqué.

– Mon père : oui! Mais pas maman : voilà le drame! (Aline médita en silence quelques instants, avant de poursuivre avec une grande amertume :) Maman a toujours été fermement décidée à me marier le plus tôt possible. Le couvent lui coûte déjà très cher; et elle devra dépenser encore beaucoup plus d'argent pour moi, si elle doit me produire dans le monde. D'autre part, comme le dit maman, si elle promène trop une grande fille comme moi avec elle, cela ne peut que lui faire du tort, et diminuer ses chances de succès auprès des hommes...

Lord Dorrington fronça les sourcils en entendant ces mots, mais il se retint de parler. Un long silence s'établit entre eux. Puis la jeune fille dit d'une voix basse et enrouée :

– Je vous en prie : oubliez ce que je viens de vous dire! Je suis folle... C'est vulgaire et du plus mauvais goût, j'ai parlé sans réfléchir... J'en suis confuse.

– Vous n'avez pas à l'être. Je veux que vous me parliez en toute franchise, sinon je ne pourrai pas vous aider. Or, il me faut absolument trouver le moyen de résoudre vos problèmes d'une façon ou d'une autre... Mais je dois reconnaître qu'ils sont bien plus grands que tout ce que j'avais pu prévoir!

– Je savais bien que vous penseriez comme moi. La meilleure solution serait de partir vivre seule quelque part en province. Si j'avais de l'argent, c'est ce que je ferais.

Il sursauta :

– Quoi? Vous voudriez vivre seule?

– Bien sûr! Oh! Bien entendu avec une vieille femme auprès de moi, pour me servir de chaperon! Par exemple mon ancienne gouvernante qui s'est retirée à la campagne; ou tout simplement avec notre vieille Martha, la servante qui est au service de maman depuis ma naissance.

– Croyez-vous donc que vous pourriez trouver le bonheur en vivant seule de cette façon?

– Certainement! La seule chose que je demande, c'est beaucoup de livres et de temps pour les lire. Je n'ai pas besoin d'autre chose pour être heureuse! (Comme elle avait remarqué l'air sceptique de son compagnon, Aline poursuivit :) Voyez-vous, mon père m'a appris combien il est aisé de voyager à travers le monde, tout en restant assis dans son fauteuil. Nous avons fait de cette façon des centaines de découvertes merveilleuses ensemble! J'ai appris quantité de choses sur les pays les plus lointains et les races les plus diverses en lisant des livres étrangers. Nous lisions des livres en anglais, en français et en italien. Mon père m'avait promis que nous ferions un voyage en Italie à ma sortie du couvent... Mais je pense, maintenant, que je ne connaîtrai jamais les célèbres monuments de Rome...

Comme elle soupirait en prononçant ces mots, lord Dorrington ne put s'empêcher de lui faire remarquer :

– C'est pourtant un endroit que vous pourriez facilement visiter en compagnie de votre futur mari.

La jeune fille sursauta et s'exclama d'un ton vindicatif :

– Parce que vous persistez, vous aussi, à vouloir me marier ! Vous ne valez pas mieux que maman! Comprenez-moi : comment pourrais-je jamais supporter de passer toute ma vie aux côtés d'un de ces garçons qui n'ont rien lu et qui ne s'intéressent qu'au jeu et à la boisson?

– Vous êtes vraiment très sévère avec les hommes! Vous n'avez sans doute rencontré que des spécimens exceptionnellement peu recommandables...

– Bien au contraire, le dessus du panier, la « crème » de la bonne société ! dit-elle d'un ton méprisant. Le garçon qui était à côté de moi à table, ce soir, croyait que *Magna Carta* [1] était le nom d'un cheval de course!

Lord Dorrington éclata de rire :

– Vous devez avoir le don d'attirer les ignorants, Aline! Mais je vous affirme qu'il existe des hommes qui sont, non seulement intelligents, mais cultivés!

Elle fit un geste fataliste, tout en disant d'un ton désagréable :

– Peut-être... Mais vous ne pouvez pas me dire sincèrement que vos amis manifesteraient jamais le moindre intérêt pour la fille, pauvre, laide et sans dot de lady Camberley!

– Comment laide? se récria-t-il, sincèrement surpris.

– Mais regardez-moi de près!

L'intonation de la jeune fille montrait que c'était pour elle une vérité évidente, indiscutable et bien établie dans son esprit. Elle ne cherchait nullement des compliments. Lord Dorrington se tourna donc vers elle pour l'examiner, comme elle l'y avait invité.

Il avait du mal à distinguer nettement les traits de son visage qui était en partie masqué par les boucles d'une coiffure trop élaborée, qui avait dû occuper le coiffeur plusieurs heures. Des mèches frisées cachaient

1. *Magna Carta* (ou plus communément *Magna Charta*), la Grande Charte de 1215, arrachée de force au roi Jean sans Terre par les barons anglais révoltés. Ce texte garantissait les libertés et les droits respectifs des seigneurs féodaux et du roi d'Angleterre *(N.d.T.)*.

son front et revenaient sur ses joues. On ne voyait bien que ses yeux effarouchés dont le regard était désespéré malgré son air de défi.

Comme il ne disait rien, elle poursuivit avec résignation :

– Comment pourrais-je, avec un tel physique, briller et avoir du succès au milieu des élégantes qui règnent sur les salons de la noblesse à la mode? Je ne me fais aucune illusion. Et maman a raison de dire que mon seul et unique atout, c'est ma jeunesse, en particulier pour le prince Ahmadi qui a un faible pour les blondes aux yeux bleus quand elles sont très jeunes. (Elle avait fait cette constatation d'un ton plein d'amertume, puis elle ajouta :) Il est vraiment dommage que je ne puisse rien faire pour changer la couleur de mes yeux. Ils sont tantôt verts et tantôt gris. Ils changent, mais il n'y a rien à faire : ils ne seront jamais d'un joli bleu porcelaine.

– Quelle drôle de petite personne vous faites! Vous êtes vraiment peu commune, remarqua lord Dorrington.

– Pourquoi? Parce que je regarde la vérité en face? C'est papa qui m'a enseigné cela il y a très longtemps. Il me répétait toujours : « Ne te mens jamais à toi-même, Aline, et ne cherche jamais à paraître autre chose que ce que tu es. » C'est la règle que j'ai adoptée.

– Il ne faut cependant pas vous juger avec une rigueur exagérée. Là, elle est très excessive. Vous vous mésestimez, Aline! Ce n'est pas nécessaire.

– Voudriez-vous me faire croire que je pourrais, un jour, devenir une beauté à la mode? dit-elle d'un ton moqueur, en levant le menton d'un air de défi.

Il la regarda au fond des yeux avant de dire doucement, tout en détaillant son visage :

– La conception de la beauté diffère avec chacun. Chaque homme juge différemment en la matière.

Aline détourna son visage.

– Vous m'avez demandé pourquoi je ne voulais pas me marier, et je vous ai répondu. Mais c'est, pour l'instant, tout à fait secondaire. La seule chose qui me préoccupe dans l'immédiat, c'est de trouver la manière d'échapper à ce mariage avec le prince Ahmadi!

Lord Dorrington prit un ton grave :

– Je pense que vous avez là une bataille à livrer vous-même et que vous seule pouvez gagner. Je ne vois pas qui pourrait intervenir... Mais, je vais vous demander de me faire une promesse...

Aline s'étonna :

– Une promesse?

– Oui : une promesse formelle; et je veux que vous me fassiez le serment de la tenir, dit-il d'un ton autoritaire.

– Que dois-je vous promettre?

– Je veux que vous me juriez, sur la mémoire de votre père que vous avez tant aimé – je m'en suis rendu compte – que vous ne tenterez jamais de vous suicider de nouveau sans m'en avoir demandé la permission auparavant.

Sur ces mots, le silence qui s'établit entre eux se fit lourd. Aline regardait ses mains croisées sur ses genoux et se taisait.

Elle finit par demander d'une toute petite voix :

– Et... si... je ne vous faisais pas ce serment?

La réponse de lord Dorrington la frappa comme une balle :

– C'est très simple : je donne l'ordre au cocher de retourner chez lady Glossop, et je vous remets immédiatement entre les mains de votre mère!

Aline poussa un petit cri.

– Vous ne feriez pas ça! Ce serait trop méchant! Vous n'allez pas me trahir!

– Oh! Mais si! Je le fais même tout de suite, si vous ne me faites pas le serment que j'exige!

On sentait une fermeté inébranlable dans l'intonation de lord Dorrington dont la voix était devenue coupante comme l'acier. Aline comprit que ce n'était pas une menace faite en l'air. Elle balbutia :

– Vous avez été si bon pour moi...

– Et je le suis encore, même si vous ne vous en rendez pas compte, Aline... Alors, me faites-vous ce serment?

Tout en parlant, il avait posé sa large main sur celle de la jeune fille qui tremblait comme une feuille. Instinctivement, et presque sans s'en apercevoir, elle lui saisit les doigts. Il la pressait de répondre :

– Jurez-le, Aline... Promettez-moi ce que je vous ai demandé et tout ira bien.

Ému, il sentait trembler la petite main qu'il avait dans la sienne. La jeune fille dit enfin, d'une voix hésitante et troublée :

– Je vous jure, sur la mémoire de mon père, que je ne mettrai pas fin à mes jours si vous ne m'en avez pas accordé la permission auparavant.

– Merci, Aline, dit-il d'un ton grave en lâchant sa main.

La jeune fille se récria :

– C'est tricher ce que vous avez fait là! Vous n'avez pas le droit de m'extorquer cette promesse! Vous abusez!

Il répliqua avec le plus grand flegme :

– J'estime, moi, que j'ai tous les droits sur vous! Quand on a sauvé une vie, on est ensuite obligé de la prendre en charge. C'est bien connu. Aline, je suis désormais responsable de votre existence. J'en suis désolé, mais je n'ai pas le choix, et je me dois d'assurer votre protection.

– Mais je n'ai nul besoin de votre aide! Ni de l'aide de personne, d'ailleurs! La seule chose dont j'ai besoin, c'est de disparaître de cette terre, déclara-t-elle d'un ton farouche. (Comme lord Dorrington n'avait rien répondu à cette diatribe, elle revint à la charge :) Tant pis si vous me jugez lâche! Je sais bien ce que vous pensez de moi : vous trouvez que je suis sotte, inconséquente... puérile comme une écolière. Je n'y puis rien. C'est plus fort que moi. Je ne peux pas faire taire ma peur! J'ai peur... Tellement peur!

Sa voix se brisa sur les derniers mots. Lord Dorrington avait pitié d'elle. Il lui prit les mains, qu'il trouva glacées, et les enferma dans les siennes pour lui communiquer un peu de son énergie et de sa propre chaleur.

– Courage, Aline! dit-il. J'ai l'impression que les choses ne sont pas aussi sombres que vous le croyez et qu'il existe un moyen de garder votre liberté...

2

Dès qu'il eut déposé Aline devant sa porte, lord Dorrington se fit conduire à Carlton House [1].

Lorsque les chevaux s'étaient arrêtés à la hauteur du numéro 36 de Hertford Street, la jeune fille avait sauté à terre; mais elle avait attendu que le carrosse ait disparu pour actionner le heurtoir de cuivre.

Restê seul dans la voiture, lord Dorrington se carra

1. Palais aménagé et agrandi au XVIIIe siècle par George IV qui en avait fait sa résidence, à Londres, à l'époque où il était prince de Galles *(N.d.T.)*.

au fond du siège capitonné pour réfléchir tranquillement, le visage grave. Il était trop absorbé pour se préoccuper de ce qui se passait dans la rue. Il ne remarqua même pas, lorsque les chevaux descendirent St. James Street, qu'il passait devant son Cercle dont toutes les fenêtres étaient éclairées.

Il ne jeta pas même un regard sur la foule qui encombrait les trottoirs où de nombreux laquais s'agitaient avec des torches autour des carrosses. Il n'accorda aucune attention, non plus, aux élégants et élégantes qui faisaient la tournée des cafés et des maisons de plaisir, allant et venant au *Watier,* au *Brooke* et au *White Club*. Il sursauta même lorsque ses chevaux s'arrêtèrent devant Carlton House, surpris d'être déjà arrivé.

En dépit de l'heure avancée, de nombreux cochers piétinaient encore autour des carrosses en stationnement près du grand porche somptueusement éclairé de la demeure du prince de Galles. De son pas nonchalant, lord Dorrington pénétra dans le grand vestibule en marbre brun orné de colonnes ioniennes et prit le somptueux escalier double conduisant aux salons de réception, puis, en habitué des lieux, il se dirigea avec assurance vers le salon chinois.

Il y trouva le prince de Galles en compagnie de quatre gentilshommes. Ils avaient tous des verres à la main. Des valets, alignés debout contre le mur, se précipitaient au moindre signe, pour remplir les verres.

Une expression de joie éclaira le très beau visage du prince de Galles lorsqu'il entendit annoncer lord Dorrington. Il s'exclama gaiement :

– Dorrington! Vous arrivez bien tard! Je commençais à croire que vous ne viendriez plus.

– Je ne me permettrais pas de me conduire d'une

façon aussi inadmissible, Sire! Je vous prie humblement de bien vouloir excuser mon arrivée si tardive. J'ai été retenu contre ma volonté par des obligations auxquelles je ne pouvais me soustraire.

Le prince fut sur le point de poser une question, mais il se leva brusquement et bondit vers le nouvel arrivé :

– Ça n'a pas d'importance, Dorrington : dites-moi où vous avez fait faire ce nouvel habit? Je ne vous l'avais jamais vu! Il est totalement différent de ceux que vous portiez ces temps-ci : quelle merveille! Auriez-vous découvert un nouveau tailleur dont vous me cachez l'adresse?

Lord Dorrington sourit :

– Non, point, Sire! C'est Weston qui me l'a fait.

– Je ne vous crois pas! déclara le prince.

– Mais, poursuivit lord Dorrington, il l'a coupé en suivant le modèle que j'ai dessiné moi-même...

Le prince tournait tout autour de lord Dorrington, examinant tous les détails de l'habit.

– Quand je pense que je dépense une fortune pour mes vêtements, et qu'ils ne tombent jamais aussi bien que les vôtres et qu'ils n'ont jamais le même chic, grommelait-il. Il y a là de quoi rendre un homme fou!

Un sourire discret apparut sur les lèvres de lord Dorrington. Mais il lui était impossible de dire au prince qu'il était trop gourmand et prenait trop peu d'exercice pour un homme de son âge. Il avait trente-six ans et était fort gros.

« Il doit bien faire cent kilos », songeait lord Dorrington. Il remarqua tout haut :

– Tout le monde est pourtant d'avis, Sire, que vous donnez beaucoup d'allure à tout ce que vous portez.

Le prince de Galles s'affala dans un fauteuil avec

une moue. Il avait l'air d'un enfant boudeur qui vient d'avoir une déception.

Lord Yarmouth estima qu'il fallait à tout prix changer de sujet de conversation, car le problème de son aspect physique était un tourment permanent pour le prince. Il s'empressa de déclarer d'un ton enjoué :

– Eh bien, maintenant que Dorrington est arrivé, Sire, ne faudrait-il pas lui dire la raison pour laquelle nous l'attendions tous avec tant d'impatience?

– Mais oui : au fait! dit vivement le prince en se redressant, oubliant, avec son habituel caractère changeant, le petit chagrin que lui avait causé cet habit trop bien coupé.

Lord Dorrington parut surpris :

– Vous m'attendiez vraiment? demanda-t-il, en prenant le verre de brandy que l'un des valets à perruque poudrée lui présentait sur un plateau d'argent ciselé.

Il s'assit sur une chaise qui était à la droite du prince de Galles comme il y était invité, puis jeta un regard circulaire sur l'assemblée.

Tous les gentilshommes assis, là, autour du prince, sur des chaises dorées recouvertes de soie jaune, appartenaient au cercle des amis intimes du prince héritier.

Il y avait lord Worcester, un homme gai et insouciant mais très populaire; le duc de Rutland, plus sérieux, dont la seule passion était les chevaux, lord Alvanley le plus spirituel de tous, qui était invité partout. Sans lui, aucune fête n'aurait paru parfaite. Il était très cultivé, brillant et parlait le français aussi bien que l'anglais, sans une trace d'accent. C'était un homme d'une intelligence supérieure, mais également un sportif accompli.

Quant à lord Yarmouth, le fils du marquis d'Hertford, c'était un amateur d'art, collectionneur de tableaux et de meubles, comme le prince de Galles. La semaine précédente, comme il dînait chez des amis, la maîtresse de maison – une femme élégante dotée d'une mauvaise langue – avait dit à lord Dorrington : « Lord Yarmouth ne court pas le risque de se faire refiler un faux Van Dyck, ni des copies de Rubens, comme cela vient d'arriver au duc de Devonshire! »

Lord Dorrington demanda en souriant, après les avoir tous regardés :

– De quoi s'agit-il? J'ai l'impression que vous avez un problème... Décidément, ce soir, tout le monde a besoin de mon aide.

Le prince prit un tableau qui était posé à côté de lui et, sans dire un mot, il le lui présenta d'un grand geste presque tragique :

– Regardez! s'écria-t-il avec anxiété.

Le tableau n'avait pas de cadre. Il était de petites dimensions, et fort mal conservé. On discernait mal le sujet tant il était sale.

Lord Dorrington le prit en main. Le prince s'empressa de lui dire, comme s'il n'avait pas la patience d'attendre le jugement de son ami :

– Je l'ai trouvé, ce matin, dans une boutique de Piccadilly. Il était dans un coin, et je ne sais pourquoi il a attiré mon regard... Et je suis persuadé que, lorsqu'il aura été nettoyé, on découvrira qu'il a été peint par un grand maître...

Lord Alvanley intervint gaiement :

– Je suis prêt, moi, à parier vingt guinées que c'est une croûte barbouillée par un peintre anglais qui l'a ensuite laissé pourrir dans un grenier!

Le duc de Rutland abondait dans son sens :

– C'est bien mon opinion. Et je me targue d'avoir autant de flair pour les tableaux que pour les chevaux!

Je suis convaincu, Sire, que, pour une fois, vous avez été induit en erreur.

Lord Worcester gémissait :

– Tout ce que je sais, c'est que nous avons perdu la moitié de la soirée à parler de cet affreux morceau de toile! Nous ferions bien mieux d'aller à *White House* ou dans n'importe quelle maison de plaisir où nous trouverions des Vénus en chair et en os, au lieu d'en chercher l'image sous la poussière du temps!

– Comment pouvez-vous savoir qu'il y a une Vénus sur mon tableau? demanda le prince de Galles avec irritation.

– Il m'a semblé distinguer quelque chose ressemblant à une jambe nue du côté gauche du tableau, répondit lord Worcester. Mais il faudrait des yeux de lynx pour voir réellement quelque chose sous la croûte de saleté qui recouvre cette malheureuse toile!

Le prince lui décocha un regard méprisant avant de se tourner vers lord Dorrington d'un air anxieux.

– Alors? lui demanda-t-il.

– Etes-vous prêt à accepter mon opinion, Sire? demanda ce dernier.

– Absolument! déclara le prince. Je ne vous ai jamais vu vous tromper depuis que nous nous connaissons. Et je n'oublierai jamais que c'est vous qui m'avez soutenu à l'époque où j'ai acheté ma collection de toiles hollandaises alors que tout le monde me conseillait d'acheter de la peinture italienne.

Beau joueur, lord Yarmouth reconnut :

– Nous nous étions trompés, en effet.

– Je suis heureux de vous l'entendre dire! J'attends maintenant ce que Dorrington va dire. J'espère qu'il pensera comme moi que j'ai découvert un trésor de plus pour ma collection.

Lord Dorrington ne répondit pas immédiatement.

Tout le monde se taisait. Il examinait minutieusement le tableau, le retournant en tous sens. Puis il se décida à dire en pesant bien ses mots :

– Il faudrait pouvoir l'examiner au jour. A la lumière des bougies, on se trompe souvent. Pourtant, je suis certain – enfin presque absolument certain – que c'est un Titien...

– Un Titien! s'exclama le prince d'un ton triomphant. (Il exultait :) Avez-vous entendu, messieurs? Cette fois encore, j'ai fait une découverte magnifique! Car, si Dorrington nous dit que c'est un Titien, vous pouvez parier jusqu'à vos lacets de chaussures que c'en est un!

Lord Dorrington l'interrompit d'un ton calme :

– Attention, Votre Altesse! J'ai dit seulement que je voudrais le revoir à la lumière du jour pour m'en assurer. Il faudrait aussi que cette toile soit nettoyée à fond avant de pouvoir affirmer quelque chose.

Mais le prince ne l'écoutait pas :

– Je trouve que ce brocanteur que vous m'aviez recommandé l'hiver dernier est très intéressant, dit-il.

– Je pense, en effet, que l'on peut avoir confiance en lui. Je crois qu'il n'y a pas meilleur restaurateur de tableaux que lui en Angleterre.

Lord Dorrington jeta un regard circulaire sur les autres et demanda :

– Voulez-vous que je vous explique pourquoi je pense que c'est un Titien? Ou bien acceptez-vous d'emblée l'attribution que je vous proposse?

Lord Worcester s'empressa de répondre le premier :

– Nous l'acceptons sans discussion, cher ami! Nous n'allons tout de même pas passer la nuit ici à palabrer sur un tableau! Je suis tout disposé à convenir que je me suis trompé! Et vous, Rutland?

Le duc regarda le prince de Galles :

– Moi aussi, Sire! J'admets fort bien que j'ai porté un jugement trop hâtif. Mais je souhaiterais, comme lord Dorrington, revoir ce tableau au jour pour être certain que notre ami n'a pas été trop optimiste dans son expertise. Et maintenant, ajouta-t-il d'un ton plus enjoué, que diriez-vous, Sire, d'une petite visite dans un endroit où nous trouverons des Vénus prêtes à s'amuser avec ceux qui les préfèrent vivantes?

Le prince secoua la tête résolument :

– Pas ce soir! Ces endroits-là ne m'attirent plus ces temps-ci.

Ses compagnons sourirent sans rien dire. Tout le monde savait que le prince cherchait à entrer dans les bonnes grâces de Mrs Fitzherbert depuis qu'il s'était aperçu que son mariage était une lamentable erreur.

Il avait rompu avec lady Jersey : c'était une affaire absolument terminée pour lui. Cependant, il n'était pas facile de se débarrasser d'une femme aussi déterminée qui continuait à le poursuivre et à l'importuner. Mais le prince n'avait jamais cessé d'aimer ardemment Mrs Fitzherbert. C'était une passion violente qui le rongeait. Il l'aimait à la folie et ses amis craignaient parfois qu'il n'en perdît réellement la raison si elle continuait à le repousser.

Lord Worcester demanda respectueusement :

– Puisque vous refusez de venir avec nous, Sire, nous est-il permis de vous prier d'avoir la bonté de nous permettre de nous retirer?

– Bien sûr! Allez vite vous amuser. La nuit n'est pas encore finie.

– C'est vrai, dit lord Alvanley en se tournant vers lord Dorrington pour lui demander : Venez-vous avec nous?

– Je vous rejoindrai probablement plus tard, répondit lord Dorrington d'un ton évasif.

Les invités du prince firent rapidement leurs adieux. Il était facile de se rendre compte qu'ils avaient hâte de partir à la recherche d'autres plaisirs. Il y en avait au moins deux ou trois dont les doigts étaient impatients de toucher des cartes.

Dès qu'ils furent tous sortis, lord Dorrington reprit le tableau en main. Il le considéra de nouveau un bon moment en silence avant de dire :

– Je suis certain que je ne me trompe pas, Sire. Mais vous avez fait preuve d'une habileté extraordinaire en reconnaissant un chef-d'œuvre sous ce goudron.

– J'étais sûr de moi, dit le prince avec satisfaction. Il y avait un affreux cadre écaillé et cassé que j'ai laissé dans la boutique. Le marchand ne se rappelait pas où il l'avait acheté. Il pensait que ce devait être dans une vente à la campagne.

– On pourrait trouver des merveilles dans ces ventes aux enchères, si l'on avait le temps d'y aller. Je regrette de ne pas pouvoir les suivre, observa lord Dorrington.

– J'étais sûr que j'avais raison! répéta le prince qui poursuivait son idée. Les autres m'affirmaient le contraire avec tant d'assurance que j'avais fini par douter un peu de mon flair.

– Il faut toujours vous fier à votre intuition, Sire!

Le prince savait qu'il pouvait avoir confiance en lord Dorrington, aussi lui demanda-t-il :

– Vous trouvez que mes intuitions sont généralement bonnes, n'est-ce pas?

– Presque infaillibles, Sire. (Il considéra le prince d'un air méditatif, avant d'ajouter :) Pouvez-vous me dire de quelle façon vous raisonnez, Sire, quand vous êtes en face d'une chose dont l'apparence n'est pas révélatrice, bien que vous sentiez au fond de vous-même que c'est un trésor?

– Voilà une question intéressante! Je crois que j'ai un sens spécial qui réagit. C'est quelque chose que nous avons en nous. Peut-être perçoit-on une sorte de signal silencieux, pareil à des picotements au bout des doigts... Je ne sais pas au juste...

– On a conscience d'un avertissement : oui, c'est cela. Et l'on sait clairement, au fond de soi-même, que l'on a raison, que l'on ne se trompe pas.

Le prince approuva :

– Exactement! C'est quelque chose que l'on ne peut pas décrire avec précision. Mais c'est un sens qui ne trompe pas. Je l'ai bien vu quand j'ai acheté ces tableaux hollandais dont personne ne voulait.

– Il ne faut pas vous préoccuper de l'opinion des autres dans ces cas-là, Sire.

– Je ne les écoute jamais! dit-il en riant. (Il poursuivit :) Je voudrais vous montrer les tableaux que je viens de faire accrocher dans le grand jardin d'hiver. J'aimerais savoir ce que vous en pensez, Dorrington! Venez!

Lord Dorrington suivit le prince de Galles à travers la maison. Comme chaque fois, il admirait au passage les merveilles réunies à Carlton House : le ravissant mobilier français contemporain, les objets d'art de toute sorte, des bronzes, des miroirs, des lustres et des chandeliers à girandoles, des porcelaines de Sèvres, des tapisseries des Gobelins.

Le prince accumulait patiemment tous ces trésors, enrichissant sans cesse ses collections. Il ne se passait pas de semaine sans qu'il fît des achats importants. Il courait les boutiques des antiquaires pour trouver les commodes et les cabinets précieux signés Riesener ou

Weisweiler, les marbres de Coysevox ou les bronzes de Keller.

« Que d'argent dépensé ainsi! » pensait en lui-même lord Dorrington.

La collection de tableaux surpassait tout le reste. Il y avait des Le Nain, des Poussin, des Pater, des Greuze et une admirable série de Hollandais et de Flamands, notamment de merveilleux Van Dyck. L'accrochage avait été fait avec goût et discernement, sous l'œil critique du prince.

Le roi était horrifié par les dépenses ainsi faites par son fils. Le Parlement protestait. Le peuple grognait. Les caricatures de Gilray présentaient l'héritier du trône comme un véritable extravagant.

Lord Dorrington avait pratiquement toujours été le seul à approuver le penchant du prince pour les antiquités et les objets d'art, et à considérer que leur achat constituait de bons investissements. Maintes fois, il lui avait répété pour le réconforter et l'encourager :

– Sans doute n'obtiendrez-vous pas toujours tout l'argent nécessaire pour acheter tout ce que vous voudriez, Sire; mais vos collections enrichiront le patrimoine national. La postérité le reconnaîtra et en bénéficiera ainsi que vos successeurs sur le trône d'Angleterre.

Un jour où il se heurtait à des difficultés financières particulièrement pressantes, le prince de Galles avait pris un ton sarcastique pour lui répondre avec amertume :

– L'enthousiasme de la postérité ne me sert à rien, à moi, Dorrington! Dans l'immédiat, je préférerais recueillir l'approbation de mes contemporains et un peu d'argent avec!

Mais ce soir-là, il avait hâte de montrer à lord

Dorrington un médaillon, qu'il avait fait exécuter pour Mrs Fitzherbert, renfermant une miniature peinte par Cosway et représentant uniquement l'un de ses yeux.

Lorsque lord Dorrington quitta finalement le prince, il s'aperçut qu'il était vraiment trop tard pour aller ailleurs que chez lui.

De toute façon, il n'était pas un fanatique, comme les autres convives du prince de Galles, de la célèbre *White House* ni des innombrables maisons de plaisir où se retrouvait chaque nuit le Tout-Londres à la mode.

Il avait, d'ailleurs, des préoccupations plus urgentes ce jour-là : il aurait voulu voir lord Grenville, le ministre des Affaires étrangères. Mais il était trop tard pour sonner à sa porte. Il décida donc qu'il irait lui rendre visite à son bureau, le lendemain matin à la première heure.

Il fit prendre à son attelage la direction de Berkeley Square où se trouvait son hôtel particulier.

Lorsqu'il se fut déshabillé avec l'aide de ses valets de chambre, il s'assit dans une bergère et ne se mit pas tout de suite au lit; il avait besoin de réfléchir un moment.

Lord Dorrington avait l'habitude de monter à cheval tous les matins. Quelle que fût l'heure où il s'était couché la veille, il faisait une promenade très tôt. C'était le secret de son extraordinaire forme physique que ses contemporains lui enviaient tellement.

Le lendemain, à 8 heures du matin, il était déjà en train de parcourir les allées du Parc, alors que tous les dandies du quartier St. James dormaient profondément.

Lord Dorrington montait une bête magnifique : un

étalon qu'il venait d'acheter à Tattersall le mois précédent. Il aurait été impossible de trouver cavalier plus élégant et ayant plus fière allure. Il ne faisait qu'un avec sa monture.

Son costume était d'une perfection raffinée. Il portait la cravate blanche conformément à la mode lancée par Brummel. La sienne était néanmoins d'un style original. Il avait opté pour le nœud dit d'*Osbaldon*, plus agréable par temps chaud. On ne tournait la cravate autour du cou qu'une seule fois au lieu de deux. Cette manière de la nouer requérait cependant une grande dextérité : car, pour être parfait, le nœud volumineux devait mesurer exactement quatre pouces de largeur et deux d'épaisseur. La plupart des dandies, même les plus snobs, y renonçaient.

De ce fait, lord Dorrington était le point de mire de tous les cavaliers qui se promenaient à cette heure matinale. Pourtant, il ne se contentait pas, comme la plupart, d'aller et venir dans la grande allée du Parc qui était le rendez-vous des élégants.

Quand il repartit, au bout d'une bonne heure, pour aller prendre son petit déjeuner, il mit son cheval au trot. Il se sentait euphorique et détendu, aussi heureux que son cheval.

Après l'avoir abandonné aux soins du valet d'écurie, il pénétra d'un pas vif dans le vestibule de la noble demeure des Dorrington. Il remit son chapeau et ses gants à un laquais, puis se dirigea vers la salle à manger.

Un valet à perruque poudrée vint alors lui remettre une lettre posée sur un petit plateau d'argent.

Lord Dorrington lui jeta un regard négligent. Mais le valet s'empressa d'attirer son attention :

– Cette lettre a été apportée il y a une heure environ, et le domestique qui me l'a remise m'a recommandé de dire à Votre Grâce qu'il s'agit d'un message extrêmement urgent.

Lord Dorrington leva les sourcils, surpris et choqué que quelqu'un ait eu l'audace, peu commune, de lui présenter une requête d'une manière aussi cavalière. Vu le respect qui était dû à son rang, c'était presque une insolence. Il prit cependant l'enveloppe et l'emporta avec lui pour la lire en déjeunant.

Le soleil entrait à flots par la fenêtre et inondait la nappe de sa lumière dorée. Il s'assit paisiblement et attaqua avec appétit les côtelettes de mouton garnies de champignons à la crème qui lui furent servies, sans se soucier de la lettre qu'il avait posée à côté de lui sur la table.

Son regard tomba par hasard dessus. Il se sentait peu pressé d'en connaître le contenu et continua son déjeuner. Aprés avoir avalé deux ou trois bouchées, il se ravisa; posant sa fourchette, il brisa le cachet de cire.

Il n'y avait que quelques lignes, d'une écriture élégante et agréable; mais, pour bien tracées qu'elles fussent, lord Dorrington eut immédiatement l'impression qu'elles avaient été écrites par quelqu'un d'agité dont la main devait plus ou moins trembler. Il lut :

« *Milord,*

Il est de la plus haute importance pour moi de vous voir immédiatement. Je regrette énormément de devoir vous déranger, mais je me trouverai dans la galerie haute de l'église Saint-George à Hanover Square, à partir de 9 heures, et vous y attendrai.

Aline. »

Lord Dorrington jeta un coup d'œil sur la pendule qui était sur la cheminée. Il était déjà 9 h 05.

Il posa la lettre sur la table et continua paisiblement son substantiel petit déjeuner.

Il était plus de 10 heures, car l'horloge du clocher avait sonné depuis un moment – avec le son grinçant qui se répercutait sous les voûtes de l'église – lorsque Aline entendit des pas résonner dans la nef déserte.

Lord Dorrington scrutait les inconfortables bancs de bois réservés aux domestiques et aux paroissiens les plus modestes. Il la découvrit enfin, assise au fond de la galerie près d'un vitrail traversé par un rayon de soleil.

Il s'avança rapidement vers elle. En le voyant, Aline s'était levée, mais restait sur place.

Une pointe de gaieté passa dans la voix de lord Dorrington lorsqu'il lui dit, en arrivant auprès d'elle :

– Vous choisissez des lieux vraiment originaux pour vos rendez-vous, Aline!

Elle chuchota :

– Je n'ai rien pu trouver d'autre... Il ne fallait pas éveiller les soupçons de Martha.

Elle avait la voix haletante. Il comprit qu'elle avait eu peur qu'il ne vienne pas et que sa longue attente avait dû la remplir d'anxiété. Il demanda :

– Martha? Qui est-ce?

– Ma femme de chambre. C'est elle qui m'accompagne partout où je vais. Il fallait qu'elle vienne.

Lord Dorrington regardait de tous les côtés, se demandant où pouvait bien se trouver la chambrière.

– Elle est restée en bas, dans la nef. Elle est au fond et elle ne peut pas nous voir! Je lui ai dit que je voulais monter seule pour examiner les lieux où je serai mariée et étudier les évolutions que j'aurai à faire le jour du mariage.

– Que s'est-il passé depuis hier soir?

Tout en parlant, il s'était assis sur le banc, à côté d'Aline, en prenant soin de tourner le dos au vitrail, de façon à voir le visage de la jeune fille dans la lumière.

Elle portait une grande capeline rejetée en arrière. Des rubans bleu pâle et des pâquerettes la garnissaient. C'était un chapeau de fillette plutôt que de jeune fille.

Elle avait d'ailleurs une robe du même style, un peu plus simple et avec moins de fanfreluches que celle de la veille, mais qui convenait mal à une jeune fille de son âge. Les petits nœuds de ruban bleu, les ruchés de tulle autour du décolleté et des manches faisaient vraiment trop jeune pour une jeune fille de dix-sept ans. Tout cela lui allait mal. Et les anglaises qui pendaient sur ses joues semblaient, à la lumière de ce matin d'été, faites exprès pour dissimuler les traits de son visage.

Lord Dorrington se fit la même remarque que la veille : « On ne voit que ses yeux! » C'étaient des yeux clairs, d'un beau vert, mais ils avaient la même expression d'effroi que la nuit précédente.

Elle se tourna pour le regarder dans les yeux, et lui expliqua :

– Nous pouvons parler librement sans être entendus. Là où nous sommes la voix ne fait pas écho. J'ai fait plusieurs essais pour m'en assurer. Personne ne nous entendra si nous parlons bas et si nous restons au fond. Et par chance, Martha est un peu sourde.

– Je vois que vous avez pensé à tout!

– J'ai essayé, dit-elle d'un ton misérable.

Elle avait l'air malheureux. Elle s'était brusquement rendu compte qu'elle avait agi avec une singulière désinvolture; elle venait de le comprendre au moment où la silhouette élégante et racée de lord Dorrington lui était apparue dans le cadre de l'église, au grand jour. Et, maintenant, sa conduite à l'égard d'un si haut personnage remplissait la jeune fille de confusion. Dans l'obscurité de la nuit, la veille, lord Dorrington avait gardé, pour elle, une sorte d'anonymat et elle n'avait pas pris conscience de sa notoriété et de son rang social. Elle avait mal distingué les traits de son visage; et, en dépit de l'importance décisive que l'intervention de cet homme avait eu sur le cours de sa vie, Aline avait été incapable, une fois rentrée chez elle, de se souvenir de son aspect physique.

En le voyant au jour, elle restait sidérée par la beauté de cet homme et plus encore par son extrême élégance. Le raffinement avec lequel il était habillé faisait presque oublier la beauté classique de ses traits.

Il portait, ce matin-là, le tout nouveau pantalon étroit et long mis à la mode par le prince de Galles pour les circonstances de la vie courante. Le sien était de couleur champagne. Et sa veste courte soulignait la minceur de ses hanches et la largeur de ses puissantes épaules de sportif.

Bien qu'Aline ne fût pas en mesure de le savoir, le nœud de son immense cravate blanche était le plus compliqué de tous ceux alors à la mode : celui que l'on appelait « le nœud mathématique ». Sa cravate enserrait soigneusement le bas de son menton et faisait paraître son cou plus long. Une petite épingle précieuse piquée dedans brillait avec éclat sous les rayons du soleil qui traversaient le vitrail.

Après avoir posé son chapeau sur le banc de devant, il demanda d'un ton flegmatique :

– Dites-moi vite ce qui s'est passé.

Aline ne répondit pas immédiatement. Elle finit par dire d'une petite voix :

– Je veux que... vous me releviez de mon serment...

– Ça, je m'y attendais! Mais, auparavant, vous allez me raconter ce qui vous est arrivé depuis hier soir. Je vous avais conseillé de parler franchement à votre mère. L'avez-vous fait?

– Il n'y a aucune raison pour que nous en parlions ensemble, dit-elle d'un ton sage. Mais vous m'avez arraché de force une promesse. Et, comme j'ai le sens de l'honneur, je viens simplement vous demander de m'en délier.

– Et si je refusais? demanda lord Dorrington.

– Vous ne pouvez pas refuser! Vous n'avez aucun droit sur moi, et le serment que vous m'avez extorqué ne vous en donne pas plus, parce que c'était du chantage! déclara-t-elle avec une fermeté imperturbable.

Lord Dorrington ne put s'empêcher de sourire :

– Vous me parlez vraiment durement! Allons, ne perdons pas de temps, Aline! Commençons par le commencement : que s'est-il passé chez vous après le retour de votre mère?

– Maman n'est rentrée que bien après minuit, commença-t-elle à contrecœur. (Elle s'arrêta et poursuivit d'un ton rapide :) Je suis tout à fait certaine que des rendez-vous importants vous attendent, milord, et que vous n'avez aucunement envie d'être mêlé à mes tristes histoires. Aussi, je vous prie de m'accorder ce que je vous ai demandé. Ensuite, vous serez libre de vaquer à vos propres affaires, et vous n'entendrez plus parler de mon insignifiante personne.

Lord Dorrington fit la sourde oreille et insista :

– Que s'est-il passé?

Aline leva la tête et le regarda droit dans les yeux. Elle comprit qu'il ne céderait jamais en voyant l'expression de son regard autoritaire. Il avait un air inflexible. La jeune fille fit un petit geste de désespoir :

– Très bien, dit-elle résignée. Mais quand vous trouverez que je vous importune, vous ne vous en prendrez qu'à vous-même!

Impassible, il hocha la tête :

– J'ai envisagé cela, mais c'est sans importance.

Aline laissait errer un regard vague devant elle. Elle regarda l'autel comme si elle en espérait un secours miraculeux. Mais rien ne pouvait lui permettre d'échapper à la volonté tenace de son compagnon. Alors elle commença à raconter, tout bas :

– Lorsque je rentrée à la maison, la nuit dernière...

Lord Dorrington n'eut aucune difficulté à imaginer ce qui s'était passé. Aline avait un vrai talent de conteur, que son goût de la lecture n'avait fait que développer. Elle racontait de façon très vivante.

Son langage châtié et raffiné, qui étonnait chez une jeune fille de cet âge, surprit agréablement lord Dorrington.

Mais il oublia vite ces considérations littéraires : la tragédie que la jeune fille lui contait, captivait peu à peu toute son attention.

Après qu'il l'eut déposée devant chez elle, Aline avait attendu que le carrosse ait disparu avant de frapper à la porte. Le laquais, qui était de service, lui avait ouvert, étonné de constater qu'elle était seule. Elle lui avait expliqué :

– J'ai été ramenée par un ami, James. Vous direz à ma mère, quand elle rentrera, que je suis allée me coucher.

– Bien, mademoiselle, avait-il promis.

Aline s'était dépêchée de monter dans sa chambre.

La cage de l'escalier, circulaire, était éclairée par un lustre accroché au dernier étage. Les plus belles chambres se trouvaient au second. Pendant qu'elle se déshabillait en hâte, Aline laissa sa porte entrouverte afin d'entendre sa mère rentrer.

Elle s'attendait à être violemment sermonnée pour être partie sans rien dire à personne juste avant l'annonce de ses fiançailles. Mais elle se disait aussi que sa mère avait certainement compris que son départ de la salle de bal était dû à son refus de laisser faire cette annonce officielle.

Elle se déshabilla donc dans un état de grande anxiété et, après avoir enfilé sa chemise de nuit, elle mit un châle de laine sur les épaules : elle avait l'impression que le temps s'était rafraîchi, après la lourde chaleur de la journée.

« A moins que je n'aie froid parce que je suis énervée », pensa-t-elle.

Quoi qu'il en soit, comme elle frissonnait, elle tenta de se réchauffer en faisant les cent pas dans sa chambre, entre la porte et la fenêtre.

La pendule avait sonné deux heures du matin quand elle entendit enfin le bruit d'une voiture qui s'arrêtait à la hauteur de la maison. Elle jeta un regard prudent par la fente des rideaux. Comme elle s'y était attendue, c'était le carrosse doré portant les armoiries du prince Ahmadi.

Il y avait deux laquais en livrée sur le marchepied à l'arrière. L'attelage avait grande allure avec ses chevaux empanachés de plumes rouges.

Dès qu'elle vit descendre le prince Ahmadi avec sa mère, elle courut fermer la porte de sa chambre.

Elle entendit la voix aiguë de sa mère demander à James dans le vestibule :

– Miss Aline est-elle ici?

James répondit :

– Oui, milady, elle est rentrée depuis longtemps et elle m'a prié de vous dire qu'elle était allée se coucher.

– Vous voyez bien : j'avais raison de vous dire qu'il ne lui est rien arrivé! s'exclama le prince.

– Comment a-t-elle pu se conduire de cette manière? Quelle inconséquence! répliqua lady Maud.

On sentait, à sa voix, que lady Maud était furieuse. Mais, il y avait une intonation de cruauté dans celle du prince Ahmadi qui renchérit :

– Je dois reconnaître que c'est une façon de faire extrêmement égoïste et désinvolte.

Aline avait frissonné en l'entendant.

Lady Maud avait aussitôt repris son ton mondain le plus doucereux pour proposer au prince :

– Montez donc avec moi au salon. Nous prendrons quelque chose. J'avoue que j'ai besoin d'un peu d'alcool pour me remettre de l'émoi dans lequel cette exaspérante enfant m'a mise.

– Allez-vous la punir pour son inconséquence?

Aline frissonna tant il y avait de menaces dans la voix du prince Ahmadi. Elle recula dans l'embrasure de sa porte tandis que sa mère et le prince montaient au premier étage. Elle les entendit entrer dans le salon. Ils avaient laissé ouverte la porte donnant sur le palier du premier étage. Elle descendit avec précaution deux ou trois marches pour suivre leur conversation.

Les chandelles du lustre de l'escalier étaient maintenant tellement basses, à cette heure avancée de la nuit, qu'elles ne donnaient plus qu'une lueur très faible, et elle était certaine que, là où elle était, personne ne pouvait l'apercevoir.

Elle ne perçut d'abord que le tintement des verres de cristal lorsque le prince Ahmadi versa le vin.

Elle entendit la voix de lady Maud, un peu hésitante :
– J'espère que vous n'êtes pas trop fâché contre cette méchante petite?
Aline saisissait nettement, dans l'intonation prise par sa mère, la crainte de voir le prince rompre sa promesse de mariage.
– Elle mérite d'être punie, comme je vous le disais, mais il n'y aurait aucune raison pour que je ne lui pardonne pas ensuite.
– C'est très généreux de votre part! dit lady Maud d'un ton de flatterie appuyé, avant d'ajouter avec soulagement : après tout, ce n'est pas si grave, puisque seule lady Glossop savait que l'annonce des fiançailles devait être faite cette nuit! (Après un moment de silence, elle dit encore :) Ne pensez-vous pas que le mieux serait de faire paraître une annonce dans le carnet mondain de *La Gazette?* Je suis convaincue qu'Aline se montrera raisonnable, quand on la mettra devant le fait accompli. Elle est très jeune, et il est tout à fait normal qu'elle soit intimidée devant un homme de votre importance.
– Cette timidité me plaît beaucoup. Mais c'est une forte tête, et elle a besoin de trouver son maître.
– C'est certain, dit lady Maud avec un léger soupir.
Le prince poursuivit d'un ton docte sous lequel perçait une sorte d'excitation morbide :
– Aline est pareille à un jeune cheval qui a besoin d'être dressé. Mais je prendrai grand plaisir à la mater!
Aline retrouvait toute sa terreur en entendant le ton sur lequel le prince Ahmadi avait dit ces mots. Il exultait avec méchanceté, comme quelqu'un couvrant sa victime du regard et se réjouissant de sa faiblesse.
– Je vais lui parler, dit lady Maud d'un ton décidé.

Je veux qu'elle vous fasse des excuses. Alors, que décidons-nous au sujet de cette annonce dans *La Gazette?*

Le prince réfléchissait.

– On pourrait attendre après-demain. J'ai promis de participer aux courses demain. Mais vous pourriez m'inviter à dîner, si vous le voulez bien, ce qui me donnerait l'occasion de parler moi-même à Aline. Je lui apporterai la bague de fiançailles dont je vous ai déjà parlé.

– Je suis certaine qu'elle sera enchantée, déclara lady Maud avec enthousiasme.

Il y eut un moment de silence. Aline devinait que le prince Ahmadi réfléchissait à quelque chose de précis. Elle attendait avec angoisse ce qu'il allait dire.

Il reprit enfin d'une voix douce, insinuante :

– Je n'avais pas jugé utile de vous en parler plus tôt. Mais, il est souvent plus raisonnable, quand les filles sont très jeunes, de faire le nécessaire pour calmer leurs appréhensions à l'égard du mariage et apaiser leur sauvagerie.

Lady Maud ne comprenait rien à ce préambule.

– Je ne vois pas ce que vous voulez dire? demanda-t-elle avec curiosité.

– En Orient, chez nous, nous utilisons des potions qui ont pour effet de rendre les femmes qui regimbent devant les exigences du mariage un peu moins nerveuses et – dirons-nous – un peu plus... aimables.

Lady Maud eut un haut-le-corps et se récria :

– Vous ne me suggérez tout de même pas de droguer Aline?

– Chère amie! Quelle idée! Il ne s'agit pas de cela. Ce n'est qu'une herbe qui a un effet lénifiant. Elle calme les nerfs. Les femmes avisées s'en servent, dans mon pays, pour calmer les enfants hystériques et en donnent aux jeunes filles qui montrent une peur anormale devant les hommes.

– Quelle est cette herbe?

– J'en ignore le nom. Mais elle est d'un usage tout à fait courant au Khariz. La médecine est très développée en Orient. Les recettes se sont transmises oralement de génération en génération. Notre pharmacopée est très efficace et tout à fait inoffensive, je puis vous l'assurer.

Ayant entendu sa mère demander « Qu'est-ce que c'est? », Aline devina que le prince Ahmadi venait de sortir quelque chose de sa poche.

Il répondit en effet :

– Ces petites pilules ont l'air bien innocentes, n'est-ce pas? Elles ne feront, en effet, aucun mal à Aline. Mais elles l'aideront à calmer ses nerfs et ensuite à se montrer peut-être un peu plus gentille envers moi.

– Comment vais-je la persuader de les prendre? s'inquiéta lady Maud.

– Pourquoi ne lui diriez-vous pas tout simplement que c'est pour avoir le teint clair? ricana le prince. Aucune femme ne résiste au désir de s'embellir!

– C'est vrai : quelle excellente idée! J'espère que de cette manière, elle ne me fera pas de difficultés.

– Oh! Je suis certain que vous saurez la convaincre. J'ai toujours constaté, jusqu'ici, que vous savez être extrêmement persuasive...

Il avait dit cela en souriant, mais sur un ton ambigu, ironique, sous lequel on sentait pointer une menace.

– Bien sûr, j'essaierai, dit docilement lady Maud. Mais je vais surtout me fâcher et la gronder pour ce qu'elle nous a fait ce soir. Je veux qu'elle ait des remords et qu'elle vous fasse des excuses demain quand vous viendrez dîner.

– J'arriverai vers sept heures et demie, dit-il avec

assurance. En attendant, puis-me permettre de vous remercier pour cette aimable invitation?

Aline ne chercha pas à en savoir plus. Elle avait trop peur d'être surprise lorsque le prince Ahmadi sortirait du salon. Elle grimpa à toute vitesse les quelques marches qui la séparaient du palier, rentra dans sa chambre, ferma sa porte et se glissa entre ses draps.

Bien que son cœur battît violemment, elle ferma les yeux pour faire semblant de dormir, dans l'espoir que sa mère remettrait au lendemain matin la scène qu'elle avait l'intention de lui faire.

Mais lady Maud était bien trop en colère pour y renoncer. Dès que la porte d'entrée se fut refermée derrière le prince Ahmadi, elle remonta à toute vitesse l'escalier et bondit dans la chambre de sa fille.

– Réveillez-vous, Aline! J'ai beaucoup de choses à vous dire, cria-t-elle d'un ton furieux.

Voyant qu'il n'y avait pas d'échappatoire, la jeune fille s'assit dans son lit. Sa mère alla chercher un bougeoir sur la tablette qui était à côté de la porte de la chambre, sur le palier.

Elle alluma deux autres bougies sur la table de nuit et se mit à regarder sa fille d'un air sévère.

– Comment avez-vous osé vous conduire d'une façon pareille? Comment avez-vous pu? (Elle hurlait presque de rage et n'attendit pas la réponse.) Vous rendez-vous compte que ce malheureux prince avait l'air stupide à rester là à attendre votre retour? Vous l'avez ridiculisé ! Et lady Glossop doit avoir compris que vous ne voulez pas de ce mariage...

– Mais c'est la vérité, maman! Je ne me marierai pas avec le prince Ahmadi. Je vous l'ai déjà répété plusieurs fois!

Lady Maud rugit :

– Vous l'épouserez! Quand bien même il faudrait

que je vous traîne de force jusqu'au pied de l'autel! Maintenant, taisez-vous : écoutez ce que je vais vous dire et que j'aurais dû vous dire depuis longtemps.

– De quoi s'agit-il, maman?

– Votre père est mort en me laissant à peu près sans argent. Oh! Oui, je sais : vous le trouviez adorable, intelligent. Il avait toutes les qualités à vos yeux parce qu'il était toujours enfoui dans ses livres et ses grimoires! Et puis, il vous flattait, n'est-ce pas, en vous disant que vous aviez une intelligence supérieure; que pour vivre heureux tous les deux, il vous suffisait d'avoir vos livres et de les lire ensemble, sans vous préoccuper de votre mère, cet oiseau sans cervelle! (Lady Maud crachait littéralement les mots à la figure de la pauvre Aline qui ouvrait de grands yeux horrifiés.) Et, pendant ce temps-là, votre père gaspillait tout son bien à acheter des livres inutiles, au lieu de s'occuper de gérer ses biens et ses terres, laissait péricliter ses affaires et provoquait la ruine. Il a, de cette façon, accumulé les dettes d'année en année!

– J'en suis désolée, maman..., murmura Aline désorientée.

– Certes : vous pouvez l'être! Maintenant, il ne vous reste plus qu'à faire votre devoir, Aline, en vous mariant avec le seul homme riche qui veuille bien vous épouser! Pensez-vous donc qu'il puisse exister un seul Anglais qui accepterait de prendre pour épouse une fille sans dot, qui n'est pas particulièrement jolie, et dont la mère tire ses revenus du jeu? (Lady Maud lut sur le visage de sa fille ce que celle-ci pensait. Elle reprit avec cynisme :) Est-ce que cela vous choquerait, par hasard? Mais, avec quoi pensez-vous donc que je payais votre pension au couvent? Comment pourrions-nous, autrement, nous offrir une maison à Londres? De quoi pourrions-nous vivre? (Elle reprit sa respiration et ajouta d'un ton agressif :) Tout l'argent que je dépense, Aline, provient de mes gains au jeu et de ce que des hommes ont la bonté de me donner pour me payer les plaisirs que je peux leur offrir...

Aline jeta un cri en cachant vivement ses yeux avec ses mains. Lady Maud arpentait la pièce de long en large.

– Il est temps que vous cessiez de vivre comme une petite oie blanche. Ouvrez les yeux! Prenez la vie comme elle est! Il faut assumer votre existence. En ce qui vous concerne, ma fille, vous n'avez pas le choix. Ou bien vous épousez le prince Ahmadi, ou bien il faudra vous trouver un riche protecteur. Car je vous affirme que personne, dans la bonne société, ne vous jettera un seul regard.

– Mais je ne veux pas me marier, maman! Je ne veux pas vivre avec un homme! s'écria la jeune fille. Laissez-moi partir à la campagne, j'habiterais avec Martha ou avec miss Riggs. Cela ne coûterait pas bien cher : quelques livres par mois. Je partirai et vous ne penserez plus à moi. Vous oublierez les soucis que je vous cause.

– Et j'oublierai aussi l'offre généreuse que m'a faite le prince Ahmadi peut-être? Savez-vous ce qu'il va me donner? cria lady Maud folle de rage. (Comme Aline, sidérée, ne disait rien, elle reprit :) Dix mille livres! Voilà ce qu'il me donnera le jour de votre mariage! Dix mille livres, Aline : de quoi payer toutes mes dettes et me permettre de vivre confortablement pendant une année entière au moins!

– Comment le prince Ahmadi peut-il m'attribuer une si grande valeur? J'en suis vraiment surprise! dit la jeune fille d'un ton ironique.

Lady Maud haussa les épaules :

– Il est follement amoureux de vous : Dieu seul sait

pourquoi! Peut-être tout simplement parce que vous essayez de vous dérober à ses avances? J'irais même jusqu'à dire que vous auriez agi habilement en vous enfuyant ce soir, si vous l'aviez fait à dessein! Mais, attention, il ne faut pas aller trop loin. Et je pense que ce soir, vous avez dépassé les limites, déclara sa mère qui semblait se calmer.

Une lueur d'espoir traversa les yeux d'Aline.

– Voulez-vous dire qu'il pourrait se lasser et en venir à ne plus vouloir se marier avec moi, maman?

– Non pas! Il tient toujours à vous épouser, heureusement! Mais il ne faut plus continuer à vous moquer de lui. Il existe des centaines de filles à Londres qui bondiraient sur la chance qu'il représente pour vous.

– Je le déteste, maman! Je vous en prie, comprenez enfin : je le déteste, je le hais! Il y a quelque chose en lui qui me repousse. Je ne peux pas me marier avec lui! Un autre ne me ferait probablement pas le même effet. Je veux bien tenter de plaire à quelqu'un si cela doit arranger votre situation. Mais je ne veux pas me marier avec le prince Ahmadi! Je ne le laisserai jamais me toucher; j'aime mieux me tuer! (La voix d'Aline s'était brisée. Elle reprit avec fermeté :) Je le dis sérieusement, maman. Je mourrai ce soir. Je me jetterai dans la Tamise, mais je ne l'épouserai pas!

– Inutile de chercher à me faire peur avec vos sornettes insensées! Vos menaces hystériques ne prennent pas avec moi, Aline! Et, maintenant sachez qu'une seule chose existe pour moi : je veux ces dix mille livres et je suis bien décidée à les avoir! Et que ceci soit clair pour vous!

– Maman... maman! Je vous en supplie! Soyez bonne pour moi dans cette affaire! Je vous assure que je vous aiderai une autre fois.

– Il n'y aura jamais d'autre occasion, Aline, parce que j'ai décidé que vous épouseriez le prince Ahmadi. Il est plus riche qu'il n'est possible de l'imaginer! D'une richesse qui dépasse tout ce qu'on peut rêver! Il continuera à m'aider quand vous serez mariés : ne comprenez-vous donc pas ? Dix mille ou vingt mille livres, pour lui, c'est la même chose. Et ce n'est rien! J'ai fait ma petite enquête sur le royaume de Khariz : le prince sera l'un des plus riches souverains du monde entier.

Une immense convoitise animait la voix de lady Maud. Aline se cacha le visage dans les mains.

– Je vous en supplie... Maman, je vous en prie : écoutez-moi.

– Je ne veux pas écouter tous vos arguments. La seule chose que je veuille entendre c'est que vous acceptez d'épouser le prince! Et je vous battrais, s'il le faut, pour que vous vous soumettiez, mais vous l'épouserez! Je ne vous ai jamais donné le fouet depuis votre petite enfance, Aline; mais, s'il le faut, je n'hésiterai pas un instant pour aboutir à mes fins. (Lady Maud serrait les lèvres méchamment. Elle ajouta :) Vous épouserez le prince Ahmadi de toute manière; aussi serait-il beaucoup plus facile et plus agréable pour l'une comme pour l'autre si vous vous décidiez à obéir immédiatement et si vous cessiez de vous rebeller. (Elle jeta un coup d'œil à la jeune fille et se mit à parler d'un ton plus calme :) Il vous aime à sa façon. Vous pourrez faire tout ce que vous aurez envie de faire avec lui, vous pourrez en obtenir tout ce que vous voudrez. Il vous suffit d'être aimable et de lui permettre de vous témoigner son amour.

– Je le hais... Je le hais! répétait Aline.

– Voilà le résultat de l'éducation que vous a donnée votre père! dit lady Maud d'un ton méprisant. N'avez-vous pas compris, stupide petite sotte, que votre père était l'homme le plus égoïste que la terre ait porté? Vous avez cru qu'il vous aimait! Vous avez cru qu'il s'intéressait particulièrement à vous! En réalité, il avait seulement envie d'avoir quelqu'un – n'importe qui – auprès de lui pour l'écouter!

Aline poussa un cri :

– Non! Il m'aimait!

Lady Maud rétorqua froidement :

– Il n'aimait que lui-même, voilà la vérité! Tout ce qu'il voulait c'était d'avoir quelqu'un écoutant ses grandes idées et ses discours, buvant ses paroles, acceptant de se laisser gaver de connaissances parfaitement utopiques et inutiles qui ne servent à rien dans la vie. N'importe qui aurait pu tenir cette place auprès de lui aussi bien que vous!

– Mais papa m'aimait bien! s'insurgea la jeune fille.

– Il aimait surtout entendre le son de sa propre voix! Il aimait avoir quelqu'un en adoration devant lui : le maître et son disciple! Vous jouiez le rôle à la perfection! (Lady Maud fit un geste vengeur :) Petite idiote! Ne comprenez-vous donc pas qu'il vous avait mis dans la tête cette idée que les hommes étaient des êtres abominables, tout simplement parce qu'il tenait à vous conserver auprès de lui jusqu'à la fin de sa vie, pour ne pas rester seul! (Elle ricana méchamment :) Il ne voulait pas vous voir vous marier comme toutes les femmes : bien sûr! Il aurait perdu son cher petit disciple! Et voilà pourquoi il a cherché à vous dégoûter des hommes!

Aline sentait une blessure profonde s'ouvrir dans son cœur. Elle répétait sauvagement :

– Ce n'est pas vrai! Ce n'est pas vrai!

Pourtant, tout au fond d'elle-même, quelque chose

lui disait qu'il y avait une part de vérité dans ce que lui disait si cruellement sa mère.

Lady Maud se tut un instant, comme si elle luttait contre elle-même pour se dominer. Elle finit par dire d'un ton plus calme et plus détaché :

– Nous pourrions nous quereller ainsi toute la nuit. Il est très mauvais pour le visage de se laisser emporter par la colère : je vais sûrement avoir des rides demain! Nous reparlerons de tout cela demain matin, Aline. (Elle prit la main de sa fille.) Il faut dormir maintenant et ne plus penser à tout ce que nous venons de nous dire. J'ai peut-être été dure : il faut me pardonner. Car c'est seulement à cause de tout le souci que je me fais pour l'argent et l'avenir.

Aline balbutia :

– Je sais, maman. Je suis désolée...

– Je sais que vous voulez bien m'aider, dit lady Maud d'un tout autre ton. Plus tard, lorsque vous serez mariée et que vous aurez tout ce qu'il vous faut et tout l'argent que vous voudrez, nous rirons ensemble de ce que nous disions ce soir, vous verrez! Et vous comprendrez alors que c'était pour votre bien et que je ne veux que votre bonheur.

Aline ne répondit pas. Lady Maud alla jusqu'à la table de toilette. Elle remplit un verre d'eau et revint le poser sur la table de chevet de sa fille. Puis elle lui dit d'un ton tranquille et détaché :

– Je voudrais que vous preniez une de ces pilules, ce soir. Cela vous aidera à dormir calmement. Vous serez détendue. Et demain matin, nous aurons oublié toutes ces horreurs que je vous ai dites.

Tout en parlant, elle avait ouvert son réticule qu'elle avait gardé au poignet. Il était en satin bleu, assorti à sa robe. Elle fouilla dedans et en sortit une toute petite boîte. Aline devina aisément que c'était celle que le prince Ahmadi lui avait remise au cours de la soirée.

– Prenez-en une avec ce verre d'eau : je veux que vous passiez une bonne nuit, ma chère enfant.

Aline prit une pilule dans la boîte et la garda dans sa main.

– Prenez-la, insista sa mère.

– Oui, répondit Aline. Oh! maman, votre peigne vient de tomber.

Lady Maud se mit à regarder à terre autour d'elle.

– Où est-il? Je ne le vois pas?

– J'ai pourtant eu l'impression de le voir glisser. Peut-être me suis-je trompée?

– J'en ai bien l'impression, dit sa mère en se relevant. (Elle regarda dans son réticule et s'écria :) Il est là, vous êtes stupide!

– J'étais pourtant certaine de l'avoir vu tomber.

– Avez-vous pris votre pilule? demanda lady Maud. (Aline fit « oui » avec la tête.) Bon. Maintenant dormez bien. Je regrette de vous avoir tourmentée.

– C'est normal, maman, dit-elle en s'enfonçant au creux de son oreiller, comme si elle se fût sentie très fatiguée tout à coup. Lady Maud souffla deux des bougies avant de se diriger vers la porte.

– N'oubliez pas d'éteindre la dernière chandelle avant de vous endormir. Bonne nuit, Aline.

– Je n'oublierai pas, maman, dit-elle docilement.

Elle attendit que la porte se soit refermée sur sa mère. Elle reprit la pilule qu'elle avait cachée dans ses draps et la replaça dans la boîte.

Ayant terminé son récit, Aline se tut et mit la boîte de pilules dans la main de lord Dorrington.

– J'ai apporté ces pilules avec moi, pour vous les montrer, de façon à ce que vous ne puissiez pas me soupçonner d'avoir inventé toute cette histoire invraisemblable. Je suppose qu'elles doivent contenir de l'opium?

Lord Dorrington répondit avec une fureur contenue :

– Je saurai bien le découvrir! (Il prit trois pilules et rendit la boîte à Aline en disant :) Il vaut mieux remporter la boîte chez vous, sinon votre mère pourrait vous questionner.

Aline se récria avec vivacité :

– A la maison? Mais je ne rentrerai pas à la maison! Dès que vous m'aurez relevée de mon serment, j'irai me noyer dans la Tamise ou me tuer d'une façon ou d'une autre!

– Non! Vous ne ferez rien de ce genre! dit lord Dorrington d'un ton sans réplique.

– Mais je ne peux pas épouser le prince Ahmadi! Vous êtes bien obligé de l'admettre! Même si j'étais abrutie à force d'avoir absorbé sa drogue infâme, je réagirais... j'aurais de toute façon peur de lui. Je ne pourrais jamais supporter de devenir sa femme... même pour tout l'or du monde!

Lord Dorrington prit un ton grave :

– Je le comprends parfaitement, Aline. Et c'est pourquoi je vous demande de faire scrupuleusement tout ce que je vais vous dire de faire.

Interdite, Aline leva la tête et le regarda dans les yeux. Elle s'étonna :

– Voudriez-vous dire que vous allez me sauver?

– Je pense que je n'ai pas le choix, répondit lord Dorrington avec un léger sourire.

3

Lord Dorrington avait quitté l'église le premier. Il avait descendu rapidement l'escalier de pierre qui se trouvait au bout de la galerie et donnait sur le côté du bâtiment, évitant ainsi de passer par le grand portail de la façade. Il s'était glissé discrètement entre les bancs de bois sculptés, jetant un regard distrait sur d'aristocrates noms gravés, çà et là, aux places réservées. Ce jour-là, elles étaient toutes inoccupées. Le dimanche, elles n'étaient guère encombrées non plus. Saint-George était la paroisse la plus chic de Londres et ne voyait d'affluence que pour les grands mariages à l'occasion desquels, en revanche, se pressait une foule élégante.

Lord Dorrington récupéra son phaéton dans Maddox Street, car le cocher avait fait tourner les chevaux un bon nombre de fois autour de la place du Hanovre pour calmer leur impatience pendant cette longue attente.

Lord Dorrington, qui tenait à conduire lui-même, prit les rênes et lança rapidement l'attelage. Il remonta Bond Street jusqu'à l'officine de pharmacie de Paytherus & C°, l'apothicaire le plus célèbre de la ville. Là, il fit arrêter les chevaux et sauta à terre.

Une fois dans la boutique, il passa rapidement entre les hauts comptoirs encombrés de toutes sortes de fioles, de jarres et de pots à pharmacie contenant liquides et onguents à côté de lourds mortiers de porcelaine blanche, et gagna l'arrière-boutique où Mr Paytherus préparait lui-même les médicaments de sa spécialité.

Il s'affairait au milieu d'un prodigieux amoncellement de produits étranges. On voyait là des flacons de térébenthine et de blanc de plomb, des baquets et des pots pleins d'huile de castor, de soufre, d'eau blanche, d'antimoine, de camphre, des cageots contenant des têtes de pavots, des tonnelets renfermant du sel gemme, de la levure, de l'amidon.

En reconnaissant son illustre visiteur, Mr Paytherus se précipita. C'était un petit homme rondelet. Il était chauve et portait des lunettes. Il s'inclina respectueusement.

– Votre visite me fait grand honneur, milord! s'écria-t-il.

Lord Dorrington posa devant lui, sur la table, les trois pilules qu'il avait prélevées dans la petite boîte apportée par Aline à l'église. Il alla droit au but :

– Je voudais savoir ce que contiennent ces pilules. Je puis vous dire ce que je sais : elles viennent du Moyen-Orient et je suppose qu'elles renferment plus ou moins de l'opium, si cela peut vous aider et nous gagner du temps.

Mr Paytherus renifla une pilule.

– Cela ne fait aucun doute, milord! L'odeur est facile à reconnaître. Je ne m'y trompe jamais.

Puis il fragmenta les pilules qu'il déposa dans divers récipients. Il versa ensuite des produits chimiques différents sur chacun. Quand il eut fini d'observer les réactions, il déclara d'un ton grave :

– Je ne m'étais pas trompé! Ces pilules sont à base d'une drogue très puissante : la cantharidine. Elle entre dans leur composition en quantité relativement faible, mais, comme vous le savez peut-être, milord, c'est une drogue qui s'accumule dans l'organisme, et, à la longue, elle agit de plus en plus fort...

Lord Dorrington s'enquit aussitôt :

– Pourriez-vous me dire ce qui arriverait à quelqu'un qui en prendrait régulièrement une ou deux pilules chaque jour?

Mr Paytherus réfléchissait :

– C'est une chose difficile à dire... Il faudrait faire de nombreuses expérimentations pour le savoir. Néanmoins, je présume que cette personne perdrait plus ou moins son libre arbitre : elle deviendrait léthargique, semi-inconsciente. Ces pilules sont soporifiques et elles agissent sur la volonté.

– C'est probablement l'effet de l'opium?

– Certes, Votre Grâce. Mais, à longue échéance, lorsque la cantharidine commencera à agir, ce sera tout autre chose.

– Que se produirait-il? demanda lord Dorrington avec une vive curiosité.

Mr Paytherus haussa les épaules :

– En général, les personnes qui usent de cet aphrodisiaque se montrent très excitées. Passionnées, en quelque sorte. Quand il est pris en grandes quantités, il peut devenir très dangereux, il provoque des hallucinations, le délire, la folie. Il peut même être mortel à fortes doses. De toute manière, c'est une drogue qui ruine le cerveau, avec la dégradation morale que cela entraîne.

– Je vous remercie, Mr Paytherus : c'est précisément ce que je voulais savoir!

– Ne me remerciez pas, milord. Je suis heureux de vous rendre service. Je reste toujours à votre entière disposition, comme vous le savez.

Lord Dorrington quitta l'officine, sauta dans son phaéton qu'il conduisit directement jusqu'au ministère des Affaires étrangères.

On lui répondit que le ministre allait le recevoir immédiatement et on l'introduisit dans le vaste bureau où lord Grenville trônait derrière une table de travail imposante. Ce dernier se leva aussitôt en le voyant entrer et lui tendit chaleureusement les deux mains.

– Je suis vraiment heureux de vous voir, Dorrington! Vous ne me faites pas souvent l'honneur de votre visite.

– Il est assez rare que j'aie besoin d'obtenir un renseignement confidentiel auprès de vos services, déclara lord Dorrington qui avait hâte d'entrer dans le vif du sujet.

Lord Grenville leva les sourcils, puis invita son visiteur à s'asseoir à côté de son bureau tout en reprenant place au fond de son fauteuil.

Cela faisait huit ans qu'il occupait ses fonctions aux Affaires étrangères. Il jouait aussi un rôle important à la Chambre des lords où il représentait le gouvernement. Il connaissait à fond tous les ressorts de la politique européenne dont il avait une excellente compréhension du fait qu'il parlait couramment de nombreuses langues étrangères. Lord Dorrington estimait que c'était le meilleur ministre des Affaires étrangères.

Il jouissait également d'une très grande popularité parmi les jeunes et joyeux seigneurs qui entouraient le prince de Galles, ce qui ne gâtait rien. Il se montrait toujours prêt à les aider quand ils en avaient besoin. C'était lui qui veillait à les tirer d'affaire quand l'un d'eux se trouvait dans un mauvais pas à l'étranger, ou quand il recevait des plaintes des membres du corps diplomatique au sujet de la conduite de cette noblesse parfois turbulente.

Il regardait lord Dorrington et pensait, en l'observant, qu'il était très différent des jeunes nobles de l'entourage habituel du prince héritier. C'était un homme froid et réservé, comme le vieux diplomate les aimait. Il était d'une élégance si raffinée qu'il était impossible de ne pas l'admirer, même si l'on regrettait, à part soi, le considérable gaspillage de temps qu'elle impliquait.

Lord Dorrington entreprit d'exposer l'affaire qui l'avait amené chez le ministre :

– Je souhaiterais que vous me disiez tout ce que vous savez sur le prince Ahmadi du Khariz.

Lord Grenville parut surpris. Il remarqua :

– Ce prince est bien la dernière personne à laquelle j'aurais supposé que vous puissiez porter intérêt!

Lord Dorrington ne répondit rien et lord Grenville agita la clochette d'argent posée devant lui sur son bureau. Une porte s'ouvrit aussitôt.

– Apportez-moi immédiatement le dossier du prince Ahmadi avec le rapport que j'ai lu hier.

La porte se referma discrètement, tandis que lord Dorrington disait avec étonnement :

– Vous avez donc un rapport sur lui?

– Mais oui, bien sûr! J'ai d'ailleurs des rapports – secrets et confidentiels bien entendu, – sur la plupart des diplomates en poste à la Cour, ainsi que sur les personnages importants dans leurs pays respectifs quand ils séjournent en Angleterre.

La porte fut ouverte de nouveau et un employé, à l'air respectueux et gourmé, posa une chemise devant lord Grenville, puis disparut silencieusement.

– Il est inutile que je vous expose la situation géographique et la constitution politique de ce pays. Vous connaissez cela tout aussi bien que moi.

– Ce n'est pas ce qui m'intéresse actuellement.

Lord Grenville sourit :

– Je suppose que ce sont des précisions sur la personnalité du prince Ahmadi, sur son caractère et sur ses mœurs que vous désirez connaître?

– Vous avez bien deviné.

– Ce n'est pas spécialement réjouissant, soupira lord Grenville. Et, bien entendu, rien de ce que je vais vous dire ne doit être répété au-dehors.

– Naturellement!

Lord Grenville fouilla parmi les papiers posés devant lui, avant de dire :

– Je vais vous paraître très curieux : puis-je me permettre de vous demander la raison pour laquelle vous vous intéressez tant au prince Ahmadi?

Lord Dorrington répondit brièvement et sans détour :

– Il veut se marier avec la très jeune fille de lady Maud Camberley.

Lord Grenville sursauta :

– Mais je n'en ai pas été informé!

– C'est pourtant exact! L'annonce officielle des fiançailles devait avoir lieu la nuit dernière au cours du bal donné par lady Glossop. Seule la soudaine disparition de la fiancée, qui s'était enfuie au dernier moment, en a empêché l'annonce. (Il se tut quelques instants avant de poursuivre :) Néanmoins, je sais de source certaine que le faire-part doit être communiqué à *La Gazette* pour y être publié demain ou après-demain au plus tard.

– C'est intolérable! s'exclama d'un ton furieux lord Grenville. C'est la troisième fois, en cinq ans, qu'il épouse une jeune fille de la noblesse européenne!

Lord Dorrington, impassible, ne broncha pas et conserva une attitude désinvolte. Mais une expression tendue marquait brusquement son fin visage, et sa voix était devenue rauque :

– La troisième? demanda-t-il stupéfait.

Lord Grenville répondit, en consultant ses papiers :

– En 1793, le prince Ahmadi avait épousé une

jeune Bavaroise. C'était la fille d'un baron sans importance. Je ne l'aurais jamais su s'il ne s'était trouvé par hasard que ce baron était un ami d'enfance de l'ambassadeur de Bavière à Londres à cette époque. (Il ajouta, tout en parcourant la note étalée sur son bureau :) Cette jeune fille est morte deux ans après au Khariz. L'ambassadeur m'a occasionnellement parlé du chagrin du père. Il paraissait tellement ému que je me souviens encore de notre conversation. C'est pourquoi j'ai ajouté de ma main cette note d'information au dossier, lorsque d'autres renseignements nous ont été communiqués au sujet du prince Ahmadi.

– Mais la seconde épouse? demanda Lord Dorrington.

– C'était une jeune Hollandaise : très jolie, très séduisante. Le mariage a été magnifique. Je me trouvais à Amsterdam à l'époque où la cérémonie a eu lieu. Tout le monde en parlait, et commentait la somptuosité des cadeaux reçus par la fiancée. Le bal avait duré jusqu'à l'aube. (Lord Grenville médita un instant, puis ajouta, d'une voix dure :) Je n'ai pas pu m'empêcher d'être stupéfait lorsque j'ai appris, peu après, avant même la fin de l'année, que la jeune épouse hollandaise venait à son tour de décéder! Et voilà que notre prince se retrouvait de nouveau célibataire...

Lord Dorrington le coupa brusquement :

– Pourriez-vous empêcher ce troisième mariage de se faire?

Lord Grenville secoua la tête tristement :

– Je n'ai pas la moindre autorité en matière de mariage! Encore moins sur un homme qui n'est pas citoyen anglais! Seuls, les parents, ou le tuteur de la fiancée, ont le droit d'interdire ce mariage.

Lord Dorrington serra les lèvres : après ce qui lui

avait été raconté par Aline, le matin même, il était certain que lady Maud resterait absolument sourde à tous les avertissements qui pourraient lui être donnés, si autorisés et si tragiques qu'ils fussent.

Il soupira en lui-même et se borna à demander :

– Que savez-vous d'autre sur le prince Ahmadi?

– Rien de particulièrement surprenant : ce que l'on peut attendre de ce genre d'homme. Il a un penchant pour les filles très jeunes. Il fréquente assidûment les lupanars spécialisés où l'on flatte les goûts « exotiques » des clients. (Il se replongea dans ses papiers et dit sans lever la tête :) Je lis, ici, qu'il devient agressif et qu'il est incapable de se maîtriser quand on provoque sa colère. Mais il a par ailleurs, la réputation d'être partout *persona grata* dans la meilleure société.

Lord Dorrington commenta d'un ton cynique :

– Les femmes perdent tout sens critique devant un homme de belle allure qui leur fait des compliments!

– C'est tout à fait vrai! Or, d'après tout ce que j'ai entendu dire, le prince Ahmadi est bel homme.

– Où a-t-il fait ses études? demanda encore lord Dorrington.

– En France et à Rome. Jusqu'à la Révolution de 1789, il menait grand train à Paris. Il y était célèbre pour le faste de ses réceptions et pour la somptuosité des cadeaux qu'il dispensait généreusement.

Lord Dorrington revint à la charge :

– Etes-vous vraiment certain de ne pouvoir rien faire pour l'empêcher d'épouser cette malheureuse jeune fille, à peine sortie du couvent?

– Personnellement, moi, je ne peux rien. Vous, vous pouvez dire à lady Maud ce que je viens de vous raconter. Mais, telle que je la connais, cette femme doit accueillir à bras ouverts un gendre aussi riche. Je suis certain qu'elle doit se moquer éperdument de son caractère et de ses mœurs.

– J'en suis, moi aussi, tout à fait certain.

Le ministre ajouta, d'un ton hésitant et gêné :

– Au fond, je préférerais que vous ne parliez pas du passé du prince Ahmadi à cette femme, si vous estimez que cela n'empêcherait pas ce mariage, car lady Maud me manquerait pas de lui rapporter notre conversation, et cela risquerait de soulever des problèmes dans nos relations avec l'ambassade du Khariz : on pourrait nous poser des questions embarrassantes...

Lord Dorrington montra sa surprise :

– Jamais je n'aurais supposé qu'un si petit Etat puisse avoir une ambassade à Londres?

– Mais si! Et leur ambassadeur a rang de ministre! Il y a trois ans, le gouvernement du Khariz nous a demandé si nous voulions bien accepter que le royaume soit représenté ici. Nous n'avions aucune raison de refuser. Et nous avons actuellement une ambassade du Khariz à Londres! (Lord Grenville se mordillait les lèvres, tout en précisant d'un air soucieux :) Bien entendu, de ce fait, le prince Ahmadi jouit de l'immunité diplomatique. En outre, je ne puis envisager d'intervenir de quelque façon que ce soit dans sa vie privée : je redouterais trop les répercussions que cela pourrait avoir sur nos relations avec le Khariz.

Lord Dorrington était étonné :

– Ont-elles tant d'importance?

– Actuellement, le Khariz maintient la balance entre la Perse et l'Afghanistan. Cependant, si jamais le prince Ahmadi outrepassait les limites, je n'hésiterais plus à agir personnellement! D'après ce que je sais de lui, c'est le genre d'homme que je déteste.

– Vous n'êtes pas le seul! murmura lord Dorrington en se levant. En attendant, je vous remercie pour ces précieux renseignements.

Lord Grenville prit un ton désolé :

– Je regrette sincèrement de ne pas pouvoir vous être d'un grand secours. Malheureusement, en apparence, le prince n'a rien fait de répréhensible, rien d'illégal. Même si l'on trouve déplorable qu'un homme qui n'est pas chrétien se marie trois fois de suite dans une église chrétienne, ce n'est pas un crime!

– Non; je m'en rends parfaitement compte!

Lord Dorrington remercia encore lord Grenville avant de prendre congé de lui.

Il monta dans son phaéton et quitta Whitehall, pour se diriger au plus vite vers St. James Street.

Aline était rentrée chez elle assez tôt pour que la vieille Martha puisse apporter à l'heure habituelle son chocolat au lit à lady Maud. Midi venait juste de sonner. Enfermée dans sa chambre, Aline s'était assise dans un fauteuil pour réfléchir et repasser dans sa tête les instructions que lui avait données lord Dorrington. Elle tâchait de ne rien oublier.

Il lui avait donné des ordres très précis et très clairs, d'une voix de commandement. Elle souriait en se le rappelant. Elle devait avoir eu l'air, pensait-elle, d'un petit soldat recevant les ordres de son commandant!

Mais l'important était de ne pas commettre la moindre erreur en exécutant ce qu'il lui avait prescrit. Il lui avait parlé d'un ton sans réplique qui n'admettait pas la moindre contradiction ou la moindre hésitation :

– Je suppose que vous devez être capable de tenir votre rôle convenablement.

– J'essaierai..., avait-elle seulement répondu.
– Savez-vous ce que ces pilules auraient fait de vous, si vous en aviez pris?
– Je ne connais pas bien les effets de l'opium...
– Vous seriez devenue léthargique, molle, indifférente à votre entourage, incapable de réagir et prête à obéir à tout ce que l'on vous ordonnerait de faire! Prête à faire n'importe quoi!
– Et si jamais le prince Ahmadi s'aperçoit que je ne les ai pas prises, que va-t-il arriver?
Lord Dorrington répondit avec autorité :
– Il n'y a que le résultat qui l'intéresse. Il suffira que vous fassiez attention à ne parler que par monosyllabes. Vous prendrez un air stupide, ahuri, languide. Vous vous montrerez disposée à donner votre agrément à tout ce que l'on vous proposera.
– En tout cas, je ne pourrais jamais le laisser me toucher! intervint-elle avec une toute petite voix.
– Je ne puis croire que votre mère oserait le laisser vous approcher de trop près! se récria-t-il. Néanmoins, vous lui direz très nettement que vous ne voulez à aucun prix rester seule avec le prince Ahmadi, qu'elle devra rester en permanence près de vous. Si le prince veut vous offrir la bague de fiançailles qu'il a promise, il devra le faire devant elle. Dites-le fermement à votre mère. (Il avait réfléchi un instant et avait ajouté :) Dites-lui que vous feriez une scène épouvantable, si elle quittait la pièce tant que le prince sera là.
Aline avait insisté encore :
– Ne pourrais-je pas remonter dans ma chambre avant le dîner?
– Non, cela ne nous donnerait pas le temps de gagner l'endroit où je vais vous cacher, à la campagne. Il faut que nous y soyons avant qu'ils aient eu le temps de comprendre. Ils peuvent lancer les sergents de ville

à nos trousses : soyons prudents! Et, surtout, ne commettez pas la moindre erreur, Aline, sinon ils découvriraient votre cachette et vous n'auriez plus qu'à retourner chez votre mère!

Aline avait poussé un léger soupir :

– Je ferai scrupuleusement tout ce que vous m'avez dit de faire.

Elle avait dit cela, quelques heures plus tôt. Mais, maintenant, elle se demandait si elle serait capable de jouer la comédie suffisamment bien pour tromper tout le monde, et en particulier le prince Ahmadi.

Elle calma finalement son angoisse en se sermonnant sévèrement : « A quoi cela te servirait-il d'être intelligente, ma pauvre fille, si tu n'étais pas capable de te jouer de deux personnes? » se disait-elle, pour se rassurer.

Son orgueil la stimulait aussi. Elle ne voulait pas baisser dans l'estime de lord Dorrington en échouant dans une entreprise qu'il lui avait décrite comme des plus simples.

Elle devait avoir de l'audace et agir. Il n'y avait d'ailleurs pas d'alternative pour elle.

En réalité, tout se passa beaucoup plus facilement qu'elle ne se l'était imaginé.

Quand elle déclara à sa mère, au cours du déjeuner, qu'elle se sentait terriblement et inexplicablement fatiguée, bien qu'ayant admirablement dormi la nuit précédente, et qu'elle lui demandait la permission de faire la sieste tout l'après-midi, une expression de satisfaction était passée sur le visage de lady Maud, qui lui répondit :

– Vous devinez que je souhaite vous voir en beauté, ce soir, Aline. Il vaut donc mieux vous reposer. Vous mettrez la dernière robe que je vous ai achetée : celle qui est garnie avec des boutons de roses, vous savez.

Elle m'a coûté les yeux de la tête! Et Dieu sait quand je pourrai payer la note...

Aline avait été sur le point de répondre que le prince Ahmadi ne manquerait certainement pas de payer cette note, s'il parvenait à obtenir ce qu'il voulait. Mais elle se souvint à temps du rôle qu'elle devait jouer.

Elle répondit donc mollement, d'une voix lasse, comme quelqu'un qui ne songe même pas à contester.

– Oui, je mettrai cette robe-là avec la guirlande de roses assortie dans mes cheveux.

– J'ai fait demander au coiffeur de venir ici à cinq heures. Lui aussi, il faudra le payer un jour! dit lady Maud.

Lady Maud s'interrompit pour regarder sa fille à travers la table. Elle remarqua :

– Vous êtes plus jolie que d'habitude, aujourd'hui : sans doute, parce que vous êtes plus douce et plus calme. C'est ainsi que je vous aime et je voudrais que vous soyez aussi charmante ce soir, avec le prince.

Aline avait quitté la pièce sans rien dire d'autre. Mais, lorsque sa mère vint la retrouver dans sa chambre, après que le coiffeur eut mis en place la dernière boucle, elle lui dit :

– Promettez-moi, maman, de ne pas me laisser un instant seule avec le prince Ahmadi ce soir. (Lady Maud hésitait. Alors Aline s'empressa d'ajouter :) Je serai aimable avec lui. Je serai d'accord sur tout ce qu'il me dira. Mais, si vous quittiez la pièce, je me mettrais à tempêter et à hurler. Je ferais une scène épouvantable et je refuserais de l'épouser!

Lady Maud la regarda avec mécontentement. La fermeté d'intonation prise par Aline semblait indiquer que son obstination habituelle, qui ne s'était pas manifestée de toute la journée, reparaissait! Inquiète, elle acquiesça à contrecœur :

– Bon : je ne vous laisserai pas seuls ensemble. C'est entendu. Mais, je pense que vous devriez reprendre une des pilules que je vous ai données hier soir. J'ai l'impression qu'elles vous ont bien réussi. Il semble bien qu'elles ont calmé votre nervosité et vous ont donné un joli teint. Elles ont fait disparaître les rougeurs que vous avez quelquefois.

– C'est quand je me mets en colère que j'ai des rougeurs, fit remarquer Aline.

– Vous n'avez aucune raison de vous mettre en colère aujourd'hui. Nous allons avoir un excellent petit dîner intime. Ce sera tout à fait agréable. J'ai commandé un menu exquis et de très bons vins, déclara-t-elle d'une voix doucereuse. (Elle ne put se retenir d'ajouter aigrement :) Le marchand de vins n'a jamais voulu laisser sa livraison sans qu'un acompte lui soit payé : imaginez-vous cela, Aline? Ces gens sont d'une insolence!

– Comme c'est désagréable pour vous, maman! dit Aline d'une voix indifférente.

– Mais qu'importe! Vous êtes une bonne petite fille et cela me fait plaisir de vous voir ainsi. Au fait, ces pilules, où sont-elles?

– La boîte est sur ma table de nuit. J'en prendrai une juste avant de descendre.

– N'oubliez surtout pas! recommanda lady Maud. Il faut que j'aille à la cuisine voir si tout est bien prêt pour recevoir le prince Ahmadi. Oh! Aline, si vous saviez comme je suis heureuse de vous voir si bien disposée!

Elle quitta rapidement la pièce sur ces mots, avant qu'Aline ait eu le temps de lui répondre.

Aline demeura songeuse derrière la porte qui s'était

refermée sur sa mère. Elle se demandait si, après tout, elle ne se montrait pas bien égoïste en repoussant ce mariage et en privant sa mère du bonheur qu'elle semblait en escompter. Cependant, l'aversion que le prince Ahmadi lui inspirait lui revint aussitôt à l'esprit. Non, elle se sentait décidément incapable de supporter sa présence, même s'il avait acheté la terre entière pour la déposer à ses pieds.

Elle se mit à chercher, encore une fois, la cause de cette répulsion si profonde. Elle se demandait pourquoi il lui faisait tellement peur, pourquoi le seul son de sa voix la mettait si mal à l'aise. « Il doit tout de même bien y avoir une raison! » se disait-elle, perplexe, en s'apercevant qu'elle avait déjà la chair de poule à la perspective de se retrouver devant lui dans quelques instants.

Elle avait entendu le prince Ahmadi entrer et monter les marches du grand escalier jusqu'au salon : il lui fallait descendre le rejoindre.

Elle se regarda une dernière fois dans la glace et sourit avec cynisme : « J'ai l'air d'un agneau frisé, on dirait que maman m'a parée pour le boucher! murmura-t-elle. Cette toilette est ridicule! »

En fait, cette robe surchargée de petits bouquets de roses, comme les anglaises de sa coiffure trop recherchée, avait été laborieusement choisie par lady Maud dans le dessein de complaire à un Oriental friand de très jeunes Européennes. Cette lourde façon de mettre l'accent sur son extrême jeunesse choquait la jeune fille, qui jugeait ce procédé écœurant et grossier.

Elle contemplait avec désolation son fin visage fardé, « comme une poupée », pensait-elle. Elle trouvait que sa mère l'avait maquillée d'une façon, non seulement excessive, mais incroyablement vulgaire, en regardant les taches de rouge qui soulignaient ses pommettes et sa bouche épaissie par un lourd trait de rouge à lèvres.

De toute évidence, sa jeunesse constituait son unique attrait pour le prince Ahmadi qui se désintéressait totalement de son intelligence et de ses qualités morales. Elle se rendait compte, avec lucidité, qu'il la trouvait vivement désirable du fait même de son jeune âge et ne manifestait pas le moindre intérêt pour sa personnalité. A cette pensée, elle se sentit prise de panique :

– C'est horrible! horrible! Oh! dire qu'il me faut le rejoindre au salon! Non, je ne veux pas! murmurait-elle affolée.

Elle avait envie de fuir tout de suite, d'ouvrir la porte et de s'échapper dans la rue. N'importe quoi plutôt que d'affronter à nouveau l'affreux regard libidineux du prince.

Mais, presque aussitôt, elle se rappela les recommandations de lord Dorrington avec sa voix paisible et impersonnelle, mais si convaincante. Elle soupira :

– Comme il est bon! Pourtant, il a fait une erreur en m'empêchant de me jeter à l'eau! Ah! il aurait mieux fait de me laisser faire comme je l'avais décidé... On ne peut qu'admirer la force et l'énergie qui l'animent. Il ne manifeste pas de sentimentalité déplacée. Il y a une certaine rudesse qui me plaît beaucoup chez lui, pensait-elle.

Elle savait que si jamais elle faiblissait au dernier moment, il la mépriserait et il lui semblait déjà entendre le ton sur lequel il lui parlerait et voir le regard qu'il lui jetterait. Elle savait ce qu'il penserait d'elle si elle se dérobait.

« C'est vrai : mon père a été soldat. Je n'ai pas le droit de faiblir, pas le droit d'être lâche », conclut-elle.

Elle releva le menton, ouvrit la porte de sa chambre et descendit l'escalier.

Au moment d'entrer dans le salon, elle se rappela qu'elle devait jouer la comédie et tenir son rôle. Elle dut se faire violence pour prendre un air hébété et marcher d'un pas hésitant, le regard dans le vague comme si elle ne savait pas où elle se trouvait.

Elle n'osa pas lever les yeux et regarder le prince Ahmadi en face pendant qu'il lui disait bonjour et la congratulait. Mais elle perçut, quand même, l'air satisfait avec lequel il la contemplait tout en parlant sur un ton de triomphe.

Le dîner se passa bien. Lady Maud avait recours à toute son expérience des hommes pour flatter et faire rire son hôte. Aline avait très peu mangé et n'avait pas dit un mot, ce dont ils ne se soucièrent aucunement.

La jeune fille s'aperçut cependant que le prince Ahmadi ne cessait de la regarder avec une insistance pénible. Elle gardait les yeux baissés et ne répondait que par monosyllabes quand elle s'y trouvait obligée.

Le repas terminé, ils passèrent au salon. Le moment dangereux était venu : elle le sentit immédiatement.

– J'ai un cadeau pour Aline, déclara le prince Ahmadi en regardant lady Maud dans les yeux.

A la façon dont il avait parlé on devinait qu'il lui signifiait que sa présence en tiers était indésirable. Lady Maud eut un moment d'hésitation. Elle tenait tellement à plaire en tout au prince, de crainte qu'il ne changeât d'idée si les choses ne se passaient pas comme il le désirait. Elle vivait dans la terreur de le voir se dérober à la dernière minute...

« Que faire? » pensait-elle. « Aline a l'air bien docile ce soir... elle a totalement changé d'attitude. Il n'y a pas de raison pour qu'elle revienne à la rébellion des jours derniers. Que dois-je faire? »

Elle hésitait visiblement à rester comme elle le lui avait formellement promis. Aline glissa vivement son bras sous le sien et dit gaiement :

– Maman, vous devez avoir envie, vous aussi, de voir ce cadeau!

Elle avait pris une petite voix enfantine; mais ses doigts serraient violemment le bras de sa mère, et celle-ci ne pouvait ignorer ce que signifiait cet avertissement.

Lady Maud leva un regard de chien battu vers le prince Ahmadi qui les dominait toutes les deux de sa haute stature.

– Aline est terriblement désolée, vous savez, de s'être montrée si désagréable, hier soir. Elle craint que Votre Altesse lui en veuille beaucoup.

Le prince sourit avec condescendance :

– Mais non, Aline! Je ne suis pas fâché, si vous êtes vraiment repentante.

– Je regrette beaucoup, dit la jeune fille d'un ton humble.

– Votre mère vous a-t-elle infligé la punition que vous aviez méritée?

La voix du prince avait résonné désagréablement : on avait l'impression qu'il se réjouissait à cette perspective. Aline ne répondit pas, et lady Maud intervint précipitamment :

– Je me suis mise dans une terrible colère contre cette petite : une colère épouvantable! Mais finalement, j'ai décidé de lui pardonner. Alors, il ne lui reste plus qu'à obtenir votre pardon aussi.

– Laissez-moi montrer à Aline ce que je lui ai apporté, déclara le prince qui se dirigea vers le fond du salon, tout en parlant. Il était évident qu'il voulait leur faire comprendre qu'Aline devait le suivre et laisser sa mère derrière.

Aline, qui avait parfaitement compris la manœuvre du prince, se cramponna au bras de sa mère.

– Je me sens mourir de curiosité, dit cette dernière d'une voix faible et éperdue.

Les deux femmes rejoignirent ensemble le prince. Il jeta un regard dur à lady Maud pour lui faire comprendre qu'il n'acceptait sa présence en tiers que parce qu'il ne pouvait faire autrement. Puis il se résigna à sortir un écrin de la poche de son habit. Il l'ouvrit pour le présenter à Aline. Sur le velours blanc de l'écrin brillait un énorme rubis serti de diamants.

Lady Maud s'extasia :

– Oh! Quelle bague merveilleuse! Jamais je n'ai vu de pierre aussi belle!

Le prince se tourna vers Aline :

– Et vous, Aline, qu'en pensez-vous?

– Elle est très... très somptueuse, balbutia-t-elle.

Il avança aussitôt la main pour se saisir de celle de la jeune fille. Dès qu'il la toucha, elle se mit à trembler comme une feuille, comme si un serpent glacé venait de la toucher.

Des frissons parcouraient sa colonne vertébrale. Il lui semblait que ses cheveux se hérissaient sur sa tête. Elle avait la chair de poule.

– Voici donc pour ma future épouse! déclara le prince Ahmadi tout en lui glissant le lourd anneau d'or au doigt.

Cette bague était lourde et froide. Aline pensait que ce gros rubis ressemblait à un œil diabolique qui lui jetait un regard maléfique. Elle ne savait pas au juste pourquoi, mais il lui semblait que cette pierre devait receler un pouvoir magique et cruel; que d'autres femmes avaient dû la porter avant elle et qu'il leur était arrivé malheur. Elle ressentait un véritable malaise à l'idée qu'elle était désormais en sa possession.

Quoi qu'il en fût, comprenant que le prince Ahmadi devait s'attendre à des remerciements, elle fit effort sur elle-même et s'obligea à dire avec amabilité :

– Merci! Merci beaucoup... vraiment beaucoup.

– Ce rubis vous va à ravir, réellement! dit-il en lui reprenant la main et se penchant pour la lui baiser.

Au contact de ces lèvres sur sa peau, Aline dut faire un immense effort sur elle-même pour ne pas crier, et pour ne pas retirer sa main. Elle ferma les yeux un instant pour mieux penser à lord Dorrington. Ce n'était qu'en concentrant sa pensée sur ce qu'il lui avait promis, qu'elle parvenait à rester maîtresse d'elle-même et à tenir le rôle qu'il lui avait demandé de jouer.

– Il faut que nous fêtions cet événement : nous allons boire du champagne! s'écria joyeusement lady Maud.

Aline n'eut pas le temps de la retenir. Elle était déjà partie à l'autre bout de l'immense salon, dans le coin où se trouvait une table sur laquelle était posé un plateau chargé de coupes de cristal et de bouteilles. La jeune fille restait seule avec le prince Ahmadi.

– Vous êtes charmante, lui dit-il d'une voix rauque et l'air goulu, en approchant de nouveau sa bouche de la peau satinée.

Ses lèvres étaient brûlantes et la jeune fille, éperdue, devinait qu'elles étaient également gourmandes et possessives, prêtes à la dévorer cruellement.

– Bientôt nous serons seuls enfin, dit-il, et je vous apprendrai à m'aimer comme je vous aime!

Involontairement, elle leva les yeux et plongea son regard dans celui du prince. Ce qu'elle découvrit dans ses yeux la suffoqua. Elle retint sa respiration. Ce n'était pas de l'amour qui brillait dans les yeux de braise de cet homme, mais la plus violente des luxures. Aline creusa la poitrine en découvrant le feu lubrique du désir dans son regard. Elle eut un léger mouvement de recul, comme si elle venait d'ouvrir la porte d'un four incandescent.

Ses jambes flageolaient. Elle se sentait incapable de bouger. Elle fixait le prince, hypnotisée par la convoitise brillant dans son regard et par l'expression cruelle de ses lèvres.

– Vous avez peur de moi..., susurra le prince, tout bas, pour n'être entendu que d'Aline. (Il enchaîna aussitôt :) Cela m'excite! J'aime que vous ayez cet air de petit animal pris dans un piège dont il ne peut s'échapper!

Elle se sentait incapable de faire un mouvement. Il semblait avoir un pouvoir magnétique dont il usait pour la tenir à sa merci. Elle aurait voulu parler, mais la terreur la pétrifiait et elle restait sans voix.

Alors, au fond de son cœur, une prière ardente s'éleva : « Aidez-moi, mon Dieu, aidez-moi! »

Elle eut la présence d'esprit de battre rapidement des paupières pour se libérer du regard qui avait emprisonné ses yeux, et elle retira sa main. Elle courut aussitôt vers sa mère, à l'autre bout du salon.

Elle entendit un grognement derrière elle. Le prince avait jeté un ricanement de triomphe, comme si la frayeur de la jeune fille lui avait apporté autant de plaisir que s'il l'avait serrée dans ses bras.

Lady Maud dit tranquillement à sa fille, tout en remplissant une dernière coupe de champagne :

– Emportez donc ces deux coupes, Aline...

Debout auprès d'elle, Aline essayait de reprendre sa respiration et de cacher son émotion.

Son cœur battait la chamade. Comme le prince

l'avait dit : elle n'était qu'un pauvre petit animal pris au piège!

Elle concentra sa pensée sur lord Dorrington : dans quelques instants, il serait là, tout près, posté à l'attendre. Cette idée l'aida à retrouver courage et sang-froid. Elle reprit un air rêveur et apporta d'une démarche gracieuse les coupes qu'elle posa sur la table devant la cheminée.

Lady Maud l'avait devancée et le prince Ahmadi tenait déjà une coupe. Elle prit celle que lui offrait Aline et la leva avant d'y tremper les lèvres. Froidement indifférente, elle déclara :

– Je bois à votre bonheur, Aline! Je sais que le prince Ahmadi et vous, vous allez être très, très heureux...

Le prince agréa avec un étrange sourire :

– Je me sens l'homme le plus heureux du monde depuis qu'Aline a passé ma bague à son doigt! Nous sommes désormais liés l'un à l'autre! Vous m'appartenez jusqu'à la fin de vos jours, Aline!

On percevait une menace derrière ces mots anodins. Mais Aline s'obligea à ne pas y attacher d'importance. Elle but deux ou trois petites gorgées de champagne en s'appliquant à garder un regard vague.

Elle dit enfin, d'un ton indécis :

– Me trouveriez-vous très impolie, maman, si je sollicitais la permission de me coucher? Je n'arrive pas à garder les yeux ouverts! Je ne comprends pas pourquoi j'ai tellement sommeil aujourd'hui...

Lady Maud fit un signe de connivence au prince :

– Non, ma chérie! Bien sûr que non! Peut-être que Son Altesse sera assez aimable pour m'accompagner dans une maison de jeu. Mais, vous êtes encore trop jeune pour que nous vous emmenions dans ces endroits-là avec nous.

Le prince renchérit :

– Allez vous coucher, Aline, et rêvez à notre bonheur futur. Bientôt, je vous tiendrai dans mes bras : cela ne tardera plus maintenant!

Il avait tendu les deux mains vers elle, en parlant. Mais elle sentit que, cette fois, elle serait incapable de supporter le moindre contact avec cet homme. Elle se baissa, avec une brève mais profonde révérence, et sortit de la pièce sans dire un mot.

Dès qu'elle fut hors du salon, elle grimpa l'escalier en courant. Mais, arrivée en haut, elle songea qu'elle aurait dû se presser moins et essayer d'entendre ce que le prince et lady Maud se disaient après son départ.

Elle redescendit quelques marches pour écouter, protégée par l'obscurité de la cage d'escalier. La porte du salon était heureusement restée ouverte.

– Je vous avais bien dit qu'elle regretterait ce qu'elle a fait! disait lady Maud. Je suis certaine qu'elle est très amoureuse de Votre Altesse, au fond d'elle-même. Mais elle ne s'en rend pas compte : elle est si jeune, si inexpérimentée, si innocente.

– Mais c'est tout ce que je souhaite qu'elle soit! Je trouve d'ailleurs que mes pilules ont commencé à lui faire du bien, répliqua le prince.

– Mais elles la font beaucoup dormir, remarqua lady Maud.

– C'est sans importance, jusqu'à ce que nous soyons mariés. A propos, je veux que vous fassiez l'anonce des fiançailles dans la *La Gazette* de demain.

– Oh! Comme je suis contente! minauda lady Maud.

– Et le mariage aura lieu la semaine prochaine. Cela vous laisse largement le temps d'inviter vos amis. Je souhaite que la cérémonie soit très élégante et que vous organisiez une réception brillante, bien entendu.

– Dès la semaine prochaine! balbutia lady Maud avec une certaine perplexité.

– Ce que je veux, c'est qu'Aline m'appartienne le plus tôt possible. En outre, j'ai l'intention de retourner au Khariz sitôt après notre lune de miel.

– Vous l'emmènerez avec vous?

– Naturellement! Elle doit vivre avec moi, puisqu'elle sera mon épouse; il faut que mes sujets la connaissent!

Lady Maud dit timidement :

– Ne pensez-vous pas qu'Aline va trouver bizarre de quitter si rapidement l'Angleterre?

– Nous serons mariés à ce moment-là et elle sera mienne, répondit le prince. Elle doit apprendre dès maintenant à faire ce que je veux. Mais, comme je viens de vous le dire, je suis certain d'avance qu'elle m'obéira sans difficulté.

Ces paroles firent frémir la jeune fille. Il y avait quelque chose de curieusement menaçant dans la voix du prince Ahmadi. Elle n'avait pas envie d'en entendre davantage; et, d'ailleurs, elle savait qu'elle ne pouvait pas s'attarder si elle voulait rejoindre lord Dorrington à temps.

Elle remonta donc jusqu'à sa chambre dont elle ferma soigneusement la porte. Elle avait à peine commencé à se dévêtir pour changer de robe, lorsqu'elle entendit la voix du prince Ahmadi qui parlait dehors, sous ses fenêtres. Elle entrouvrit les rideaux et aperçut sa mère monter dans le carrosse du prince. Elle entendit encore le prince donner au cocher l'adresse d'une maison de jeu à la mode.

Aline laissa retomber le rideau, soulagée de les avoir vus partir et de savoir qu'elle avait enfin le champ libre.

Elle agrafa rapidement son corsage et mit une lourde

cape noire sur ses épaules. Puis elle prit une enveloppe dans son secrétaire et la posa en évidence sur la coiffeuse.

Elle prit encore le temps de bourrer le traversin et les oreillers dans son lit, entre les draps, de façon à ce que, si jamais un domestique avait l'idée de venir dans sa chambre, on puisse la croire endormie sous ses couvertures.

Elle sortit enfin de la pièce; puis, se dirigeant à tâtons dans l'obscurité, elle suivit le couloir qui traversait toute la maison afin de descendre par l'escalier de service qui donnait à l'arrière du bâtiment.

C'était la phase la plus périlleuse de sa fuite, car à cette heure-là, les domestiques étaient à l'office pour dîner. Ils ne commençaient jamais leur repas avant la fin de celui des maîtres.

Aline redoublait donc de précautions, retenant son souffle, descendant l'escalier pas à pas pour ne pas faire craquer les marches. Elle se faisait aussi silencieuse qu'une ombre, car elle entendait les voix et les rires qui montaient du sous-sol.

La porte qui ouvrait sur l'arrière de la maison, par laquelle elle voulait sortir, donnait sur une impasse menant aux écuries. Elle tira le verrou, se glissa au-dehors et se retrouva dans l'étroite venelle obscure. On ne voyait pratiquement rien. Heureusement, elle connaissait bien les lieux, et elle suivit la muraille en se guidant du bout des doigts jusqu'aux bâtiments des remises.

Elle avait supposé que les valets d'écurie avaient dû s'en aller, eux aussi, à l'office puisque sa mère était partie dans le carrosse du prince Ahmadi. Elle fut soulagée de constater qu'elle ne s'était pas trompée. Il y avait deux voitures dans les écuries, mais aucun domestique.

Elle trouva sans peine la porte de sortie qui était éclairée par une grosse lanterne et elle n'eut qu'à la pousser pour se retrouver dans la rue.

Sur le coup, elle crut que lord Dorrington n'était pas au rendez-vous qu'il lui avait fixé. A quelques pas de là, pourtant, une voiture dont la portière ne portait aucun blason attendait.

Elle courut vers le carrosse pour sauter dedans. A ce moment précis, un valet dont la présence lui avait échappée dans l'écurie, vint refermer la porte qu'elle avait laissée ouverte.

Mais la jeune fille était déjà dans la voiture. Elle avait pris les mains de lord Dorrington dans les siennes et elle cria avec une joie sauvage :

– Je suis sauvée! Je suis libre!

4

Après avoir quitté le ministère des Affaires étrangères, lord Dorrington était allé tout droit au *White's Club*. Il voulait rencontrer lord Alvanley et s'arranger pour déjeuner avec lui.

Il avait trouvé son ami assis devant l'une des grandes tables rondes, en compagnie du beau Brummel, de lord Worcester et de lord Yarmouth. Tandis qu'il s'approchait d'eux, George Brummel détaillait en connaisseur sa silhouette élégante. Le regard de ce dernier se fixa enfin sur l'épingle de diamants que lord Dorrington portait ce jour-là piquée dans sa cravate. Il s'exclama d'un ton ironique en se cachant les yeux avec la main :

– Je suis ébloui, mon cher!

Lord Dorrington souriait tranquillement et répondit sans se laisser troubler le moins du monde :

– Je sais! Je connais votre axiome : « Jamais de bijou! » Croyez bien qu'il est également gravé dans mes tablettes!

Lord Worcester intervint :

– J'ai toujours ignoré que vous possédiez ces diamants!

Lord Dorrington dit d'un ton léger :

– Nous débattons de la question des bijoux depuis des années avec notre cher Brummel! Mais, tous les deux, nous gardons le secret de nos débats! Nous ne soumettons pas nos hésitations au grand public, comme vous, chers amis! Ni même à notre hôte d'hier!

– Sacrebleu! Voilà que vous nous comparez à Prinny [1]! Je ne prends pourtant pas de laudanum, que je sache! Et je ne suis pas perpétuellement épuisé par les femmes! se récria, vexé, lord Worcester.

Il faisait allusion à la conduite du prince de Galles depuis qu'il avait entrepris de rentrer dans les bonnes grâces de Mrs Fitzherbert.

– Jamais aucun de nous ne se ramollira de cette façon! déclara lord Alvanley d'un ton convaincu.

Le beau Brummel intervint :

– Nous ferions mieux de demander à lord Dorrington la raison pour laquelle il s'est paré comme un nabab!

George Brummel était, ce jour-là comme à son habitude, vêtu avec une simplicité et une discrétion qui ne nuisaient nullement à l'élégance raffinée faisant sa renommée.

Il avait complètement révolutionné les habitudes

1. Prinny : surnom donné au prince de Galles, futur George IV. *(N.d.T.)*

vestimentaires de ses contemporains. Depuis que le prince de Galles en avait fait l'arbitre de la mode masculine, l'apparence des hommes était transformée en Angleterre.

« Ce n'est pas l'habit qui fait le moine : c'est le moine qui fait l'habit! » se plaisait-il à répéter.

Un certain nombre de points particuliers étaient essentiels pour lui : la blancheur de la lingerie, le brillant des chaussures dont les semelles devaient être aussi bien cirées que l'empeigne, la bonne coupe et la netteté des vêtements qui devaient être strictement boutonnés. Il insistait plus encore sur la nécessité pour un homme qui voulait être réellement élégant de s'abstenir de se parfumer et de porter des bijoux.

Lord Dorrington savait tout cela aussi bien que lui et ne se préoccupait pas des simagrées de Brummel.

Il annonça d'un ton mystérieux :

– Cet après-midi, mes amis, je dois rencontrer la personne qui m'a offert cette épingle. Il faudrait que je sois un vrai mufle pour ne pas la porter!

Lord Yarmouth se mit à rire :

– Ah! George : voici donc un nouveau problème à régler pour vous! dit-il en se tournant vers le beau Brummel. (Il ajouta :) Un problème des plus délicats à trancher, mon cher : que doit faire un gentleman digne de ce nom : paraître vêtu suivant les règles strictes de la mode et causer un chagrin immérité à quelqu'un? Ou bien opter pour une entorse au bon goût par charité?

Ils étaient tous suspendus aux lèvres de Brummel, attendant son verdict.

Il prit un ton tranchant :

– Quand on est réellement un gentleman, si l'on se montre inconsidéré ou grossier, ce n'est jamais involontairement et sans en avoir eu délibérément l'intention!

Ses amis mirent un moment avant de comprendre ce qu'il avait voulu dire, puis ils éclatèrent de rire.

– Bravo! George : vous avez réponse à tout!

Lord Dorrington commanda le menu de son déjeuner. En attendant d'être servi, il se mêla à la conversation générale. Tous discutaient âprement, avec toute sorte d'arguments techniques et complexes, la question de savoir quel était le cheval ayant le plus de chances de gagner la coupe d'or à Ascot.

La conversation roula sur ce sujet pendant tout le repas jusqu'au moment où lord Dorrington réussit, avec subtilité, à la faire glisser sur le prince Ahmadi.

– Je n'arrive pas à comprendre comment ce pourceau peut bien vous intéresser! s'exclama violemment lord Worcester qui paraissait indigné.

Le ton de sa voix surprit lord Dorrington.

– Vous aurait-il fait quelque chose? dit-il avec curiosité.

– Je n'ai pas l'habitude de cancaner sur les gens, répliqua lord Worcester avec animation. Mais, une nuit où je me trouvais à *White House*...

– Endroit nouveau pour vous..., glissa d'un ton taquin lord Alvanley.

– Eh bien! oui! J'aime cette maison! J'étais avec une fille gentille, très jolie et très dégourdie, comme il arrive parfois d'en rencontrer...

– Au fait! Au fait! coupa lord Dorrington, agacé.

– Nous étions en train de souper dans un cabinet réservé, au premier étage, quand, tout à coup, nous avons entendu pleurer dans la pièce voisine. (Il fit une petite pause, voyant qu'il les tenait tous en haleine et qu'ils attendaient la suite avec curiosité.) Je n'y aurais peut-être pas prêté attention, mais il y avait quelque chose de vraiment trop pitoyable dans ces pleurs et ces cris. Quelqu'un sanglotant à fendre l'âme : avouez que ce n'est pas là ce que l'on s'attend à trouver à *White House!*

Lord Yarmouth commenta :

– En effet, je crois que c'est inattendu, quoique je ne sois pas un habitué de la maison...

Lord Alvanley le regarda en souriant d'un air entendu, avant de dire :

– Alors, alors? Que s'est-il passé? Continuez donc, Worcester! La suite!

– Je n'ai pu supporter d'entendre plus longtemps de telles plaintes. Vous savez que mon bon cœur m'entraîne toujours dans des mésaventures. Un jour, j'aurai des ennuis!

– D'une manière ou d'une autre : certainement! remarqua encore lord Alvanley.

– Peu importe : je suis allé voir ce qui se passait là. Et je me suis trouvé en face d'une enfant : une petite fille qui n'avait pas plus de dix ans! (Il fit encore une pause, soignant ses effets.) Ahmadi venait juste de la quitter. Je ne veux pas vous couper l'appétit en vous décrivant l'état dans lequel était cette malheureuse petite. C'était horrible! Mais, en tout cas, ce que je peux vous dire, c'est que cet homme est une immonde crapule lubrique, un vrai barbare!

Lord Yarmouth éclata :

– Ce commerce de petites filles est tout simplement odieux! Je ne comprends pas comment personne encore n'a fait une interpellation à la Chambre des lords à ce sujet!

– J'y ai déjà songé à plusieurs reprises, répondit lord Alvanley d'un air songeur.

– Le jour où vous vous y déciderez, je serai votre

supporter, soyez-en assuré, déclara lord Dorrington avec fermeté.

– Mais ne pourrait-on pas faire quelque chose contre cet étranger malfaisant? demanda lord Worcester. Ce n'est pas son premier méfait. On m'a raconté d'autres choses sur son compte.

– Je ne l'ai rencontré qu'une seule fois, dit lord Alvanley. Il m'a paru plein de civilité et aimable à l'excès. Et vous, Brummel : que pensez-vous de lui?

– Le mois dernier, il avait décidé de donner un dîner en mon honneur à l'ambassade de son pays.

– Et vous avez accepté? demanda lord Dorrington.

– Mais naturellement! Je lui ai répondu : « Votre Altesse est vraiment trop aimable. Dites-moi quel jour vous quitterez Londres : nous fixerons ce dîner au lendemain. »

Tout le monde éclata de rire, en apprenant cette nouvelle impertinence commise par Brummel qui était passé maître dans l'art d'être insolent.

Lord Dorrington consulta sa montre.

– Il faut que je vous quitte, dit-il. Alvanley, je vous reverrai plus tard dans l'après-midi, à la salle de boxe. J'ai à vous parler.

– Je ne veux pas faire d'assaut avec vous, Dorrington : c'est trop fatigant! Mais je viendrai vous regarder faire souffrir un autre pauvre diable.

– Quel dommage que ce ne puisse pas être le prince Ahmadi! Cela me ferait plaisir de vous voir assener un de vos sensationnels uppercut! intervint lord Alvanley.

Lord Dorrington se contenta de sourire. Tous ses amis le considéraient comme un redoutable adversaire sur le ring, il le savait.

Les jeunes dandies étaient nombreux à fréquenter le

club de boxe que tenait, au 13 Bond Street, le boxeur Jackson. Il avait été le meilleur champion d'Angleterre jusqu'au jour où, en 1787, il s'était vu infliger une sévère défaite par Daniel Mendoza, un petit boxeur juif qui n'avait pas d'apparence. Ensuite, les deux hommes s'étaient associés pour fonder le club de Bond Street qui avait un succès remarquable.

Lord Dorrington était le meilleur élève de Jackson, mais en raison même de sa valeur il devenait de plus en plus difficile de lui trouver des partenaires.

Lord Dorrington en profita pour lui dire :

– Ecoutez, Alvanley : vous allez me rendre un service. Vous allez répéter toute la conversation que nous venons d'avoir au sujet de ce bandit d'Ahmadi au prince de Galles, la première fois où vous irez à Carlton House.

Surpris, lord Alvanley leva les sourcils :

– Avez-vous une raison personnelle pour vouloir que le prince de Galles soit au courant?

– Une excellente! Je n'ai pas le temps de vous raconter cela maintenant, mais je vous expliquerai plus tard. Mais, n'oubliez surtout pas!

– Vos désirs sont des ordres pour moi! dit en plaisantant son ami.

Lord Dorrington le quitta en riant et se retrouva en quelques enjambées sur le trottoir de Bond Street. Son phaéton l'attendait. Il prit les rênes car il aimait passionnément conduire ses chevaux à travers les encombrements dans les rues tortueuses du vieux Londres. Malgré son habileté, il mit un certain temps à parvenir jusqu'à Holland Park. C'était une promenade délicieuse, par cette belle journée de printemps ensoleillée. Les arbres étaient en fleurs et les tulipes s'épanouissaient en parterres multicolores.

Il fit entrer le phaéton dans le jardin d'une belle

maison blanche et le rangea dans une allée. Il en descendit, jeta les rênes à son valet et monta lestement les marches du large perron qui aboutissait au portique de l'entrée principale.

La porte s'ouvrit immédiatement et le maître d'hôtel s'inclina respectueusement devant lui, avant de le conduire au premier étage. Il l'introduisit dans un vaste salon dont toutes les autres fenêtres étaient ouvertes sur un jardin de rosiers fleuris.

La jeune femme qui regardait le jardin, assise devant une fenêtre, se retourna en entendant annoncer lord Dorrington et s'avança aussitôt à sa rencontre.

Elle était extrêmement belle. Ses longs cheveux bruns tombaient dans le dos. Ils encadraient un visage régulier au front large et haut. Ses sourcils dessinaient un arc parfait sur une peau blanche et nacrée.

Leonie Cresswell n'avait pas la beauté conventionnelle préconisée par le mode du temps. Elle était même l'antithèse de la duchesse de Devonshire, Georgina, dont toutes les femmes tentaient de copier la célèbre blondeur laiteuse, et le teint blanc et rose. Elle n'avait rien non plus des attraits plantureux de Mrs Fitzherbert.

Elle était cependant d'une indiscutable beauté. Elle avait les traits fins, un visage bien modelé et son regard avait une expression empreinte de spiritualité et de rêve, comme les madones médiévales.

Elle faisait penser à un portrait peint par Cranach.

– Je vous attendais depuis longtemps, Ulric, dit-elle de sa voix douce et mélodieuse.

Il lui prit les mains et les porta à ses lèvres, l'une après l'autre.

– Je vous avais promis de venir cet après-midi.

– Mais je commençais à croire que vous m'aviez oubliée!

Lord Dorrington ne répondit rien. Il sortit un petit paquet de sa poche et le lui mit dans la main.

– Voici un cadeau.

– Un cadeau? Serait-ce pour vous faire pardonner de m'avoir négligée ces derniers temps? dit-elle gentiment.

– J'espère seulement que ce présent saura, mieux que des mots, vous exprimer mon repentir et mes regrets.

Elle s'empressa d'ouvrir le petit écrin. Une broche ravissante apparut : une sirène en émail vert foncé sertie de rubis avec des perles en pendeloques.

C'était un admirable travail de joaillerie, certainement une pièce unique.

Lady Cresswell considérait le magnifique bijou en silence.

– Quelle merveille! Comment avez-vous réussi à découvrir ce joyau qui doit être fort ancien?

– Il avait été commandé pour la reine Elizabeth par la corporation des joailliers de Venise. Mais il s'est passé quelque chose – je ne sais plus trop quoi : une guerre probablement – et ce présent ne lui a jamais été offert. Une famille vénitienne qui l'avait acheté vient de s'en défaire.

– Oh! Ulric : comment trouver les mots pour vous remercier pour ce présent... royal. Merci!

Elle le regardait tout en parlant. Sa voix était pleine de chaleur et ses yeux brillaient de joie. Tout à coup elle se tut et le regarda au fond des yeux. Ses doigts longs et fuselés serraient plus fort l'écrin. Elle finit par murmurer d'une voix un peu tremblante :

– Serait-ce un... cadeau d'adieu?

– Nous avons toujours été francs ensemble. Et je souhaite conserver intact le souvenir des moments de bonheur parfait que nous avons eus ensemble.

– J'ai compris.

Elle se détourna et regarda vers le jardin sans le voir, la main crispée sur le petit écrin. Quand elle parla de nouveau, ce fut d'une voix raffermie :

– Y a-t-il une autre femme? (Comme il ne répondait pas, elle dit d'un ton bref :) Pardonnez-moi! Je n'aurais pas dû vous poser cette question! Nous ne nous sommes jamais mêlés de la vie l'un de l'autre. Je ne voudrais pas avoir l'air de vous supplier, ni de paraître curieuse. (Elle soupira :) Je vous serai toujours reconnaissante, profondément reconnaissante, Ulric, pour tout le bonheur que vous m'avez donné. Tant de bonheur!

– Je voudrais être certain que vous dites la vérité...

– C'est vrai. Je n'ai jamais été, de toute ma vie, aussi heureuse que durant ces six derniers mois.

– Merci! dit-il, plus ému qu'il ne voulait le paraître.

Lady Cresswell reprit, toujours très calme :

– Vous ne m'avez pas seulement donné un peu de votre cœur, Ulric. Vous avez ouvert de nouveaux horizons dans mon existence. Je me sens beaucoup plus riche spirituellement qu'auparavant, et plus intelligente.

– Vous avez toujours été une femme supérieure. C'est pourquoi je ne veux pas vous reléguer à la seconde place.

– Je le comprends bien. Nous avons toujours voulu le meilleur de la vie l'un comme l'autre. Et j'espère, cher Ulric, que vous l'obtiendrez toujours partout.

– Moi aussi, dit lord Dorrington.

Après un petit silence, lady Cresswell dit encore :

– Je pense que vous devez partir maintenant. D'ici quelque temps, je serai capable de vous accueillir en ami : un ami très cher que j'admirerai toujours profondément et dont l'amitié aura beaucoup de valeur pour moi. Mais aujourd'hui, je ne me suis pas encore adaptée à cette situation.

– Je sais... Encore une fois merci, Leonie, pour toute la beauté que vous m'avez donnée. Je ne l'oublierai jamais.

Il ne s'approcha pas d'elle. Il resta seulement un moment à la regarder intensément, comme s'il voulait à jamais imprimer son image dans son cœur.

Elle portait une robe qui pouvait paraître étrange pour la mode du temps. Peu ample, elle tombait le long de son corps en longs plis qui donnaient à sa silhouette la noblesse d'une statue antique.

La mousseline bleu turquoise de sa toilette faisait ressortir la blancheur nacrée de sa peau. Ses cheveux noirs comme le jais ressemblaient à une aile de corbeau.

Elle était extrêmement belle, d'une beauté unique. Pourtant, lord Dorrington devait bien reconnaître que la passion qu'elle lui avait inspirée pour un temps n'était plus aussi vive que les premiers jours.

Il n'avait jamais supporté de laisser une liaison sombrer dans l'ennui et la lassitude. Il était comme le chirurgien qui préfère amputer un membre dès qu'il présente des signes de décrépitude. Il hésita pourtant un court instant. Il voyait bien que lady Cresswell avait un chagrin immense. Il la connaissait, il savait combien elle était tendre et sensible. Et il admirait la façon dont elle se maîtrisait.

Il aurait suffi qu'il fasse un pas vers elle, qu'il lui tende les bras, et elle aurait aussitôt posé la tête sur sa poitrine, tout près de son cœur.

La tendresse et la douceur de cette jeune femme avaient eu beaucoup de prix pour lui. Il aimait le parfum enivrant dont elle se servait. Il appréciait la merveilleuse douceur de sa peau et de ses cheveux. Il regrettait de la voir souffrir.

Mais il refusa tout retour en arrière : se leurrer de vaines illusions lui semblait indigne d'eux. Ce n'était plus l'amour qui le portait vers elle, en cet instant. Il s'en rendait compte. Ce n'était plus que de la compassion : il la plaignait pour le mal qu'il se trouvait obligé de lui faire.

Mais – ne l'avait-elle pas dit elle-même? – ils n'étaient faits, ni l'un ni l'autre, pour les sentiments médiocres.

– Au revoir, Leonie..., dit-il d'une voix impassible.

Il tourna les talons et sortit du salon sans un mot de plus.

Lady Cresswell n'avait pas fait un mouvement. Elle était restée figée sur place, écoutant son pas décroître dans l'escalier, puis la portière du phaéton claquer et les sabots des chevaux marteler le sol de l'allée.

Alors, elle se cacha le visage dans les mains et pleura des larmes amères et désespérées.

Lord Dorrington était reparti vers Mayfair. Après cette visite à lady Cresswell, il se sentait plein d'agressivité mais étrangement calme. Cette entrevue l'avait beaucoup moins ému qu'il ne l'avait prévu.

Dès qu'il arriva au club de boxe, il pria Mendoza de faire assaut avec lui. Au bout d'une heure de lutte, le champion demanda grâce, et lord Dorrington se rendit enfin compte que son adversaire n'en pouvait plus.

– Jamais je ne vous avais vu aussi féroce! lui dit lord Alvanley qui avait assisté au combat du fond de la salle.

Le vieux gentleman Jackson souriait :

– Vous faites de terribles progrès, milord! Il va

falloir que je trouve quelqu'un de plus fort que Mendoza pour vous entraîner!

Lord Dorrington riait :

– Pourquoi pas Son Altesse le prince de Galles? Il aurait bien besoin de perdre un peu de graisse : ce serait excellent pour lui!

– C'est exactement ce que je pense, répondit Jackson. La cuisine est trop riche à Carlton House, et l'on y boit beaucoup trop!

– Et nous nous laissons trop aller, tous, sauf vous, Dorrington. Vous ne grossissez jamais d'un gramme! ajouta lord Alvanley.

– Certes. Mais milord a soin de prendre de l'exercice pour maigrir, dit d'un ton sévère le boxeur. J'ai entendu dire par Bellini, le maître d'armes, que votre coup d'épée était également exceptionnel.

Lord Dorrington sourit avec modestie :

– Vous êtes trop aimable! dit-il avant de quitter la salle pour aller au vestiaire prendre une douche et se rhabiller.

Gentleman Jackson se tourna vers lord Alvanley :

– La vie mondaine a perdu lord Dorrington. Quel dommage qu'un homme aussi doué physiquement n'ait pas l'occasion de se servir de ses talents!

– Il n'aime pas en parler, vous savez. Il préfère se faire passer pour un dandy langoureux. C'est un dilettante.

Jackson se mit à rire, en secouant la tête :

– Un dandy! Pas de danger pour que lord Dorrington en soit jamais un! Ce n'est que parce qu'il est aussi élégant que Mr Brummel... mais, évidemment, les gens ne se doutent pas de la force qu'il a, en le voyant si coquet!

– Mais il leur arrive parfois de l'apprendre à leurs dépens, fit remarquer lord Alvanley.

Lord Dorrington vint le rejoindre, et les deux amis partirent chercher leurs chevaux.

– Dînerez-vous chez moi? demanda lord Alvanley.

– Quand vous m'avez fait cette invitation, la semaine dernière, je l'avais acceptée avec joie sans arrière-pensée. Mais il se trouve que je dois me rendre à un rendez-vous tout à fait imprévu, de bonne heure, ce soir...

– Un rendez-vous intéressant?

– Oui et non... Cela dépend du point de vue auquel on se place, dit-il d'un ton détaché.

Intrigué, lord Alvanley se récria :

– Vous êtes bien mystérieux! Seriez-vous en train de commettre une folie dont vous ne m'auriez pas parlé? Ou bien êtes-vous lancé sur les traces d'un nouveau trésor que vous voulez ajouter à vos collections?

Lord Dorrington sourit d'un air ambigu.

– Peut-être votre dernière hypothèse est-elle la bonne : qui sait? dit-il tout en sautant dans son phaéton, abandonnant son ami sans avoir satisfait sa curiosité.

Le dîner que donnait ce soir-là lord Alvanley fut très gai et très réussi. La plupart de ses amis intimes se trouvaient présents. La conversation était brillante.

Le maître de maison ne fit pas un geste et ne dit pas un mot lorsqu'il vit lord Dorrington se lever de table discrètement, vers 10 heures du soir, et sortir de la pièce sans dire adieu à personne, pour ne pas interrompre les réjouissances.

Plus tard, quand on remarqua son absence, quelques invités s'inquiétèrent de savoir où il était passé. Et lord Alvanley, supposant que son ami comptait sur sa discrétion, s'empressa d'inventer une excuse plausible pour endormir toute curiosité gênante.

Quelques minutes plus tard, lord Dorrington avait

récupéré Aline et traversait à toute vitesse les rues de la ville avec la jeune fille dans sa voiture. Il la regardait de temps en temps et se disait de plus en plus qu'il s'était lancé dans une aventure imprudente.

Cette affaire n'était pas seulement follement audacieuse; elle était répréhensible et même illégale. Aline n'avait que dix-sept ans et demi. Il n'avait aucun droit, pas plus que personne, pour intervenir dans son existence et interdire un mariage arrangé par la mère de la jeune fille.

Il se disait pourtant en entendant Aline lui raconter ce qui s'était passé chez elle dans la journée et qui s'ajoutait à ce qu'il avait appris au déjeuner par lord Worcester au sujet des turpitudes commises par le prince Ahmadi à *White House,* que ce qu'il faisait était pleinement justifié. C'était même, estimait-il, un acte que lui commandait son honneur.

Aline dit soudain :

– J'ai laissé une lettre pour maman comme vous me l'aviez recommandé : je l'ai déposée sur mon bureau. Il serait surprenant que quelqu'un entre dans ma chambre avant demain matin. (Elle se tut puis ajouta :) J'ai posé la bague du prince en évidence dessus. Cette pierre me mettait mal à l'aise. Elle doit avoir un pouvoir magique. Elle me faisait l'effet d'un œil monstrueux fixé sur moi. L'œil d'un dragon prêt à me dévorer...

– Quelle imagination vous avez!

– Mais il n'y a pas que cela : il y a autre chose. C'est difficile à expliquer... Une intuition : l'impression que cette bague a déjà été portée par d'autres, par une femme, ou plusieurs, peut-être, par quelqu'un de désespérément malheureux : c'est étrange. Mais on prétend que les pierres précieuses absorbent et conservent les émotions de ceux qui les portent.

– Croyez-vous à cela? s'étonna lord Dorrington.

– J'ai lu des choses très sérieuses et très troublantes à ce sujet, dans un livre que possédait mon père. On disait que le saphir a la propriété particulière de changer de couleur quand celui qui le porte est en danger ou bien va mourir. (Elle hésita, méditative, avant de demander :) Vous ne doutez pas certainement que le prince Ahmadi soit... dangereux, n'est-ce pas?

– J'en suis absolument certain, affirma-t-il posément.

– Je ne voudrais pas que vous puissiez me prendre pour ce genre de femmes menteuses qui se complaisent à inventer des histoires abominables pour se rendre intéressantes. Mais, je vous affirme que cet homme a quelque chose : c'est indéfinissable, mais il a quelque chose d'inquiétant...

– Expliquez-vous, pria-t-il.

Après avoir réfléchi un moment, Aline déclara :

– Je pense qu'il est cruel, très cruel même, avec quelque chose d'étrange en plus... Il a osé me dire que j'étais comme un petit animal pris dans un piège dont il ne peut s'échapper. J'ai vraiment eu l'impression qu'en me disant cela, il savourait cette image, en exultant de méchanceté. N'est-ce pas bizarre?

Lord Dorrington ne fit aucun commentaire. Aline continua à lui expliquer ce qu'elle ressentait en face du prince, comme si elle parlait pour elle-même.

– Il tenait absolument à ce que maman me punisse. Il lui a dit qu'il saurait me faire obéir lorsque nous serions mariés. Je préfère ne pas penser à... la manière dont il s'y prendrait.

Lord Dorrington l'interrompit :

– Il ne faut plus y penser, Aline! Oubliez l'existence du prince Ahmadi! Il est déjà loin derrière nous. Vous fuyez avec moi vers votre liberté! A propos : qu'avez-vous mis exactement dans le billet laissé pour votre mère?

– Que je ne pouvais pas épouser le prince : que c'était une chose impossible! Et qu'en raison de cela je partais chez des amis pour vivre à la campagne et que je la priais de ne pas chercher à me retrouver.

– Pensez-vous qu'elle vous tiendra quitte?

Aline réfléchissait :

– Il est probable que maman sera contente d'être débarrassée de moi. Mais, ou je me trompe fort, ou le prince, lui, ne renoncera pas aussi facilement à ses projets...

Elle avait parlé lentement et posément, mais une note de frayeur était passée dans sa voix.

– Tout ce que nous pouvons espérer c'est qu'il prenne votre fuite comme une insulte personnelle, et qu'elle n'attise pas son désir de s'emparer de vous.

– Souhaitons-le! soupira la jeune fille d'une voix peu convaincue.

Les chevaux trottaient rapidement sur la route obscure. Ils restèrent silencieux, chacun méditant la situation.

Aline dit avec une profonde tristesse :

– Ma vie est vraiment compliquée! On dirait que je ne puis pas être autre chose qu'une gêne et un embarras pour tout le monde. Je me demande vraiment pourquoi le prince Ahmadi tient tant à moi, lui précisément, alors que jamais personne n'a voulu de moi!

– Comment cela?

– Maman ne m'a jamais beaucoup aimée, vous savez! Et j'ai beaucoup réfléchi à ce qu'elle m'avait dit au sujet de mon père la nuit dernière. Peut-être avait-elle raison : qu'en pensez-vous? Papa avait-il ou non de l'affection pour moi?

Elle avait l'air si malheureuse et si désemparée en posant cette question, elle restait si visiblement blessée par ce qui lui avait été dit, que lord Dorrington, ému, mit toute sa bonté dans sa réponse :

– Vous êtes assez intelligente pour savoir que la colère fait dire n'importe quoi : quand une femme est en colère, tous les mensonges lui sont bons. Votre mère voulait vous blesser et elle y a réussi. Mais ce n'est pas une raison pour croire qu'elle a dit vrai. De toute façon, c'était une chose qu'elle avait envie de vous dire depuis longtemps.

Aline soupira.

– Je devine ce que vous pensez : il était normal que j'aime énormément mon père parce que je n'avais personne d'autre à aimer, n'est-ce pas? Pourtant, je vous affirme que je l'ai aimé très sincèrement, de tout mon cœur; et je me sentais réellement heureuse quand j'étais près de lui...

– Alors, Aline, voilà qui doit suffire à vous rassurer! Vous n'avez nul besoin de douter, maintenant, d'une affection réciproque dont vous avez eu les preuves. Voyez-vous, ajouta pensivement lord Dorrington, il me semble que c'est une erreur que de trop chercher à analyser ses émotions et ses sentiments. On finit par douter de tout!

Aline sourit.

– Voilà un sage avertissement : somme toute, vous me mettez en garde contre mes tendances à l'introspection. Bon : désormais, j'y renoncerai. Je me contenterai d'accepter ce que les dieux m'enverront et de les remercier sans discuter.

– C'est la seule chose que vous ayez à faire ce soir. Ne pensez plus à vos soucis.

Aline se pencha pour jeter un coup d'œil dehors. Ils étaient maintenant sortis de la ville. La voiture roulait dans la campagne. Soudain, elle s'immobilisa sur le bas-côté de la route.

Etonnée, la jeune fille jeta un petit cri d'inquiétude :

– Pourquoi nous arrêtons-nous?

– La nuit est très chaude, répondit paisiblement lord Dorrington, et j'ai pensé que vous trouveriez plus agréable de voyager dans une voiture découverte. D'ailleurs, nous irons plus vite en prenant mon phaéton qui nous attend ici.

– Quelle bonne idée! J'ai horreur de rouler dans une voiture fermée! s'écria joyeusement Aline.

Un laquais ouvrait déjà la portière. Ils descendirent rapidement. La jeune fille reconnut, attelés au phaéton, les deux magnifiques rouans qu'elle avait remarqués au Parc la première fois où elle avait vu lord Dorrington.

Il l'enveloppa dans une couverture chaude. Elle releva sa capuche lorsque lord Dorrington lança les chevaux au grand trot.

La nuit était tombée depuis un moment, mais la lune s'était levée et une myriade d'étoiles brillaient au-dessus de leurs têtes dans le ciel clair de cette nuit de printemps. Il faisait moins chaud que dans la journée et la fraîcheur qui tombait avec la nuit avait quelque chose de stimulant qui réconfortait Aline. Elle se sentait revigorée et, sans trop savoir pourquoi, subitement délivrée de son angoisse.

Elle prenait plaisir à regarder son compagnon conduire ses chevaux. Elle admirait sa dextérité et son élégance, constatant qu'il avait une allure magnifique. Ellle fut la première à rompre le silence.

– Vous m'avez dit que vous alliez me conduire chez votre sœur : mais ne craignez-vous pas qu'elle soit contrariée en voyant une invitée aussi encombrante que moi lui tomber dessus à l'improviste, et à pareille heure?

Il se récria chaleureusement :

– Au contraire! Je suis absolument certain qu'elle sera ravie! Elizabeth se plaint toujours d'être seule. Son mari, qui est officier, est toujours absent. J'ai beau lui rendre visite le plus souvent possible, elle est vraiment très isolée à Shenley Manor et il n'y a pas de voisins fréquentables à proximité.

– Shenley Manor? Est-ce le nom de sa maison?

– Oui. C'est une petite maison que mon beau-frère a louée pour le temps de son service à l'armée.

– Mais votre sœur ne préfère pas vivre auprès de lui? s'étonna Aline.

– Je présume que c'est la chose qu'elle souhaite le plus! Malheureusement, elle a deux enfants : Robert, qui a six ans et Yvan, qui en a trois. Et le numéro trois est attendu pour le mois prochain!

– Alors je comprends!

Lord Dorrington reprit :

– Vous allez peut-être trouver passablement ennuyeux d'avoir pour principal sujet de conversation, du matin au soir, des histoires de bébés et d'enfants, ma pauvre Aline! Mais là, vous serez absolument en sécurité. C'est l'essentiel. Cela nous donnera le temps de réfléchir à ce que nous allons faire de vous, pour assurer votre liberté.

– Vous avez vraiment l'intention de vous en occuper? demanda-t-elle émerveillée, osant à peine croire en cette sollicitude inespérée.

– Nous en parlerons ensemble calmement et raisonnablement. Mais pas ce soir! Vous venez de subir trop d'émotions et de chocs successifs durant les dernières quarante-huit heures. Vous avez été trop perturbée pour être capable d'envisager clairement les décisions qu'il faudra prendre pour assurer votre avenir.

Aline soupira longuement.

– Comme vous comprenez bien les choses! s'exclama-t-elle, avec gratitude. (Détendue, elle demanda :) La maison de votre sœur est-elle loin?

– Shenley Manor est à moins d'une heure de voiture de Londres. Ce sera idéal pour nous : je pourrai m'y rendre sans difficulté aussi souvent qu'il le faudra pour m'occuper de vous, sans que personne s'en aperçoive et sans attirer l'attention puisque je pourrai néanmoins participer à toutes les manifestations mondaines où l'on me voit habituellement. Car il est extrêmement important de ne pas éveiller le moindre soupçon : personne ne doit pouvoir penser que nous nous connaissons si peu que ce soit.

– C'est évident. D'autant plus que je ne voudrais pas être une source d'ennuis pour vous. Il ne faut pas que vous soyez impliqué dans cette triste affaire.

Lord Dorrington sourit :

– Je crois que j'y suis déjà fortement impliqué.

Aline ne sut que répondre. Elle cherchait encore les mots qui eussent convenu, lorsque les chevaux tournèrent pour s'engager dans l'allée de Shenley Manor.

C'était une jolie maison de pierre grise, isolée dans la forêt du Surrey, entourée d'arbres de tous côtés.

Quand ils s'arrêtèrent devant la porte d'entrée, Aline aperçut, dans la lueur du clair de lune qui baignait le jardin, de grandes pelouses descendant vers un petit ruisseau, sur l'aile de la maison.

En pénétrant dans le vestibule, elle se sentit immédiatement réconfortée par l'atmosphère accueillante de cette demeure. Tout y était sympathique, intime et confortable.

Lord Dorrington n'attendit pas d'être annoncé par la domestique, une accorte vieille femme. Il ouvrit lui-même une porte d'acajou. Aline se retrouva dans un ravissant petit salon dont les grandes baies étaient ouvertes sur le jardin.

Dans une bergère, une jeune femme cousait. Elle poussa une exclamation de joie en les voyant et se leva aussitôt.

– Ulric! C'est merveilleux : je n'espérais pas que vous arriveriez de si bonne heure! Je suis si contente de vous voir!

Lord Dorrington l'embrassa affectueusement. Aline considérait le frère et la sœur : ils étaient très différents l'un de l'autre. Lord Dorrington avait une beauté parfaite, toute classique. Elizabeth Wardell n'était que jolie; ses traits mutins et espiègles la rendaient charmante.

– Je vous amène Aline, comme je vous l'ai annoncé dans mon message : elle se trouve dans une situation tragique et elle a grand besoin de votre aide.

Elizabeth Wardell adressa un chaleureux sourire à la jeune fille.

– Je suis très heureuse si je puis lui être d'un secours quelconque.

Lord Dorrington accepta un verre de madère. Mais, sitôt après l'avoir bu, il déclara qu'il repartait pour Londres sur-le-champ.

– J'ai déjà expliqué à Aline, dit-il à sa sœur qui se montrait déçue, qu'il ne fallait à aucun prix que mon absence soit remarquée. Ce serait très dangereux surtout ce soir, si quelqu'un faisait, par malchance, un rapprochement entre la disparition d'Aline et mon absence de Londres.

– Qui pourrait en avoir l'idée? demanda Aline.

– On ne sait jamais! Peut-être quelqu'un nous

aura-t-il vus ensemble hier au bal? Quelqu'un peut également nous avoir repérés à l'église ce matin, ou avoir remarqué que nous en sortions l'un derrière l'autre.

– Vous étiez à St. George's ce matin? demanda Elizabeth, étonnée.

Les yeux de lord Dorrington brillaient de malice.

– Oh! Aline choisit des lieux de rendez-vous curieux! C'est une personne pleine d'imprévu; vous verrez, Elizabeth! Je sens que vous allez vous entendre à merveille toutes deux.

– Moi aussi, j'en suis certaine! déclara avec spontanéité Elizabeth Wardell. Son ton était franc et sincère.

Lorsque son frère eut dit au revoir à Aline, elle lui prit le bras pour l'accompagner dans le vestibule.

Tandis que lord Dorrington mettait ses gants et coiffait son chapeau avec tout le soin voulu afin qu'il penchât de côté exactement comme la mode l'exigeait pour un dandy, sa sœur lui dit avec sérieux :

– Je vous promets que je veillerai sur elle comme vous-même.

– Je compte sur vous, Elizabeth. Ah! Lavez-lui les cheveux!

Sa sœur le regarda avec stupeur. Mais il était sorti si rapidement qu'elle n'eut pas le temps de lui demander des explications. Il était déjà sur le siège du phaéton, il fit un grand geste d'adieu et disparut.

Elizabeth Wardell rentra à l'intérieur de la maison. Elle marchait lentement, alourdie par le poids du bébé qu'elle portait. Elle était de nature assez fragile. Elle rejoignit Aline dans le salon.

– Je ne vous ai pas accompagnés jusqu'à la porte, dit celle-ci gentiment. J'ai pensé que votre frère souhaitait peut-être vous parler seul à seule.

Elizabeth sourit.

– Il ne me raconte jamais ses secrets, vous savez! Mais je l'aime beaucoup. C'est l'être le plus charmant qui soit au monde! Et je suis très fière de lui aussi.

– Fière de lui? s'étonna Aline.

– Comment? Mais... ne vous a-t-il rien raconté sur lui-même? Il est si avisé, intelligent, cultivé : une personnalité exceptionnelle dotée d'une puissante volonté. C'est un amateur d'art averti : il a fait de très intéressantes découvertes. Mais il vous racontera tout cela lui-même. J'étais persuadée qu'il vous en avait parlé, puisque vous le connaissez si bien...

– Mais je ne le connais pas du tout! dit vivement Aline. Nous nous sommes rencontrés la nuit dernière pour la première fois!

Stupéfaite, Elizabeth répéta avec ahurissement :

– La nuit dernière? Alors, pourquoi... (elle s'interrompit :) Pardonnez-moi : je ne voulais pas me montrer indiscrète. Je ne veux pas vous poser de questions déplaisantes.

– Mais si... je tiens à vous raconter tout...

La voix d'Aline était lasse. Elisabeth l'arrêta :

– Bien sûr, mais pas maintenant. Je comprends très bien. Voyons, que disions-nous? Nous parlions d'Ulric.

– Il a été d'une telle bonté pour moi.

– Il est très bon, toujours et de mille façons. Les gens ne s'en rendent pas compte en général, remarqua Elizabeth, qui ajouta avec un autre ton : Quelquefois, j'ai envie de tuer cette femme!

– Quelle femme? s'étonna Aline.

– Celle avec qui il devait se marier! Oh! il y a très longtemps de cela, et vous ne devez pas être au courant. Mais c'est à cause d'elle qu'Ulric a juré de ne jamais se marier. C'est un célibataire endurci. Aussi, quand il m'a écrit qu'il vous amenait chez moi, j'avais espéré...

Soudainement embarrassée, elle se tut.

Aline s'empressa de dire :

– Je conçois que cela ait pu vous paraître étrange : votre frère arrivant ici, en pleine nuit, avec une jeune fille dont vous n'aviez jamais entendu parler. Mais, je peux vous affirmer qu'il n'existe abolument rien entre nous, rien de ce genre! D'ailleurs, je suis exactement comme lui : j'ai décidé depuis longtemps de ne jamais me marier. Je déteste les hommes : tous les hommes!

– Vous ne me ferez jamais croire une chose pareille! D'ailleurs, quand bien même vous détesteriez les hommes, ce ne serait pas une raison pour qu'eux aussi vous détestent. Vous êtes bien trop jolie!

Aline prit un ton désabusé :

– C'est parce que vous me regardez à la lueur des chandelles que vous dites cela! Mais, au grand jour, je vous garantis que je n'ai rien de séduisant!

Elizabeth se mit à rire gaiement.

– Si Ulric avait l'intention de me changer les idées, il ne pouvait pas mieux trouver! Toute cette histoire ressemble furieusement à un véritable roman!

– Qu'est-ce qui ressemble à un roman? s'étonna Aline.

– Ulric et vous, bien sûr! Lui qui prétend ne pas vouloir se marier et veut fonder un club de célibataires. Vous qui dites détester les hommes et vouloir rester vieille fille. Et pourtant, vous voilà tous les deux ensemble, venant de Londres en pleine nuit, secrètement et mystérieusement. Si ce n'est pas là le premier acte d'un pièce de théâtre, je voudrais bien savoir ce que c'est!

– Il ne manque plus qu'un bon cadavre, et nous

aurons un mélodrame parfait! dit Aline avec entrain.

Tout excitée, Elizabeth renchérit :

– Je me sens prête à prendre la plume pour l'écrire! Je l'enverrai à un éditeur et je gagnerai une fortune! Surtout si je précise que c'est une histoire vraie!

– Malheureusement, c'est justement la chose que vous ne pouvez pas dire. N'oubliez pas que je suis ici en secret! Personne ne doit soupçonner ma présence.

– Ce qui augmente encore le suspense! s'exclama Elizabeth avec exaltation. Dire que je ne connais même pas votre nom de famille, Aline! Ah! Vous ne sauriez imaginer le bien que vous me faites en vous installant ici! J'étais totalement déprimée parce que Hugo n'était pas avec moi : je me sens toujours si malheureuse sans lui... Comment vous remercierai-je jamais assez de votre présence?

Aline était tout interdite. Elle lui fit remarquer :

– Mais, voyons, vous n'avez aucune raison de me remercier : c'est moi, en fait, et moi seule, qui dois logiquement éprouver une infinie gratitude envers vous!

Elizabeth éluda la réponse en éclatant de rire :

– Nous allons écrire cette pièce ensemble, Aline! Et, la prochaine fois où Ulric viendra nous voir, nous la lui lirons. Quel rôle allons-nous lui donner? Celui du héros? Ou bien celui du méchant?

– Le héros naturellement! Mais nous n'avons pas encore trouvé l'héroïne..., répondit gaiement Aline.

Les yeux d'Elizabeth pétillaient de malice. Cependant, elle ne contredit point Aline. Abondant dans son sens, elle déclara avec bonhomie :

– Cela ne va pas être facile à trouver... Bien sûr!

5

Lord Dorrington avait amené ses chevaux au grand trot jusqu'à la porte de Shenley Manor. Dès qu'ils furent arrêtés, il sauta lestement à terre.

La porte d'entrée était ouverte. Il ne prit pas le temps de frapper, entra, traversa le vestibule et pénétra directement dans le salon sans se faire annoncer.

Sa sœur était allongée sur le sofa. Elle dormait. Il la regarda tendrement sans rien dire. Mais, à travers son sommeil, elle avait dû instinctivement percevoir une présence, car elle s'agita et ouvrit les yeux.

– Bonjour Ulric! dit-elle d'une voix ensommeillée.

– Je suis désolé de vous avoir dérangée, Elizabeth! Où est donc Aline?

– Dans le jardin, avec les enfants. Oh! Ulric : elle s'est lavé la tête six fois de suite, figurez-vous...

Lord Dorrington souriait. Il se détourna pour regarder par la fenêtre.

– Comment aviez-vous deviné? lui demanda sa sœur.

Mais il n'avait pas dû l'entendre car il descendit dans le jardin sans lui répondre.

Les rayons du soleil inondaient d'une lumière dorée les fleurs; et tout le jardin embaumait le lilas et le seringua. Les pelouses qui descendaient vers le ruisseau étaient désertes. En les traversant, lord Dorrington crut entendre des voix dans le verger voisin.

Il ne s'était pas trompé. Il trouva Aline installée avec Robert et Yvan sous un pommier.

La jeune fille et les deux enfants formaient un tableau charmant. Il s'arrêta pour les contempler. Le pommier était en fleurs et se découpait, comme une grosse gerbe blanche sur le ciel bleu.

Autour d'eux, la terre était couverte de pétales. Elle était blanche comme s'il avait neigé. Çà et là, les dernières jonquilles mettaient une note jaune.

Aline était assise sur le tronc d'un vieil arbre abattu. Le petit Yvan était sur ses genoux. Elle portait une robe de coton vert pâle prêtée par Elizabeth.

Lord Dorrington s'attarda à contempler l'opulente chevelure rousse, dont le somptueux ton cuivre flamboyait sur les épaules de la jeune fille et semblait capter les rayons du soleil.

Robert était en face d'elle. A califourchon sur son cheval de bois, il brandissait sa petite épée tout en parlant.

Aucun d'eux ne s'était aperçu que lord Dorrington les observait. Il entendit Aline dire à l'enfant de sa voix douce :

– Et maintenant, Robert, vous êtes mon chevalier servant! Il faut aller livrer bataille, tuer l'ogre et nous délivrer.

– J'y vais! cria vigoureusement Robert.

Il avait un casque en carton sur la tête et une cuirasse également en carton attachée dans le dos par des rubans.

Aline sortit un mouchoir de sa poche et l'agita.

– Je vous accorde mes faveurs, dit-elle avec une feinte gravité en le lui donnant. Et je vous autorise à porter mes couleurs. Attachez ceci à votre casque; ou plutôt sur votre poitrine. Ce sera plus facile.

Le petit garçon réussit tant bien que mal à le fixer sur sa poitrine. Aline continua de l'encourager :

– Maintenant : saluez le roi et dites : « Pour la gloire de saint George et de l'Angleterre! » et partez au grand galop tuer cet ogre malfaisant!

– Je veux tuer l'ogre, moi aussi! se mit à crier le petit Yvan d'un ton plein d'envie.

– Vous le tuerez, bien sûr : quand Robert reviendra, lui dit Aline d'un ton apaisant, tandis que son frère hurlait joyeusement en agitant son épée :

– Pour la gloire de saint George et de l'Angleterre!

En le voyant courir avec son cheval de bois à travers le clos de pommiers, le petit Yvan se mit à se débattre furieusement sur les genoux d'Aline. Il criait, rageur :

– Je veux tuer l'ogre! Moi aussi, je veux tuer l'ogre!

Aline le consolait comme elle le pouvait :

– Vous partirez le tuer dès que Robert sera revenu. Il vous prêtera son cheval, Yvan!

Lord Dorrington souriait en s'avançant.

– Les écuries royales me font l'effet d'être fort démunies dans votre petit royaume! dit-il.

En l'entendant, Aline poussa un cri de surprise. Yvan sauta par terre en hurlant de joie :

– Oncle Ulric! je suis le roi : regardez! Je suis le roi!

Il était si excité et gesticulait tellement que sa couronne roula sur le sol. Lord Dorrington se baissa pour le prendre dans ses bras en lui disant d'un ton solennel :

– Je suis très heureux de vous voir, Majesté!

Dès qu'il aperçut son oncle, Robert arriva en courant.

– Je suis un chevalier errant, oncle Ulric! Et je suis en train de tuer un ogre pour délivrer tante Aline!

Lord Dorrington se tourna en souriant vers la jeune fille :

– Tiens! Tiens! Nous voici devenus parents maintenant!

Aline baissa les yeux, un peu gênée :

– Ils m'ont adoptée, dit-elle avec simplicité.

Robert se glissa entre eux, pour annoncer à son oncle :

– Oncle Ulric : j'ai un véritable poney maintenant. Mais je n'ai pas de fouet, et maman m'a défendu de vous en demander un!

– Et vous ne l'avez pas demandé, ce qui est vraiment très raisonnable, répondit son oncle d'un ton impassible.

» Mais je vous conseille, ajouta-t-il, d'aller faire un tour dans le vestibule : je crois que, si vous regardez bien tous les deux, vous découvrirez un sac de pralines qui sont arrivées mystérieusement...

– Des pralines! s'exclamèrent les deux petits en chœur.

En parlant, lord Dorrington avait posé Yvan par terre.

Les deux enfants partirent en courant vers la maison. Mais Robert se retourna pour crier à Aline :

– N'oubliez surtout pas de venir nous lire l'histoire du chevalier errant ce soir avant que nous allions nous coucher.

– Oui, oui : je viendrai.

– Donnez-nous votre parole! insista Robert.

– C'est juré!

– Qu'a-t-elle donc de si passionnante cette histoire? demanda avec curiosité leur oncle.

– Elle parle de vous, mon oncle! Tante Aline nous a dit que vous étiez un vrai chevalier errant...

L'enfant s'arrêta net. Il venait de réaliser que son frère était déjà loin devant et qu'il avait de grandes chances de s'emparer du sac de pralines avant lui. Il laissa tomber son cheval de bois par terre et courut derrière son petit frère. Son casque de carton tomba sur la pelouse tant il se dépêchait de rattraper Yvan.

Lord Dorrington interrogeait Aline du regard. Il cacha son émotion sous un ton légèrement moqueur :

– Ainsi, me voilà devenu un chevalier errant!

La jeune fille rougit.

– Robert voulait savoir à qui ressemblait un chevalier errant. Alors, je lui ai dit que vous en étiez un, expliqua-t-elle. (Puis elle ajouta, comme si elle voulait se justifier :) Après tout, c'est de votre faute : vous m'avez arrachée aux griffes d'un ogre! N'est-ce pas?

– J'espère bien y avoir réussi. Dites-moi, Aline : vous sentez-vous heureuse, ici?

Les yeux d'Aline s'illuminèrent de joie.

– Oh! oui! Votre sœur est incroyablement gentille avec moi qui ne suis qu'une étrangère.

Elle avait levé les yeux en lui répondant et s'aperçut qu'il regardait ses cheveux. Elle les rejeta en arrière d'un geste nerveux, comme si elle venait seulement de se rendre compte qu'elle n'était pas bien coiffée.

– Je... Je vous prie de..., balbutia-t-elle, embarrassée.

Lord Dorrington la coupa, en s'écriant :

– Simonetta!

Il avait dit cela comme s'il se parlait à lui-même, sur le ton dont on constate une chose évidente.

Elle le regardait, surprise, hésitante.

– Vous voulez dire Simonetta Vespucci? Vraiment?

– Bien sûr! Vous êtes le sosie du modèle de Botticelli pour sa *Naissance de Vénus*! Quoique vos cheveux soient peut-être encore plus exactement semblables à ceux de la Vénus que Piero di Cosimo a peinte avec un serpent enroulé autour du cou...

Aline baissait la tête. Elle était confuse.

– Elizabeth m'a dit que vous vouliez absolument que je me lave les cheveux tout de suite, dit-elle d'une voix à peine perceptible.

– C'était réussi à la perfection, je dois en convenir! Pourtant, en vous regardant, je sentais qu'il y avait quelque chose qui clochait, qui cadrait mal avec votre personnalité. C'était une anomalie que je n'arrivais pas à définir au premier abord, mais qui me choquait et que je décelais comme on décèle des repeints sur des tableaux remaniés. (Comme elle ne disait rien, il reprit avec feu :) C'est un crime, un vrai crime, d'avoir cherché à modifier quelque chose de si joli!

– Joli?

Au ton vif dont elle s'était récriée, il ne pouvait se méprendre. Elle était sincèrement – et profondément – étonnée. Elle lui expliqua ingénument :

– Maman a toujours déploré que je sois rousse. Je l'ai entendue dire que mes cheveux étaient trop rouges, que ce n'était pas beau et que ce n'était pas à la mode. Alors, comme elle savait que le prince Ahmadi n'aime que les femmes très blondes...

Lord Lorrington la laissait parler, sans faire de commentaire. Elle soupira et poursuivit :

– C'est pour cela qu'elle avait demandé à notre coiffeur de les décolorer. Mais il lui avait répondu que cela prendrait beaucoup trop de temps...

Lord Lorrington demanda avec curiosité :

– Qu'a-t-il fait alors?

– Il a fabriqué une sorte d'onguent avec lequel il peignait soigneusement mes cheveux en ajoutant ensuite une poudre jaune. Il faisait des retouches chaque fois qu'il venait à la maison. Moi, je trouvais que cette teinte faisait vulgaire. Mais maman était satisfaite; et, apparemment, le prince aussi...

Sa voix tremblait quand elle se tut. Lord Dorrington

la regardait pensivement. Maintenant que les flots de bouclettes artificielles avaient disparu, ses longues mèches ondulées soulignaient un ravissant visage fin en forme de cœur. Elle avait de ces larges arcades sourcilières dont la courbe d'un ovale parfait était si prisée par les peintres de la Renaissance italienne.

Ses immenses yeux verts tachetés de gris s'abritaient sous de longs cils foncés. Sa bouche, petite et rouge comme une cerise, aurait plu à Greuze.

Lord Dorrington regardait ce visage pensivement et ne disait mot. Aline le tira de sa rêverie pour lui demander avec inquiétude :

– Avez-vous entendu parler de quelque chose?

Il secoua la tête :

– Aucun écho ne m'est parvenu! Mais j'ai passé les deux journées d'hier et d'avant-hier à faire courir mes chevaux en compagnie de Son Altesse Royale. Il me paraît peu probable d'ailleurs que votre mère se mette à crier sur les toits que vous avez disparu.

– C'est vrai! Je suis même certaine qu'elle préférera n'en rien dire. Mais il y a le prince Ahmadi : imaginez qu'il se mette en tête de me retrouver...

– Tout ce que nous pouvons espérer c'est qu'il s'apercevra que c'est chose impossible et se découragera, déclara lord Dorrington d'un ton parfaitement dégagé.

Aline se sentait soudain nerveuse.

– Nous devrions rentrer à la maison. Elisabeth a certainement envie de vous voir.

Lord Lorrington ne fit pas un mouvement.

– Elle dormait lorsque je suis arrivé, vous savez...

– J'en suis bien contente, car elle est très fatiguée. Elle a beau adorer ses enfants – ce qui est bien compréhensible – pour le moment ils la fatiguent beaucoup.

– Les trouvez-vous fatigants, vous, Aline?

– Non, je les trouve adorables!

Il l'attaqua malicieusement :

– Adorables... mais certainement pas encore assez intelligents pour une petite personne aussi intellectuelle que vous?

Elle rougit violemment. Mais ils se mirent à rire ensemble.

– Ce n'est pas gentil de me taquiner ainsi! Écoutez donc ce que j'ai à vous dire à ce sujet : la conversation de ces enfants est infiniment plus intéresssante que celle de tous les jeunes mondains que j'ai rencontrés!

– Voilà un jugement qui n'est pas aimable pour moi! constata lord Dorrington.

Aline protesta vivement :

– Vous savez très bien que cela ne vous concerne pas!

– En êtes-vous bien sûre? dit-il, taquin.

Elle ne répondit pas, se contentant de lui jeter un regard plein de malice. Il sourit, puis constata, la voix changée :

– C'est la première fois que je vous vois sourire, Aline! Vous rendez-vous compte? Tous nos entretiens ont toujours été si graves, si effroyablement sérieux, si déprimants !

– Mais, d'ordinaire, je ne suis jamais aussi triste, vous savez! C'est seulement parce que vous m'avez connue dans des circonstances... malencontreuses.

Lord Dorrington ne la laissa pas achever.

– Il ne nous reste plus qu'à espérer fermement que vos malheurs sont terminés, dit-il d'un ton léger. Pour le moment, tout porte à le croire. Au fait, j'ai quelque chose à vous dire qui va certainement vous faire plaisir. Je vous ai apporté quelques vêtements.

Elle le regarda avec stupeur.
– Des vêtements?
La réaction d'Aline était très éloignée de l'explosion de joie féminine qu'il avait escompté. Il en prit son parti et lui expliqua avec le plus grand naturel :
– Je ne pouvais pas ignorer que vous en auriez besoin, tout en étant persuadé qu'Elizabeth ne manquerait pas de partager sa garde-robe avec vous.
– Oh! elle a été plus que généreuse! Naturellement, elle a des quantités de toilettes qu'elle ne peut pas porter en ce moment.
– Je le savais bien. Mais je vous apporte quelques robes neuves que j'ai choisies en fonction de la couleur de vos cheveux; et qui vous iront particulièrement bien.
– Je suis bien déçue que vous m'ayez surprise avec une chevelure dans cet état. La prochaine fois que vous viendrez, je m'arrangerai pour être joliment coiffée. Nous avons feuilleté des dizaines d'articles dans *Le Journal des dames* avec Elizabeth pour choisir le type de coiffure qui me conviendrait le mieux.
– Moi, je vous aime bien comme vous êtes pour le moment.
Il était sincère. Cependant Aline répondit vivement :
– Vous ne me ferez jamais croire cela!Mais il a fallu un nouveau lavage pour faire partir les dernières traces de cette horrible pâte jaune. Maintenant, il n'y en a plus, je crois.
Tout en parlant, elle avait commencé à marcher vers la maison. Elle était sortie de l'ombrage, et le soleil faisait flamboyer l'or roux de ses cheveux. Lord Dorrington pensait qu'il n'avait jamais vu une couleur aussi merveilleuse ailleurs que dans des œuvres de peintres.
– Je vais rester dîner, décida-t-il à voix haute, en

marchant auprès d'elle. (Il avait l'air préoccupé de quelqu'un qui poursuit sa propre pensée, et n'émet que les conclusions de son raisonnement.) J'aimerais, ajouta-t-il, que vous mettiez la robe de soirée blanche que vous trouverez parmi celles que je vous ai apportées. J'en ai commandé d'autres, mais toutes n'étaient pas prêtes.

Aline s'arrêta brusquement au milieu de la pelouse et fit volte-face. Son visage était consterné. Elle murmura :

– Mais est-ce que vous réalisez vraiment ma situation? Je suis incapable de vous rembourser actuellement! Et, en vérité, il est probable que je ne serai jamais en mesure de le faire!

– Mais c'est un cadeau!

– Un cadeau que je ne puis accepter!

– Et pourquoi?

Elle fit un geste évasif avec les deux mains.

– Parce que je suis certaine que ce serait incorrect et que cela ne se fait pas!

Lord Dorrington se mit à rire.

– Aline! Ne pensez-vous pas qu'il est un peu tard, aujourd'hui, pour nous occuper, l'un comme l'autre, de ce qui se fait et de ce qui ne se fait pas? Depuis que je vous ai rencontrée, nous avons fait en deux jours plus de choses incorrectes que nous n'en avions fait dans toute notre vie! Trouviez-vous correct de me donner rendez-vous dans un recoin solitaire de l'église St. George's? N'était-ce pas infiniment plus répréhensible encore de venir vous enlever chez votre mère et de vous emmener secrètement, en pleine nuit, pour une destination inconnue?

Il avait employé un ton ironique et la jeune fille ne put s'empêcher d'éclater de rire.

– Vous avez raison! convint Aline. Je ne puis,

décemment, après tout cela, vous chicaner pour quelques chiffons! Au point où nous en sommes, je n'ai plus le droit de couper les cheveux en quatre! Il ne me reste donc plus qu'à en prendre mon parti et vous dire – ce qui est la vérité – que c'est extrêmement gentil à vous d'avoir eu l'idée de penser à cela. Et je vous en remercie du fond du cœur.

Quand ils entrèrent dans le salon, ils trouvèrent le thé préparé par Elizabeth qui les attendait.

– Il faut que je vous gronde, Ulric! Les deux garçons se sont gavés de pralines pendant que je dormais. Et la gouvernante prétend qu'ils seront incapables de manger leur goûter : elle est furieuse!

Lord Dorrington détourna la conversation en prenant un air innocent pour dire :

– J'ai vaguement appris que Robert avait besoin d'un fouet pour monter son poney.

– Et moi, je lui avais formellement interdit de vous en quémander un!

– Mais il ne me l'a pas demandé, cet enfant! Il m'a simplement raconté que vous lui aviez interdit de me le demander!

Sa sœur se mit à rire.

– Ils sont aussi insupportables que vous, tous les deux! Ils n'en font jamais qu'à leur tête, et ils obtiennent toujours ce qu'ils veulent!

– Moi ? Vraiment? On me donne toujours tout ce que je veux? demanda-t-il d'un air faussement innocent.

– Invariablement, oui! Quand j'étais petite, on se débarrassait de moi avec des promesses; ou même, quelquefois, on me disait : « non ». Mais vous, vous avez toujours été le petit veinard : vous obteniez tout ce que vous vouliez! lui rappela-t-elle gaiement et sans aucune rancœur.

– Oh! mais vous allez me faire passer pour un petit monstre, Elizabeth! gémit-il comiquement.

– Quelquefois je trouvais que c'était injuste, je l'admets. Pourtant j'ai toujours été comme les autres. Je voulais que vous ayez toujours la meilleure part, parce que je vous aimais tant.

– Bah! c'est ainsi : les hommes ont toujours la meilleure part! remarqua Aline avec philosophie. Ils ont ce qu'il y a de mieux et les femmes doivent se contenter des restes!

Lord Dorrington se mit à les taquiner :

– Je vois que je dois faire face à une révolution féministe! Je crois qu'il serait plus sage de partir avant le dîner et d'aller chercher du renfort à mon Cercle.

– Comment? Vous restez dîner? s'écria joyeusement Elizabeth. (Puis elle poussa un cri d'inquiétude :) Mon Dieu! Il faut que j'aille à la cuisine voir si nous avons un menu décent à vous proposer!

Tandis qu'elle quittait précipitamment la pièce, Aline se tourna en souriant d'un air triomphant vers lord Dorrington :

– Voici un exemple caractéristique de cette injustice permanente dont nous étions en train de parler. La nourriture qui était bonne pour nous, les femmes, n'est pas assez bonne pour vous, les hommes...

Il répliqua, moqueur :

– C'est comme cela qu'un chevalier errant gagne sa vie : des femmes le nourrissent de temps en temps... (Il fixa Aline avec des yeux pétillants avant de lui lancer :) Je me demandais ce que vous pensiez de moi... Eh bien! je suis fixé, maintenant.

– Craigniez-vous que je vous garde de la rancune pour la façon autoritaire et tyrannique dont vous vous êtes conduit le premier soir? demanda timidement Aline.

– Je sais; j'avais déchaîné votre colère, ce soir-là. Mais, voyons, ne reconnaissez-vous pas, aujourd'hui, que la vie peut offrir des compensations?

– En effet, je le reconnais. Je suis tellement heureuse avec votre sœur! Hier, quand je suis allée me coucher, je pensais que je venais de passer la plus belle journée de ma vie. Je n'ai jamais eu de compagne de mon âge avec qui rire, bavarder et discuter.

Lord Dorrington répondit simplement :

– Désormais, vous connaîtrez beaucoup de journées semblables et probablement beaucoup d'autres encore plus agréables.

– Je le crois.

Aline posa sur la table sa tasse vide et se leva, en demandant avec une curiosité enfantine, les yeux brillants d'impatience :

– Me permettez-vous d'aller voir les robes que vous m'avez apportées?

– Je pense que mon valet les a remises à la femme de chambre. On a dû les monter dans votre chambre : allez voir si elles y sont.

Aline jeta rapidement un coup d'œil à la pendule.

– Oh! Je vais juste les voir! Il faut que j'aille lire aux petits l'histoire qu'ils croient être la vôtre, comme je le leur ai promis. C'est l'heure. Il faudra ensuite que je me prépare pour le dîner. Nous dînons de bonne heure, ici, comme vous devez le savoir.

– Ce sont les habitudes campagnardes! Mais, ce soir, elles me conviennent tout à fait, parce que je dois être de retour assez tôt à Londres.

– Vous allez à une soirée? demanda Aline.

– Oui : à Carlton House. Si je n'assistais pas à cette réception, le prince de Galles chercherait à savoir pourquoi.

– Alors, nous ne dînerons pas en retard.

Elle lui sourit gentiment et quitta le salon.

Lord Dorrington continuait à fixer la porte par laquelle elle était sortie, lorsque sa sœur revint de la cuisine.

– Mrs Muggins est aux anges à l'idée de préparer à dîner pour un invité aussi honorable que vous, Ulric! Vous aurez donc un repas convenable, même si je ne vous sers pas des mets aussi raffinés que ceux auxquels vous êtes habitué, déclara Elizabeth en soupirant.

Son frère la gourmanda gentiment :

– Voulez-vous bien ne pas me faire passer pour un de ces snobs abominables! Je ne suis pas du genre pompeux et exigeant, Elizabeth! La seule chose à laquelle je tiens, c'est que vous preniez soin de vous-même et que vous mangiez correctement quand vous êtes seule! Si vous ne le faites pas, je vais écrire à Hugo pour le prévenir et lui dire de revenir immédiatement ici.

– Il doit venir d'ici une semaine ou deux, répondit Elizabeth dont le visage s'était illuminé de joie à cette perspective. Il m'a promis d'être là pour la naissance du bébé et son colonel lui a accordé un congé d'un mois.

– Me voici rassuré.

Mais sa sœur avait hâte de changer de sujet pour lui poser les questions qui lui brûlaient les lèvres.

– Parlez-moi un peu d'Aline, demanda-t-elle. Je fais tout ce que je peux pour ne pas me montrer indiscrète. Je n'ai pas voulu lui poser de questions. Mais je suis dévorée de curiosité, vous devez vous en douter.

Lord Dorrington soupira.

– Moins vous en saurez et mieux ce sera! Comprenez : la situation est très grave. Elle s'est enfuie de chez elle et personne ne doit savoir où elle se trouve. Personne! Je vous aime infiniment, Elizabeth, mais cela ne m'empêche pas de voir vos défauts. Vous ne savez pas tenir votre langue...

– Même si c'est vrai, ici, avec qui pourrais-je bavarder?

– On ne sait jamais. C'est pourquoi je préfère que vous ignoriez pour le moment le plus de choses possible concernant les affaires d'Aline. Dites-moi comment vous la trouvez? Vous plaît-elle?

Elizabeth répondit avec enthousiasme :

– Elle est absolument charmante. J'ai rarement rencontré une fille aussi gentille. Les enfants l'adorent. Ils la suivent tous les deux comme de petits toutous! La gouvernante en est presque jalouse! (Elle se tut quelques instants pour donner plus de poids à ce qu'elle allait dire :) Imaginez-vous qu'Aline a décidé de ne pas se marier? Elle prétend détester les hommes. C'est navrant, Ulric. Elle a pourtant besoin d'avoir des enfants plus tard et un mari pour la protéger!

– Voilà votre tâche, Elizabeth : il faut que vous réussissiez à la convaincre que le mariage peut être très agréable quand on a la chance d'épouser un brave garçon, un type du genre d'Hugo par exemple.

– Mais ce n'est pas à Hugo que je pense comme mari pour Aline, fit-elle remarquer.

Lord Dorrington souriait. Il se pencha et déposa un baiser sur le bout du nez de sa sœur.

– Votre langage est limpide comme de l'eau de source, ma petite Elizabeth! Allons, il faut que je monte vite à la nursery pour dire bonsoir à mes neveux!

– C'est une excellente idée! déclara Elizabeth qui souriait malicieusement en le regardant sortir du salon.

Quand Aline descendit de sa chambre, il n'était pas tout à fait 6 heures du soir. Elle entra dans le salon. Comme elle l'avait supposé, lord Dorrington était là, seul dans la pièce. Il avait déjà changé de vêtements et attendait l'heure du dîner.

Elle se sentait un peu intimidée et rougit légèrement quand lord Dorrington se retourna vers elle. Elle s'immobilisa dans l'embrasure de la porte, scrutant son regard, comme si elle éprouvait le besoin d'être rassurée.

Elle avait mis l'une des robes qu'il lui avait apportées de Londres. Elle n'avait jamais porté une toilette semblable, et elle n'en avait même jamais vu.

C'était une longue robe floue qui tombait toute droite jusqu'aux pieds, à la mode antique. Elle rappelait les tuniques grecques. Elle n'avait ni l'ample jupe gonflée par les fronces de la taille, ni les lourdes garnitures de ruchés, ni le fichu savamment drapé autour du décolleté comme toutes les robes à la mode depuis cinq ans.

Elle avait la taille haute, juste en dessous de la poitrine, si bien que les plis de la jupe tombaient droit. Le décolleté était profond et net. Seule fantaisie, les petites manches ballon n'enlevaient rien au pur classicisme de cette toilette blanche.

Lord Dorrington l'examinait en silence. Au bout d'un moment, Aline s'avança vers lui. Elle marchait lentement, le regard fixé sur lui, guettant dans ses yeux l'impression qu'elle lui faisait.

Elle lui demanda enfin d'une petite voix hésitante :

– Est-ce bien ce que vous vouliez?

– Vous êtes exactement telle que je pensais.

– Et vous êtes satisfait?

– Je suis enthousiasmé !

– Cette robe est extraordinaire; mais elle n'est pas à la mode! fit-elle remarquer.

– Mais si! contesta-t-il vivement. C'est le dernier cri! Toutes les robes que je vous ai apportées viennent d'arriver de Paris, Aline! C'est la nouvelle mode en France et les femmes élégantes de Londres sont en train de l'adopter. Quand je les ai achetées, Mme Bertin [1] m'a montré la liste de ses clientes qui avaient opté pour le nouveau style : c'étaient les noms des femmes les plus célèbres pour leur élégance.

Aline approuvait .

– C'est très joli. J'aime mieux cette simplicité que les falbalas et les fanfreluches. Mais, n'est-ce pas un peu indécent? ajouta-t-elle en rougissant.

Lord Dorrington répondit de façon détournée :

– L'avantage est de ne plus avoir besoin d'étouffer dans un corset trop serré.

– C'est une habitude aberrante et je ne m'y suis jamais pliée! Mais, la gaze dont est faite cette robe est vraiment très transparente...

– Ne vous faites pas de souci : vous êtes suffisamment bien faite pour n'en être pas gênée.

– Cela me fait simplement une drôle d'impression; mais, du moment que vous êtes content!

Il ne répondit pas. Mais elle comprenait, à la façon dont il l'enveloppait du regard, qu'elle était d'une élégance parfaite et se sentit tout heureuse.

D'ailleurs, il eût fallu qu'elle fût stupide pour ne pas s'en rendre compte elle-même, quand elle s'était regardée dans la glace quelques instants plus tôt : cette robe lui allait à ravir, comme aucune de celles qu'elle avait portées auparavant.

Elle avait toujours pensé qu'elle n'était pas spéciale-

1. La couturière parisienne la plus renommée à l'époque *(N.d.T.)*

ment bien faite. Elle venait seulement de découvrir qu'elle était admirablement proportionnée, en se voyant, ce soir-là, dans cette robe qui soulignait la poitrine, et laissait apprécier la ligne fluide des hanches.

Elle avait résolu le problème que lui posaient ses cheveux, et, en même temps, parachevé son élégance, en décidant que le chignon à la grecque était la seule coiffure qui convenait avec cette robe.

« Je trouverai quelque chose de mieux demain », s'était-elle dit avec philosophie. Car elle escomptait bien que lord Dorrington reviendrait le lendemain pour voir comment lui allaient les autres toilettes qu'il lui avait apportées.

Le dîner se passa très agréablement. Il était impossible de ne pas être gai en compagnie d'Elizabeth. Elle taquinait son frère à plaisir. Elle avait entrepris de lui raconter l'histoire du mélodrame qu'elle avait décidé d'écrire avec Aline le soir de son arrivée. Elle évoquait toutes sortes de situations extravagantes dans lesquelles elle imaginait qu'ils eussent pu se trouver impliqués tous les trois. Ce furent des rires sans fin.

Lord Dorrington n'avait aucunement envie de partir; il dut se forcer pour se lever de table, en rappelant qu'il devait rentrer à Londres.

– Revenez nous voir bientôt, pria avec insistance Elizabeth. Cela nous fait tellement plaisir!

– Moi aussi, j'aurai besoin de vous voir. J'ai commandé un cadeau pour vous, Elizabeth, et Aline a besoin d'une quantité de choses. Ce sera prêt demain ou après-demain.

– Un cadeau? Qu'est-ce que c'est? s'exclama Elizabeth.

– Si je vous le disais, ce ne serait plus une surprise! répondit son frère avant de lui poser un baiser affectueux sur la joue. Puis il se tourna vers Aline et lui tendit la main :

» Prenez bien soin l'une de l'autre, dit-il gentiment. (Avec une lueur de malice dans les yeux, il ajouta à l'intention d'Aline :) Dites bien à mon neveu de continuer à être votre chevalier servant en mon absence!

– Je n'y manquerai pas! répondit-elle machinalement, troublée par la chaleureuse insistance avec laquelle il lui serrait la main.

Elle repensa aussitôt à la confusion qu'elle avait ressentie lorsque, avant le dîner, elle avait vu lord Dorrington apparaître dans la nursery où elle était en train de raconter une histoire aux enfants.

Elle leur avait promis de leur lire un conte de chevalerie, mais n'ayant rien pu trouver de ce genre dans la bibliothèque, elle leur racontait une histoire qu'elle inventait au fur et à mesure. Ils étaient suspendus à ses lèvres.

Robert leva la tête pour annoncer fièrement à son oncle :

– C'est toute votre histoire, oncle Ulric : comme vous avez été brave!

– Je suis très heureux de l'apprendre!

– Continue, s'impatienta le petit Yvan. Dis : qu'est-ce qui est arrivé quand le chevalier a vu le gros ogre?

Aline hésitait. Les enfants voulaient connaître la suite, mais la présence de lord Dorrington l'embarrassait. Elle ne trouvait plus ses mots. Elle avait perdu le fil de son récit.

– Je vous raconterai la suite demain soir! déclara-t-elle d'un ton ferme.

Voyant la déception sur le visage des enfants, elle dit à Robert :

– Eh bien? Je croyais que vous vouliez expliquer à

votre oncle le type de fouet dont vous avez envie, mais que vous avez promis de ne pas lui demander!

– Vous trichez! dit lord Dorrington en la menaçant du doigt.

Elle le regarda en riant, puis elle dit bonsoir aux deux petits garçons, les embrassa et le laissa en tête à tête avec eux.

En cet instant où il lui serrait si chaleureusement la main avant de la quitter, tandis qu'elle se remémorait les moments passés à la nursery, elle eut soudain le sentiment que ce qu'elle avait raconté par jeu aux enfants était la plus évidente des vérités : lord Dorrington était réellement l'égal des chevaliers errants du Moyen Age qui se consacraient à la défense des faibles et des opprimés.

Ne l'avait-il pas, en effet, sauvée à deux reprises, en l'empêchant de se noyer comme elle voulait le faire la nuit du bal, puis en la soustrayant à un mariage forcé avec cet ignoble prince?

Involontairement, elle s'était mise à serrer fortement les doigts de son sauveur. Quand elle s'en rendit compte, elle retira vivement sa main.

– Continuez à sourire, Aline : cela vous va si bien! dit-il d'un ton impassible.

Puis il était parti dans son phaéton haut sur roues. Ainsi juché sur le véhicule léger, il avait l'air d'un être surnaturel descendu d'une autre planète.

Le lendemain matin, Aline passa plusieurs heures à essayer diverses manières de se coiffer. Elle ne parvenait pas à trouver une coiffure satisfaisante.

– Votre problème, lui dit Elizabeth, c'est que vous avez des cheveux trop épais. C'est pourquoi ils font meilleur effet quand vous les laissez flotter dans le dos.

– Malheureusement, je ne peux pas sortir avec les cheveux libres. Il faut que j'arrive à trouver une coiffure convenable pour aller dans le monde... A moins que je veuille lancer une mode nouvelle, ajouta la jeune fille en riant.

Elles finirent, à elles deux, par réussir une coiffure élégante qui leur plaisait.

Elizabeth regarda Aline :

– Je ne pense pas qu'Ulric revienne nous voir aujourd'hui... Mais gardez quand même cette coiffure. Elle sera plus facile à refaire demain, si les cheveux ont pris le pli toute la journée. D'ailleurs, il ne faut pas se faire trop de souci : je trouve que les cheveux sont comme les fleurs et finissent toujours par se disposer harmonieusement d'eux-mêmes.

– Je voudrais bien vous croire, répondit Aline en jetant un nouveau coup d'œil à son miroir, avant de conclure : Décidément, cette coiffure me plaît!

– Vous devriez mettre une de vos nouvelles robes d'après-midi, lui suggéra Elizabeth.

Aline se récria :

– Elles sont beaucoup trop jolies pour être mises tous les jours.

Finalement elle céda aux instances de la jeune femme et choisit une toilette de mousseline brodée de ramages et garnie de rubans verts qui lui semblait particulièrement seyante. Elle aurait bien voulu que lord Dorrington puisse la voir ainsi mais n'osait l'espérer.

Elizabeth a raison, pensait-elle, il y a très peu de chances pour qu'il vienne nous rendre visite aujourd'hui.

Après le déjeuner, comme Elizabeth paraissait très fatiguée, Aline lui conseilla de s'allonger et de se reposer tranquillement sur le sofa du salon pendant qu'elle emmènerait le petit Robert se promener.

La jeune femme avait hésité à accepter.

Je ne voudrais pas que cet enfant vous encombre, Aline. Bien sûr, ce serait merveilleux de le sortir de la nursery! La gouvernante est en train de coudre pour le futur bébé, mais il est tellement turbulent qu'elle n'arrive pas à avancer son ouvrage. Il la dérange sans arrêt! Cependant...

Aline avait dit fermement, avec un sourire :

– Eh bien, moi, je me charge de lui faire dépenser son excès d'énergie, à ce garçon!

Robert était ravi à la perspective de cette promenade.

– Tante Aline : allez-vous me raconter une histoire?

– Nous allons en inventer une nouvelle à nous deux. Ce sera beaucoup plus amusant : je vous en raconterai une partie, puis vous me raconterez la suite.

En voyant l'enfant gambader et crier de joie à cette idée, sa mère dit en souriant à Aline :

– Vous avez une vraie vocation. Quel merveilleux professeur vous feriez! Vous savez tout mettre à la portée des enfants.

– J'y ai parfois pensé. C'est de mon père que je tiens ce don. Tout ce qu'il racontait devenait passionnant. J'avais envie d'en savoir toujours plus. Alors, je le harcelais de questions, et il me répondait inlassablement. C'est la meilleure façon d'apprendre et d'enseigner, je crois.

Elizabeth répondit d'un ton taquin :

– Je vais vous contraindre à rester ici avec moi jusqu'à ce que les enfants aient atteint l'âge d'aller au collège!

Aline se mit à rire :

– Vous seriez lassée de moi bien avant!

Elle prit le temps d'installer des coussins derrière la tête d'Elizabeth; puis elle saisit le petit garçon par la main, et sortit avec lui dans le jardin.

Ils allèrent jusqu'au ruisseau, qui coulait en bas des pelouses. Ils restèrent sur le bord un moment, s'amusant à regarder les poissons se glisser entre les roseaux. Ils essayaient de les reconnaître.

Robert était fasciné par l'eau. Aline eut du mal à l'arracher à cet endroit. Il y avait des milliers de choses qu'il voulait savoir. Comme tous les enfants, il avait envie de cueillir des fleurs qui étaient hors de sa portée et il aurait bien voulu construire un petit barrage pour attraper les poissons.

Elle finit par le décider à marcher le long du cours d'eau dans les bois. Le soleil mettait des taches de lumière partout, sur le sol et sur le vert tendre des feuillages printaniers. Le sol était couvert de jacinthes sauvages et de chélidoines.

Le sous-bois était silencieux et désert. On entendait seulement le cri du coucou, le roucoulement des palombes, le bruissement des feuilles quand un lapin dérangé détalait à leur approche.

Il faisait très chaud pour la saison. Au bout d'un moment, Aline s'assit sur la mousse au pied d'un gros chêne, et elle entreprit de raconter à Robert l'histoire de Jason et de la conquête de la Toison d'Or pour le faire tenir tranquille.

Son récit avait duré plus qu'elle n'avait prévu. Dès qu'il fut terminé, elle se leva pour ramener Robert à la maison. Elle se sentait inexplicablement nerveuse en pensant qu'elle l'avait peut-être gardé dehors trop longtemps.

– Nous devrions courir pour rentrer plus vite! lui suggéra-t-elle.

Robert protesta vigoureusement :
– Il fait trop chaud pour courir.
Néanmoins, il accéléra le pas et marchait devant la jeune fille sur le sentier.
Ils allaient atteindre la haie d'arbustes plantés autour du jardin de Shenley Manor, lorsque l'enfant s'arrêta brusquement et dit, en se tournant vers Aline :
– Tiens, il y a quelqu'un qui vient là!
Aline se glissa prestement entre les troncs d'un bouquet de bouleaux, tout en lui demandant :
– Qui est-ce?
Elle pensait que lord Dorrington avait peut-être fait le chemin depuis Londres pour venir les voir. Son cœur battait. Elle prit la main de l'enfant et leva les yeux. Un frisson de terreur la parcourut de la tête aux pieds et la cloua sur place : c'était le prince Ahmadi qui s'avançait vers eux! Elle ne pouvait se tromper. Il était reconnaissable entre mille, avec sa peau brune et l'éclat insolite de ses dents blanches striant son visage aux lèvres entrouvertes.
Aline étouffa un cri et resta figée sur place. Elle se sentait glacée, incapable de faire un mouvement. Elle avait l'impression de ne pouvoir arracher ses pieds du sol, d'être bloquée là comme un navire pris par les glaces dans la banquise.
Elle n'avait qu'une idée : s'enfuir en courant; mais ses jambes refusaient d'obéir.
Elle entendit vaguement le petit Robert demander :
– Vous le connaissez, vous, tante Aline? Qui est-ce?
Elle n'eut pas le temps de lui répondre. Le prince Ahmadi était déjà devant elle.
Elle parvint à bredouiller :
– Que faites-vous... ici?

Il ricana :
– C'est précisément la question que j'allais vous poser!
Aline se mit à trembler comme une feuille, le son de cette voix ayant réveillé la phobie et les sentiments de répulsion qu'il avait toujours suscités en elle.
Tout désemparé, le petit Robert répétait :
– Qui est-ce, tante Aline? Que se passe-t-il?
Il devinait instinctivement qu'Aline avait terriblement peur.
– Toi : file vite chez toi! gronda brutalement le prince.
Mais l'enfant comprenait qu'un danger menaçait Aline. Il se rapprocha d'elle et s'accrocha obstinément à sa robe, en répétant sa question.
– Qui est-ce, tante Aline?
Sa petite voix claire aida la jeune fille à se ressaisir.
– Partez, dit-elle sèchement au prince. Vous n'avez rien à faire ici!
– J'ai tous les droits! Je suis venu pour vous ramener à Londres, répondit-il avec arrogance.
– Ah! non! Je ne partirai pas avec vous!
– Je saurai bien vous y obliger. Votre mère m'a donné toute latitude : j'agis avec son accord et en son nom!
Un sourire cruel relevait ses lèvres en annonçant cela. Aline frissonnait sous la menace.
– Venez à la maison, tante Aline! Rentrez vite avec moi : il faut aller retrouver ma maman! intervint Robert.
– Toi, fais ce que je t'ai dit : rentre chez toi immédiatement! cria le prince exaspéré.
Tout en parlant, il attrapa l'enfant par le bras pour le séparer d'Aline dont il agrippait obstinément la

robe. Il le posa brutalement sur le sentier et lui donna une violente bourrade dans le dos pour le pousser en avant.

– Maintenant, file chez toi! Obéis!

Aline se redressa, furieuse.

– Comment osez-vous brutaliser un enfant!

Mais elle eut peur que le prince ne fasse du mal au petit; et, se ravisant, elle dit très vite :

– Cours vite retrouver ta maman, Robert!

Le petit garçon hésitait encore. Enfin, au grand soulagement d'Aline, il se décida à partir en courant le long du ruisseau qui aboutissait à la grande pelouse.

Elle tenta de s'élancer derrière lui. Mais le prince lui barrait la route, se dressant devant elle de toute sa masse. Sa stature et sa corpulence donnaient l'impression qu'il était doté d'une force invincible. Il fixait Aline d'un regard inquiétant. Elle devinait qu'il savourait avec sadisme le plaisir de la tenir à sa merci.

– Comment m'avez-vous retrouvée? demanda-t-elle avec hauteur.

Il prit un ton à la fois narquois et sentencieux :

– Apprenez donc, chère petite, que tout domestique qui se laisse soudoyer par quelqu'un est toujours prêt à se laisser soudoyer par un autre...

– Un domestique..., balbutia-t-elle, perplexe.

Elle fronçait les sourcils, complètement déroutée, ne voyant pas de qui il pouvait s'agir, puisqu'elle ne s'était confiée à personne.

Mais, brusquement, elle se souvint! Elle avait donné deux shillings à James, le valet de pied, qu'elle avait envoyé porter le billet dans lequel elle donnait rendez-vous à lord Dorrington à l'église; et elle lui avait recommandé de n'en rien dire à personne.

Bien décidée à tenir tête au prince Ahmadi, elle

fouetta toute son énergie et trouva le courage de lui dire fièrement :

– Vous m'avez retrouvée : bien! Mais je ne repartirai pas avec vous et je ne rentrerai pas à Londres. Je l'ai expliqué très clairement à maman dans ma lettre. Je ne vous épouserai jamais.

– Aucune importance! Votre mère veut absolument que ce mariage se fasse; et moi aussi!

– Comment pouvez-vous vouloir épouser à tout prix quelqu'un qui vous hait? Quelqu'un qui ne souhaite qu'une seule chose : être débarrassée de vous!

Le prince Ahmadi éclata de rire, d'un rire qui résonnait désagréablement.

– Vous m'enthousiasmez quand vous me crachez à la figure comme un petit chat en colère! Un chat tigré : C'est bien le qualificatif qui vous convient! Car je vois que vos cheveux ont changé de couleur... Je n'ai pas souvent été fasciné par une femme, mais maintenant, en vous voyant telle que vous êtes aujourd'hui, je comprends pourquoi je vous avais trouvée si séduisante lors de notre première rencontre.

– Je vous hais. Laissez-moi! rugit Aline.

– N'y comptez pas! Je n'en ai pas la moindre intention!

Tout en parlant, il s'avança rapidement et l'enlaça avant qu'elle ait eu le temps de reculer. Elle se débattait vigoureusement. Mais il était beaucoup plus fort qu'elle et elle n'avait aucun espoir de lui échapper.

Elle entendait ses ricanements moqueurs pendant qu'elle luttait farouchement pour desserrer l'étau des bras qui l'emprisonnaient. Il l'écrasait contre sa poitrine jusqu'à l'étouffer.

– Bien petite et bien faible! lança-t-il, moqueur.

Lui saisissant le menton, il lui renversa la tête en arrière. Le temps d'un éclair, elle plongea son regard au fond des yeux fixés sur elle. Ils luisaient de cette passion lubrique qui l'avait déjà épouvantée un soir.

Alors elle voulut crier, mais il était trop tard.

La bouche du prince s'écrasait sur la sienne. Il l'embrassait goulûment. Le dégoût qu'elle ressentait dépassait tout ce qu'elle avait pu imaginer. Elle se sentait entraînée dans un abîme de dépravation innommable dont elle n'avait même jamais soupçonné l'existence.

Il l'embrassa brutalement, avec l'acharnement bestial et lascif du désir jusqu'à ce qu'elle ne puisse plus respirer. Quand il détacha enfin ses lèvres des siennes, il dit d'un ton passionné, avec des accents rauques :

– Pourquoi attendre? Je n'ai qu'à faire tout de suite ce qu'il faut pour être assuré que vous m'appartiendrez et que vous ne pourrez plus m'échapper et me narguer!

Il la souleva de terre et elle se mit à hurler. Mais sa voix se perdait dans la forêt déserte. Elle se rendait bien compte qu'elle n'avait aucune chance d'être secourue.

Sans espoir, elle criait pourtant :

– Lâchez-moi! Laissez-moi m'en aller!

Le prince l'emportait loin du sentier, dans le couvert du sous-bois. Il la déposa à l'abri des branches basses d'un arbre, sur le sol couvert de mousse.

Comme elle se débattait pour s'échapper, il se laissa tomber de tout son poids sur elle. Elle hurla sous le choc. Mais il plaqua sa bouche lippue sur la sienne pour étouffer ses cris.

Elle étouffait, ne pouvant plus crier, ni faire un geste. Elle sentait des mains avides s'acharner sur la mousseline de sa robe, tirer sur son corsage. Elle suffoquait sous la pression des lèvres du prince. Elle comprenait qu'elle était perdue et que rien ne pouvait plus l'empêcher d'accomplir son forfait.

Au moment même où son désespoir culminait, le corps du prince bascula de côté et elle se sentit brutalement libérée de son poids horrifiant.

Une voix furieuse hurlait :

– Debout, vil pourceau!

6

Ce matin-là, lord Dorrington semblait n'avoir nulle envie de se presser. La soirée passée à Carlton House, la veille, après la visite chez sa sœur, s'était prolongée fort avant dans la nuit; mais cela ne lui fit en rien changer ses habitudes matinales.

Après avoir fait son habituelle promenade à cheval au Parc, il avait savouré lentement un excellent petit déjeuner. Ensuite, il avait pris son bain tranquillement et s'était habillé avec un soin minutieux.

Pour finir, il endossa un habit admirable, à la confection duquel son tailleur avait consacré de longues heures pour atteindre la perfection. Puis il descendit dans son bureau pour s'occuper de son courrier.

Son secrétaire le retint assez longtemps. Il avait à le consulter au sujet de diverses décisions à prendre concernant l'administration de ses propriétés rurales.

Dès qu'il eut terminé avec lui, lord Dorrington grimpa dans son fameux phaéton pour aller chez George Brummel qui habitait à quelques pas de chez lui, dans Chesterfield Street.

A Londres, c'était devenu un rite mondain de rendre visite au beau Brummel au cours de la matinée. Le prince de Galles avait, le premier, pris l'habitude de venir le consulter presque tous les matins au sujet de sa toilette. Il avait quotidiennement de longues discussions sur la mode avec le jeune dandy qui avait seize ans de moins que l'héritier du trône mais qui s'était promu Roi de l'élégance.

Même au temps où il était étudiant à Eton, le jeune Brummel était célèbre pour son esprit et pour sa manière de s'habiller. Cette renommée n'avait fait que croître pendant son séjour à l'armée où il avait servi dans le régiment du prince de Galles, le Dixième hussards.

Aucun régiment n'avait aussi mauvaise réputation dans l'armée britannique : c'était le plus indiscipliné, le plus mal habillé, le plus insolent et le plus coûteux. Néanmoins les jeunes gens de la haute société faisaient tous des pieds et des mains pour obtenir la grâce d'y être affectés.

Rentré dans la vie civile, Brummel était aussitôt devenu l'arbitre de l'élégance. A ce titre, il régnait en despote sur tous les membres de l'aristocratie et de la haute société londonienne.

Il était très envié et jalousé. Ses rivaux ne manquaient pas une occasion de l'attaquer publiquement. Mais, homme d'esprit, Brummel savait manier le sarcasme. Il envoyait trait pour trait, et s'abritait derrière une insolence savamment calculée.

Son intelligence lui permettait d'aborder tous les sujets de conversation; mais les vêtements le passionnaient très exclusivement et il était un expert en la matière.

Ce matin-là, en entrant dans le salon de Brummel, lord Dorrington remarqua que le maître de maison avait l'air particulièrement de bonne humeur : il souriait aimablement à tous ses visiteurs. On remarquait la présence de lord Alvanley et de lord Yarmouth près du prince de Galles.

Au moment où lord Dorrington entra, le duc de Bedford demandait à Brummel ce qu'il pensait de son habit. Brummel se leva pour l'examiner. Il avait été coiffé par son barbier dans le style « coup de vent » : c'était sa coiffure favorite. Il inspecta le duc de la tête aux pieds avec un air solennel. Il tourna autour de lui avec un sérieux imperturbable et regarda le dos de l'habit avec accablement. Il regarda finalement le duc avec un air lugubre.

– Bedford! dit-il enfin, osez-vous sérieusement appeler cette chose une veste?

Il avait presque les larmes aux yeux en prononçant ces paroles.

Lord Dorrington remarqua une fois de plus qu'il avait raison de penser, depuis toujours, que le beau Brummel était très comédien et qu'il y avait beaucoup de pose dans l'intérêt excessif qu'il affichait pour la toilette et dans le temps immodéré qu'il consacrait à s'habiller. C'était un terrible ambitieux, et il était assez fin pour savoir que cette attitude servait à sa célébrité. Il en usait et en abusait.

Il avait ainsi réussi à créer son personnage et à imposer lui-même sa légende à ses contemporains. Ne négligeant rien pour retenir leur attention, il s'astreignait à leur donner presque quotidiennement des directives et de nouvelles règles sur l'art de se vêtir.

Ce matin-là, il avait inventé une nouvelle manière de nouer sa cravate qui faisait l'objet de tous les commentaires dans son salon.

Peu de temps auparavant, il avait déjà fait sensation en apparaissant un beau jour avec un col amidonné, ce qui ne s'était encore jamais vu. Ensuite il en avait fait varier les dimensions, la forme et la hauteur si souvent qu'il avait réussi à entretenir une perpétuelle agitation parmi les dandies et les jeunes snobs qui tenaient à le copier sans commettre la moindre erreur.

La nouvelle invention du jour était des plus sophistiquées. Brummel avoua qu'il ne lui avait pas encore donné de nom.

– Il faudrait trouver quelque chose d'amusant, suggéra lord Alvanley.

– Pourquoi pas le nœud à la « jeune cygne »? proposa lord Yarmouth.

Il réfléchit quelques instants, puis déclama d'un ton lyrique :

Là où vous observez l'éclat argenté du col,
Là surgit la crête neigeuse des petits cygnes [blancs...

– Excellent! s'écria le prince, ravi. Yarmouth : je suis votre mécène.

– Depuis quand vous êtes-vous mis à la poésie? demanda lord Alvanley d'un ton soupçonneux. Je présume que la séduisante personne aux yeux noirs que j'ai aperçue avec vous la nuit dernière ne doit pas être étrangère à cette nouvelle vocation!

Lord Yarmouth protesta :

– Pas du tout!

Mais tout le monde se mit à rire en le regardant.

La conversation se poursuivit jusqu'à la fin de la matinée, roulant sur la mode, les sports, les chevaux et essentiellement sur les chances qu'avaient les uns ou les autres de gagner aux courses.

Quand vint l'heure du déjeuner, le prince de Galles annonça qu'il avait l'intention de prendre son repas avec Brummel, tandis que lord Dorrington emmenait son ami Alvanley au *White Club*.

Ils s'installèrent à leur table habituelle qui leur était réservée. Ils s'étaient mis à discuter la valeur de pièces d'argenterie que lord Alvanley venait d'acquérir chez un antiquaire, lorsqu'ils virent lord Worcester entrer dans la salle. Automatiquement, il s'avança vers leur table.

Mais, dès qu'il les reconnut, son visage se ferma. Il fit délibérément demi-tour pour aller s'asseoir à une autre table.

Lord Alvanley le regardait stupéfait.

– Que peut bien avoir lord Worcester?

– Peut-être est-ce parce qu'il se sera aperçu que nous avons presque terminé notre repas...

Lord Dorrington appela d'un geste le maître d'hôtel pour qu'il lui versât un dernier verre de vin blanc, tandis que son ami insistait :

– C'est curieux : il s'assied pourtant toujours avec nous!

– Peut-être a-t-il le cafard? Je crois bien qu'il vient de tomber follement amoureux d'une certaine Harriet Wilson que nous connaissons tous trop bien pour avoir été pris dans ses filets à un moment ou à un autre...

– Elle va le ruiner! Il n'est pas assez riche, observa lord Alvanley avec compassion.

Lord Dorrington regarda dans la direction de lord Worcester à plusieurs reprises et dut admettre que leur ami fuyait volontairement son regard.

– Venez! dit-il à lord Alvanley en prenant son verre. Si Mahomet ne vient pas à la montagne, la montagne ira à lui! Allons voir ce que Worcester a dans la tête!

Il traversa la salle à manger jusqu'à la table de lord Worcester et s'assit.

– Nous sommes bien fâchés contre vous. On dirait que vous nous faites la tête! C'est très déplaisant!

Lord Worcester le regarda d'un œil froid sans lui répondre. Mais comme il était incapable de se taire longtemps, il finit par lui dire sèchement :

– La vérité est très simple : les nouveaux amis que vous vous choisissez ne me plaisent pas!

Lord Alvanley, qui avait suivi lord Dorrington, demanda en s'asseyant à son tour :

– Quels amis?

– Il ne s'agit pas des vôtres. Ce sont ceux de Dorrington.

– Mais qui? Je ne me souviens pas d'avoir fait de nouvelles connaissances ces temps derniers...

Lord Worcester reposa violemment son couteau et sa fourchette sur la nappe. Il le fixait avec indignation.

– Après tout ce que je vous ai raconté, l'autre soir, sur le prince Ahmadi, vous continuez à prodiguer vos amabilités à ce louche individu!

– Qu'est-ce que c'est que cette histoire? demanda sèchement lord Dorrington.

– Oh! je n'invente rien! Sachez que je suis au courant tout simplement que vous l'avez invité à passer l'après-midi avec vous chez votre sœur. Vous ne m'avez pas demandé mon avis, mais je vous garantis bien que ce n'est pas le genre de bonhomme qu'Hugo recevrait chez lui s'il était là.

– Veuillez avoir l'obligeance de vous expliquer un peu plus clairement, dit-il.

En dépit du ton impassible dont il avait répondu à lord Worcester, il avait eu une intonation bizarre.

– D'accord! répondit lord Worcester. Lorsque je suis passé devant le *Club Boodle* [1], en venant ici, j'ai rencontré un ami qui m'a invité à entrer boire quelque chose avec lui. Nous avons bavardé un moment sur le

1. Le *Club Boodle* : l'un des cercles à la mode à Londres au XVIIIe siècle. *(N.d.T.)*

pas de la porte et j'ai vu votre damné prince Ahmadi qui parlait avec votre petit valet de pied; et j'ai pu entendre leur conversation.

Lord Dorrington ne dit rien, mais il scrutait âprement le visage de lord Worcester. Il ne voulait pas laisser voir la violente inquiétude qui l'avait saisi, mais il ne le quittait pas des yeux.

– Le hasard a fait que j'ai pu entendre clairement ce qu'ils se sont dit : comme cela arrive parfois, poursuivit naïvement lord Worcester. Le prince Ahmadi a abordé le valet en lui disant assez haut :

« – Les chevaux de votre maître sont vraiment des bêtes superbes : je les admire beaucoup. Il n'y en a pas de plus beaux dans toute la ville.

» A quoi le valet a répondu en souriant de fierté :

» – Merci, monsieur.

» – Dites-moi, reprit le prince Ahmadi, j'aimerais savoir combien on met de temps pour se rendre à la maison de campagne où est allé, il y a deux jours, lord Dorrington? Je dois m'y rendre moi-même, cet après-midi...

» – Chez le major Wardell? A Shenley Manor. C'est bien cela que vous voulez dire, monsieur?

» – Oui, c'est cela même. Quel est le chemin le plus court, à votre avis?

» – En prenant la route d'Epsom, nous avons mis exactement quarante-neuf minutes, hier, monsieur.

» – Mais où doit-on quitter la grand-route, mon ami? »

Lord Worcester n'en dit pas plus : il resta tout à coup la bouche ouverte de saisissement : lord Dorrington s'était levé brusquement en jetant à ses amis un regard qui ne présageait rien de bon, pensèrent-ils.

Avant qu'ils fussent revenus de leur stupeur, il avait

quitté la salle sans avoir proféré un mot. Lord Alvanley et lord Worcester se regardaient avec le même étonnement.

– Est-ce que lord Dorrington aurait ignoré que ce vil débauché rendait visite à sa sœur? Qu'en pensez-vous, Alvanley? demanda d'un ton songeur lord Worcester.

– J'en suis absolument certain!

Lord Dorrington n'avait pas perdu un instant. Il avait sauté sur le siège de son phaéton et saisi les rênes. Il lança les chevaux dans St. James Street à une vitesse folle. Le petit laquais en était tout interloqué. Il le fut plus encore lorsque, après avoir jeté un coup d'œil anxieux à une horloge, il lui demanda :

– Quelle heure était-il quand le prince Ahmadi vous a demandé son chemin pour aller à Shenley Manor?

– Vous voulez parler de cet homme au teint basané, milord? Cela fait environ une demi-heure, je crois.

– Quelle sorte de voiture avait-il?

– Un cabriolet attelé à deux chevaux : de belles bêtes, mais pas vraiment de première catégorie...

Lord Dorrington ne dit plus rien. Il s'occupait uniquement d'exciter ses chevaux pour leur faire mener un train d'enfer. Jamais le laquais n'avait vu une voiture rouler aussi vite.

Lord Dorrington renonça à sermonner son valet qui n'avait trahi le secret de Shenley Manor que par inadvertance. Il se devait de reconnaître qu'il avait commis lui-même une erreur en sous-estimant les capacités de ruse du prince Ahmadi, et en s'interdisant volontairement de recommander aux domestiques de ne parler à personne des visites qu'il faisait à sa sœur. Il avait cru raisonner sagement en estimant qu'il aurait risqué d'éveiller les soupçons en attirant l'attention sur ses allées et venues, s'il leur avait demandé de les garder secrètes.

Il le regrettait maintenant. Le prince Ahmadi était plus astucieux qu'il ne l'avait pensé. Il avait habilement plaidé le faux pour savoir le vrai. En toute justice, on ne pouvait en tenir rigueur au malheureux valet qui était tombé dans son piège.

L'anxiété éprouvée par lord Dorrington primait d'ailleurs tout autre souci. Il avait tellement peur pour Aline, qu'il ne pensait pas à autre chose et se faisait d'amers reproches.

– Comment ai-je pu être aussi imprudent? Comment n'ai-je pas pris plus de précautions? Quelle sottise! se répétait-il, fou d'angoisse.

Au point où en étaient les choses, il ne lui restait plus qu'à essayer d'arriver avant le prince Ahmadi à Shenley Manor. Il espérait que le fait de ne pas connaître le chemin avait peut-être pu le retarder : c'était sa seule chance.

Mais ses espoirs furent déçus. Il avait tourné dans l'allée de Shenley Manor à une vitesse folle, au risque de faire verser le véhicule auquel le laquais devait se cramponner pour ne pas être éjecté. Mais en vain : le cabriolet du prince Ahmadi était là, en attente – et vide – devant la maison.

Lord Dorrington sauta à terre du plus vite qu'il put. Son laquais l'interpella :

– J'ai apporté le fouet que vous m'aviez demandé d'aller acheter pour le petit monsieur. Tenez, le voici, milord.

Tout en parlant, il tendait un joli petit fouet de cuir avec un manche en argent.

Lord Dorrington s'en saisit machinalement avant d'escalader d'un bond les quelques marches du perron. Le vieux maître d'hôtel était à l'entrée du vestibule.

– Je vous avais vu arriver, milord, dit-il en s'inclinant, Madame est à la nursery. Je vais aller la prévenir...

– Où est miss Aline? coupa péremptoirement lord Dorrington.

– Elle est allée se promener dans les bois avec le petit Robert, milord. Il est venu un gentilhomme qui voulait la voir. Je lui ai indiqué le chemin...

Lord Dorrington n'écouta pas plus longtemps. Traversant le vestibule et le salon, il se précipita dans le jardin en courant. Il vit presque aussitôt Robert qui accourait vers lui sur la grande pelouse. L'enfant était hors d'haleine.

– Oncle Ulric! Oncle Ulric! Vite! Je viens chercher mon épée : il y a un méchant ogre qui fait peur à tante Aline, là-bas! Et moi, il m'a bousculé et il m'a fait mal!

Lord Dorrington marqua à peine un temps d'arrêt pour rassurer l'enfant en l'embrassant.

– Rejoins vite ta maman, Robert! dit-il très vite, avant de partir au pas de course dans le sentier d'où le petit venait.

Il entendait l'enfant derrière lui l'appeler encore, mais il ne perdit pas de temps à essayer d'écouter ce qu'il lui disait.

Il aperçut le prince Ahmadi, au bout du sentier, au moment où celui-ci emportait Aline sous les arbres. Il bondit comme un fou. Il eut encore le temps d'entendre deux fois les cris de la jeune fille avant de les avoir rejoints.

Il put voir le prince plaquer Aline sur le sol, se jeter sur elle à plat ventre et tenter de lui arracher sa robe. Il n'eut que le temps de saisir l'homme au collet et de le mettre brutalement debout, en s'écriant avec dégoût :

– Debout! vil pourceau!

Avant que le prince Ahmadi ait pu comprendre ce qui se passait, lord Dorrington lui assena un magistral coup de poing en plein visage. Il chancela et faillit tomber.

Le prince n'était pas poltron. Il se rua sur lord Dorrington. Mais il reçut un tel coup sous le menton qu'il s'affaissa aux pieds de son adversaire.

– Je vous tuerai! dit lord Dorrington en serrant les mâchoires.

Comme le prince essayait de se relever, il le frappa plus violemment encore. Mais il se ravisa, réalisant tout à coup que cet adversaire était indigne de lui. Il le prit au collet, le souleva pour l'obliger à se tenir agenouillé devant lui.

Le petit fouet qu'il avait apporté pour son neveu était par terre, à quelques pas, où il l'avait laissé tomber pour se jeter sur le prince Ahmadi. Il le ramassa et l'agita d'un air menaçant, en disant :

– Je ne vais pas me salir les mains en tapant sur une canaille comme vous! Mais je vais vous administrer une correction dont vous garderez le souvenir.

Il arracha sa veste au prince et se mit à le fouetter sauvagement. Le prince Ahmadi gémissait et criait de douleur.

Lord Dorrington était déchaîné de fureur.

– Il était grand temps que quelqu'un vous administre le traitement que vous aimez tant à faire subir à vos malheureuses femmes! Vous aimez les battre : eh bien, à votre tour maintenant!

Il le fouetta jusqu'à ce que l'autre ne soit plus qu'une loque presque inconsciente. Quand il arrêta, la chemise de fin linon blanc du prince était en lambeaux et de lourdes traînées de sang maculaient tout son dos.

– Maintenant, partez! lui intima-t-il.

Mais le prince Ahmadi restait effondré, sans aucune réaction. En dépit de ses airs de bravache et de son orgueilleuse apparence, ses mœurs et ses excès l'ayant considérablement amolli, il n'avait guère de résistance.

Le lamentable spectacle offert par ce pantin avachi exaspérait lord Dorrington. En maugréant, il ramassa sa veste, le remit debout sur ses pieds et dut se résigner, pour en être débarrassé, à l'aider à regagner sa voiture.

Il lui fit retraverser les pelouses et le jardin, en le tirant par le bras. Mais il ne voulut pas le faire passer par le salon; et, au lieu de rentrer par la porte-fenêtre, il lui fit faire le tour par les communs.

Quand ils apparurent dans l'allée où étaient rangées les voitures, le laquais du prince Ahmadi ouvrit de grands yeux. Il regardait avec stupeur l'aspect lamentable dans lequel était son maître. Lord Dorrington lui dit sèchement :

– Ramenez votre maître chez lui. Et faites-lui bien comprendre – dès qu'il sera en état de saisir ce que vous lui direz – que, si jamais il remettait les pieds ici, ce ne serait pas sur ses pieds qu'il en repartirait, mais sur une civière!

Tout en parlant, il avait lâché le bras du prince qui alla s'écrouler sur le siège à l'intérieur du cabriolet.

Lord Dorrington tourna rapidement les talons et s'en fut vers les écuries. Il lui fallait un cheval pour partir plus rapidement à la recherche d'Aline.

Pendant qu'il battait le prince Ahmadi, elle avait dû faire du chemin. Il se rappelait que, dès qu'il l'avait dégagée en se ruant sur le prince, elle s'était enfuie en courant comme une biche effrayée dans le bois.

Où allait-il la retrouver?

Il entra dans les écuries où son laquais était occupé à

étriller ses chevaux. Il se mit à inspecter les stalles, cherchant la bête qu'il lui fallait : un grand hunter robuste que son beau-frère montait pour chasser.

– Vite : sellez-moi ce cheval! ordonna-t-il à son valet dès qu'il l'eut découvert dans son box.

Quelques instants plus tard, lord Dorrington montait en selle et trottait dans le jardin en passant par-derrière la maison.

Il fut soulagé de voir que le cabriolet du prince Ahmadi avait disparu, avant de se diriger vers le ruisseau. Ayant fait traverser à sa monture la haie de buissons qui bordaient la propriété, il s'engagea dans le sentier sur lequel Aline s'était enfuie.

Il pressait son cheval car le ciel s'était brusquement couvert et un orage menaçait. La pluie ne tarda pas à tomber. C'était une averse très violente; il regardait de tous côtés en espérant qu'Aline aurait trouvé un gros arbre feuillu pour se mettre à l'abri.

Mais la jeune fille n'était nulle part. Il parcourut longtemps la futaie en tout sens, sans retrouver sa trace. Il finit par immobiliser son cheval pour appeler plus aisément. Il fit un cornet avec ses mains et cria plusieurs fois :

– Aline! Aline!

Les arbres lui renvoyaient seulement l'écho de sa voix. Il se tut, écouta longtemps, mais aucune réponse ne vint.

Il appela encore et encore. Comme tout était silence autour de lui, il éperonna son cheval et sillonna la futaie en zigzaguant entre les troncs, guettant anxieusement l'apparition d'une robe de mousseline blanche dans la verdure.

La pluie persistait. Lord Dorrington avait beau appeler, le seul bruit qu'il entendait était celui des gouttes tombant des branches.

Il finissait par désespérer et se demandait ce qu'il pourrait faire quand il la découvrit soudain.

Elle était tapie au pied d'un gros chêne, recroquevillée sur elle-même, la tête penchée et appuyée contre ses genoux. Elle se cachait le visage derrière ses mains. Toute son attitude révélait un désespoir absolu.

Tout en descendant de cheval, lord Dorrington ne put s'empêcher d'admirer, malgré cette posture pitoyable, la splendide chevelure rousse qui se détachait sur l'écorce brune de l'arbre.

– Aline! dit-il très doucement.

Mais elle ne bougea pas et il se demanda si elle l'avait entendu.

– Aline! C'est moi : je suis venu vous chercher..., répéta-t-il avec une grande douceur.

– Je... ne peux pas... revenir, murmura-t-elle en sanglotant.

– Le prince Ahmadi est parti.

Elle releva lentement la tête. Elle était très pâle. Son regard avait une expression d'indicible terreur.

– L'avez-vous... tué?

– Non, mais j'aurais dû le faire! dit-il d'un ton vindicatif. (Puis il ajouta d'une voix persuasive :) Venez vite!

Il lui tendit les mains. Il crut qu'elle allait refuser de lui donner les siennes. Mais après avoir hésité, elle le laissa l'aider à se mettre debout. Il lui dit d'un ton aussi détaché qu'il le put :

– Le sol est détrempé. Il vaudrait mieux rentrer à cheval : nous irions plus vite.

Elle le regardait sans voir, éperdue de frayeur, l'esprit encore égaré dans les affres d'un véritable enfer. Lord Dorrington comprit qu'elle était incapable de saisir ce qu'il lui disait en cet instant. Il était inutile de lui expliquer quoi que ce soit. Il la prit dans ses bras et l'installa sur la selle du cheval sans plus rien dire.

En voyant qu'elle vacillait, il eut peur qu'elle ne tombât; aussi se hâta-t-il de sauter en selle derrière la jeune fille. Puis il passa son bras gauche autour de sa taille et la maintint solidement serrée contre lui.

Un court instant, il sentit le petit corps se raidir de peur, mais ce fut sa seule réaction et sa résistance s'effaça. Aussitôt après, elle cacha sa tête contre son épaule avec un murmure inintelligible comme un petit enfant qui vient de faire un cauchemar.

Ils firent très doucement le chemin du retour. La pluie tombait sur leurs têtes. Des rigoles coulaient le long des épaules et le cou d'Aline et se rejoignaient dans le creux de son décolleté.

Lord Dorrington la contemplait avec inquiétude. Il se rendait compte qu'elle venait de subir un choc terrible. Elle semblait avoir perdu contact avec la réalité; elle ne percevait plus ce qui se passait autour d'elle.

Quand ils arrivèrent au manoir, il aperçut sa sœur qui l'attendait en haut des marches du perron. Son valet était à côté d'elle.

– Robert m'a dit où vous étiez parti, lui dit-elle. Il m'a aussi raconté qu'un homme avait fait peur à Aline. Que s'est-il donc passé?

Lord Dorrington répondit avec un calme apparent :

– Elle va bien. Mais il faut lui faire prendre un bain très chaud tout de suite. Elle est trempée jusqu'aux os!

– Je vois!... Qu'est-ce qui l'a mise dans un état pareil? se désola sa sœur.

– Emmenez-la vite en haut, dit-il seulement.

Il avait fait descendre la jeune fille. Mais elle était

incapable de tenir debout. Il la prit donc dans ses bras pour monter l'escalier. Arrivé sur le palier du premier étage, il hésita, ne sachant dans quelle chambre elle avait été installée. Mais le vieux maître d'hôtel l'avait suivi et il ouvrit la porte de la chambre d'Aline devant lui.

Lord Dorrington alla déposer Aline dans un fauteuil qui était auprès de la cheminée. Il l'avait assise très doucement, mais constatant l'extrême pâleur de son visage, il se tourna vers le maître d'hôtel.

– Du brandy : vite! Apportez-moi un flacon de brandy.

– Tout de suite, milord.

Le vieil homme se précipitait dans l'escalier au moment où Elizabeth arrivait sur le palier. Elle ne pouvait pas monter vite dans son état.

Lord Dorrington lui demanda, dès qu'il la vit :

– Est-il possible de lui donner un bain chaud?

– Bien sûr! Je vais donner des ordres aux domestiques. On vous en préparera un également, dit-elle en le regardant, consternée, car j'ai l'impression que vous aussi, vous en avez besoin.

Elle quitta aussitôt la pièce. Son frère se pencha sur Aline. Il lui prit la main et se mit à la lui frotter doucement.

– Tout va bien : l'ogre a disparu. Robert était venu chercher son épée à la maison pour le tuer! se mit-il à lui raconter pour essayer de réveiller l'intérêt de la jeune fille.

Une petite lueur passa enfin dans ses yeux fixes, ses lèvres remuèrent légèrement. Elle finit par murmurer :

– Le prince... est-il... réellement parti?

Sa voix était un murmure imperceptible. Lord Dorrington s'empressa de continuer :

– Je vous jure qu'il est parti, et qu'il ne reviendra jamais plus se faire fouetter.

– Il... Oh!... Il m'a embrassée! C'était affreux! Répugnant! gémit Aline.

– N'y pensez plus!

Elle gémit encore :

– Je ne pourrai jamais! Il m'a souillée pour toujours!

Lord Dorrington resta silencieux. Elle reprit, toujours de la même voix blanche, éperdue :

– Si vous n'étiez pas venu, il...

Lord Dorrington coupa vivement :

– Mais je suis venu, Aline! Les chevaliers errants arrivent toujours juste à temps!

Elle le regarda avec des yeux moins sombres.

– Un chevalier... c'est bien ce que vous êtes! murmura-t-elle avec ferveur.

Le maître d'hôtel entra juste à cet instant. Il apportait un flacon de brandy. Lord Dorrington emplit un verre et le tendit à la jeune fille.

– Buvez vite, si vous voulez éviter une bronchite : rien n'est plus désagréable!

Elle avala une gorgée et fit une grimace. Elle avait l'impression que l'alcool lui brûlait la gorge.

– Buvez tout! insista lord Dorrington avec fermeté.

Aline avala docilement le verre d'alcool avec la sensation d'avoir le corps en feu. Lord Dorrington commençait à se rassurer. Il emplit un second verre de brandy pour le boire à son tour. Elizabeth arriva avec deux femmes de chambre. Elles apportaient de grands draps de bain pour envelopper Aline et lui séchèrent les épaules. Elles installèrent une grande baignoire ronde en étain sur le tapis devant la cheminée, pendant qu'une autre servante allumait le feu.

– On est en train de vous préparer un bain dans votre chambre habituelle, annonça Elizabeth à son frère.

– Merci!

Il jeta un dernier regard inquiet à Aline avant de l'abandonner aux soins des femmes, et quitta la pièce.

Une heure plus tard, quand elle entra dans le salon, Elizabeth trouva son frère vêtu d'un costume emprunté à la garde-robe de son beau-frère. Il flottait dans une veste beaucoup trop large, mais le nœud de sa cravate blanche était impeccable.

– Comment va Aline? lui demanda-t-il aussitôt.

– Elle va très bien. Mais elle a certainement été bouleversée par quelque chose. Qu'est-ce que c'est que cet homme dont Robert m'a parlé?

– Le prince Ahmadi, l'héritier du trône du Khariz.

– Qu'a-t-il fait à Aline?

– Rien que l'effrayer, heureusement! Je suis arrivé juste à temps!

Elizabeth jeta un cri :

– Vous ne voulez pas dire que...

Lord Dorrington avait décidé de donner quelques éclaircissements à sa sœur. Il expliqua :

– Ce prince veut épouser Aline dont la mère souhaite que ce mariage se fasse. C'est la raison pour laquelle Aline s'est enfuie de chez elle.

– Mais c'est évident! Elle ne peut pas épouser un homme pareil! Ce n'est pas surprenant, dans ces conditions, qu'elle déteste l'idée de se marier et qu'elle ait peur des hommes!

– Il va falloir que je lui parle sérieusement. L'avez-vous mise au lit?

– Non! Elle a tenu à s'habiller et elle veut descendre pour le dîner. Je crois qu'elle redoute de rester seule.

Lord Dorrington hocha la tête : il comprenait.

– Quand elle descendra, vous serez gentille de nous laisser un moment seuls ensemble, dit-il à sa sœur.

– C'est entendu! Mais faites attention à ce que vous lui direz. Il ne faut pas lui causer de frayeur supplémentaire. Je crois comprendre qu'elle a une peur épouvantable d'être obligée de retourner à Londres, maintenant que le prince a découvert l'endroit où elle se cache.

– Je sais que c'est ce qu'elle redoute.

Quelques minutes plus tard, Aline entra dans le salon. Elle était très pâle. Mais ses yeux avaient perdu l'expression hagarde qui avait tant inquiété lord Dorrington. Néanmoins, elle avait l'air pleine d'appréhension.

Elle avait mis une autre de ses robes neuves. Elle était ravissante, mais tout à fait inconsciente de sa beauté. Elle s'était arrêtée sur le seuil, un instant, hésitant à entrer. Puis elle se décida à s'approcher de lord Dorrington.

Elle lui dit tout de suite :

– Je cherche ce que je dois faire... Il m'est impossible de rester plus longtemps ici. Vous comprenez : maman va certainement venir me chercher pour me ramener à Londres...

Lord Dorrington fit un clin d'œil de connivence à sa sœur qui s'empressa de sortir du salon en prenant soin de fermer la porte.

– Venez vous asseoir près de moi, Aline. J'ai à vous parler.

Il avait pris un ton sérieux. Aline le trouvait un peu bizarre ce soir-là : mais elle pensa que c'était parce qu'il portait une veste qui ne lui allait pas. Elle lui demanda gentiment :

– Je suis navrée : vous avez été mouillé à cause de moi! Votre costume doit être complètement perdu?

– Complètement! dit-il en riant. C'est une tragédie qui va bouleverser le monde entier!

Bravement, elle fit un effort pour sourire.

– Je ne suis qu'une source d'ennuis pour vous... Je perturbe votre existence, soupira-t-elle d'un ton misérable.

– Je sais, je sais... Aussi faut-il que nous fassions quelque chose pour arranger cette situation.

Aline ne put s'empêcher de dire avec angoisse :

– Vous n'allez pas me renvoyer chez ma mère?

Il secoua la tête :

– Non, Aline! Jamais je ne ferai cela! Mais ce qu'il faut que vous compreniez bien, c'est que votre mère a le droit le plus absolu – légalement – de vous forcer à rentrer chez elle.

La jeune fille se cacha la tête dans les mains.

– C'est impossible! Je ne veux pas! Je n'irai pas! Elle me marierait de force au prince Ahmadi. Elle ne veut pas autre chose. Je le sais! Aidez-moi à trouver un endroit pour me cacher, je vous en supplie.

Lord Dorrington observa, navré, que la voix d'Aline dénotait de nouveau un affolement complet. Il lui prit doucement les mains, l'obligeant à montrer son visage. Sans la lâcher il la conduisit jusqu'au sofa où il la fit asseoir auprès de lui.

– Maintenant, il faut écouter ce que j'ai à vous dire, Aline. Vous êtes intelligente. Il faut que nous réfléchissions ensemble pour trouver une solution. Etes-vous disposée à m'écouter? dit-il avec une ferme douceur.

– Oui, oui : je vous écoute attentivement.

– Bon! Nous allons discuter calmement. Regardons les choses en face. Vous savez parfaitement que j'empêcherai le prince Ahmadi de vous épouser, coûte que coûte, même s'il faut le tuer. En dehors de cette solution violente, il ne nous reste que deux éventualités?

– Lesquelles? demanda anxieusement la jeune fille.

– La première, trouver un autre endroit pour vous cacher de votre mère, est devenu, pratiquement irréalisable, maintenant qu'elle me sait impliqué dans cette affaire. Elle est votre tutrice légale, elle peut donc à tout moment obtenir, contre moi, une décision de justice m'obligeant à vous remettre à elle.

Il réfléchit un instant. Il reprit avec un sourire discret sur les lèvres :

– Elle peut également me faire poursuivre pour détournement de mineure! La peine encourue est, je crois, la déportation à vie...

Aline jeta un cri horrifié :

– Non! Non! Je ne peux pas supporter ça... Ne vous occupez plus de moi. Il ne faut pas que vous soyez impliqué dans une pareille affaire!

– Trop tard, Aline : c'est déjà fait! Pourtant, à vous dire franchement, je n'ai aucune envie de me faire envoyer au bagne jusqu'à la fin de mon existence. Ce doit être une vie très inconfortable.

– Mais alors, que pouvons-nous faire?

– Il existe une solution très simple. Mais elle dépend essentiellement de vous, dit-il d'un ton détaché.

– Dites vite!

Il marqua un arrêt avant de poursuivre :

– Il n'existe qu'un seul et unique moyen pour vous libérer totalement et définitivement de l'autorité de votre mère, pour que vous ne soyez pas obligée de lui obéir et pour qu'elle n'ait plus le droit de recourir à la force pour vous y contraindre.

– Mais qu'est-ce que c'est? demanda la jeune fille.

– Vous marier..., laissa tomber lord Dorrington avec une parfaite placidité.

Aline jeta un cri, puis laissa éclater sa colère.

– Comment pouvez-vous dire une chose pareille? Comment pouvez-vous encore penser que je pourrais épouser le prince Ahmadi? Vous savez bien que je préférerais mourir!

– Mais le prince n'est pas le seul homme au monde! rétorqua lord Dorrington. De toute façon, il ne saurait être question de lui, puisque nous venons, ensemble, de décider que vous ne vous trouveriez jamais plus en sa présence.

Aline murmura d'un ton misérable :

– Mais il n'y a personne d'autre qui veuille de moi.

– C'est pourquoi je vous propose de m'épouser, déclara d'un ton imperturbable lord Dorrington.

Aline le regarda avec stupeur. Puis elle finit par dire en bégayant :

– Mais, mais... vous avez toujours dit que que... vous ne vouliez pas vous marier et que vous ne vous marierez jamais!

– Il est vrai que j'ai dit cela autrefois, reconnut-il d'un ton conciliant. (Puis il ajouta vivement :) Cependant, c'est la seule solution possible à nos ennuis actuels, Aline! Réfléchissez tranquillement, et vous comprendrez qu'il n'y en a pas d'autre...

– Mais... vous ne voulez pas d'épouse.

– J'aime mieux me marier que de passer le reste de mon existence dans un bagne australien!

– Mais je pourrais m'enfuir immédiatement. Si vous me donniez un peu d'argent, je pourrais gagner l'Ecosse ou l'Irlande. Maman ne me retrouverait certainement pas là-bas.

– Mais ne vous rendez-vous donc pas compte que, si vous vous trouviez seule dans ces pays, vous tomberiez sous la coupe de nouveaux hommes qui en profiteraient pour vous terroriser? Vous êtes trop jeune et beaucoup trop séduisante pour pouvoir vous lancer dans la vie sans avoir quelqu'un pour assurer votre protection!

Comme elle le contemplait sans rien dire, avec des yeux un peu hagards, il lui demanda très doucement :

– Est-ce que je vous déplais vraiment beaucoup?

Elle se récria très vite :

– Vous savez bien que ce n'est pas pour cela! Seulement, voyez-vous, je n'avais jamais même songé... Pas un seul instant, je n'aurais pu imaginer...

Elle n'acheva pas, la voix lui faisant défaut. Lord Dorrington déclara paisiblement :

– Nous nous sommes lancés ensemble, et en toute connaissance de cause, dans une aventure désespérée. Il me semble que nous ne pouvons plus renoncer maintenant : nous ne pouvons pas nous dérober, simplement parce que nous sommes acculés à prendre une décision peu commune. (Aline ne répondit pas. Il reprit :) Tant que vous n'aurez pas vingt et un ans, vous n'avez pas d'autre possibilité. Si vous n'êtes pas mariée, vous êtes obligée de vivre chez votre mère jusqu'à votre majorité.

– Mais je ne peux pas! C'est impossible : vous savez bien pourquoi! gémit Aline.

– Alors il ne nous reste plus qu'à nous marier immédiatement : c'est l'évidence même!

– Comment : immédiatement?

Lord Dorrington sourit.

– Bien sûr : avant que les archers du roi arrivent pour s'emparer de ma personne! dit-il en plaisantant. (Puis il reprit d'un ton grave :) Au fait, il y a autre chose qui me paraît important.

– Qu'est-ce donc? demanda-t-elle pleine d'appréhension.

– Je trouve que nous aurions tort de mêler plus longtemps Elizabeth à tous ces événements désagréables, en ce moment où son état exige du calme...

– Certainement! dit-elle soulagée.

Il prit un ton dégagé pour expliquer :

– Voici donc ce que je vous propose : nous pourrions partir, ce soir même, pour aller chez moi à Dorrington Park. Nous avons seulement une heure et demie de voiture à faire. Et nous pourrons être mariés par le chapelain attaché à ma maison. Ensuite, plus personne, ni le prince Ahmadi ni votre mère, n'aura de droits sur vous... Vous serez tranquille.

– Mais êtes-vous bien certain, tout à fait certain, que vous avez envie de le faire?

– Non seulement je veux le faire, Aline, mais j'ai déjà ordonné tous les préparatifs pour ce mariage.

– Comment cela?

– J'ai envoyé devant, à Dorrington Park, mon valet avec mes instructions de façon à ce que tout soit prêt pour la cérémonie dès que nous arriverons. Il n'y a qu'une seule difficulté...

– Laquelle? dit-elle inquiète.

– J'étais venu ici avec le phaéton. Il semble, heureusement, que la pluie ait cessé. Néanmoins, êtes-vous disposée à braver la tempête, Aline?

– C'est vraiment la moindre des choses parmi toutes celles que je dois braver! répondit-elle d'une petite voix tremblante. (Elle ajouta en le regardant dans les yeux :) Je suis tellement désolée pour vous! J'ai vraiment honte. Je suis désespérée de vous avoir entraîné dans toutes ces mésaventures. Comme je regrette que vous m'ayez empêchée de me noyer dans la Tamise le soir du bal! Pourquoi m'avez-vous empêchée de le faire? Pourquoi?

– Tout simplement parce que vous m'avez attribué, dès le premier instant, le rôle de chevalier errant! déclara-t-il d'un ton badin.

– Mais, c'est réellement ce que vous êtes, vous savez! dit-elle d'un ton grave. Comment pourrai-je jamais vous prouver ma reconnaissance?

– Nous nous soucierons de cela plus tard, quand nous serons en sécurité. Il nous reste encore beaucoup de choses à faire avant que je puisse avoir droit à votre gratitude. Allez vite faire vos bagages, Aline! Dans l'immédiat, nous avons un voyage à faire.

Sous l'impulsion de cette voix autoritaire, elle se leva en même temps que lord Dorrington et posa sur lui des yeux remplis de larmes, tout en répétant encore une fois :

– Etes-vous bien certain de n'être pas contrarié de m'épouser? Je suis tellement peu le genre de femme que vous auriez dû épouser!

– Permettez-moi, Aline : de cela, je suis le seul juge! coupa-t-il.

– Regardez, vous êtes une personnalité importante, l'ami du prince de Galles! Un haut personnage, l'un des hommes les plus en vue à la Cour et dans la haute société! Vous allez avoir honte de moi...

Il secoua la tête et dit avec force :

– Ça : jamais!

– Comment pouvez-vous en être aussi certain? dit-elle avec accablement.

– Il m'est impossible de dire pourquoi. Mais j'ai la certitude la plus absolue, au fond de moi-même,

Aline, que je serai fier de vous présenter partout comme mon épouse!

Elle soupira :

– J'ai surtout l'impression que vous êtes d'une bonté infinie envers moi!

Il crut entendre une sorte de petit sanglot passer dans la voix d'Aline. Il s'empressa d'ajouter d'un ton froid :

– Si nous ne nous pressons pas de prendre la route, nous arriverons très tard et nous attendrons notre dîner. Or, je sais par expérience que tout paraît pénible quand on a l'estomac vide.

Elle ne put s'empêcher de rire, et répondit :

– Je vais vite me préparer.

Vingt minutes plus tard, ils se mirent en route. Si Aline avait été moins bouleversée par les événements, elle aurait sans doute eu peur de voyager si haut perchée dans le phaéton léger doté de roues immenses.

Elle s'était chaudement enroulée dans la grosse cape noire qu'elle avait mise pour s'enfuir de chez sa mère à Londres. Elle avait un capuchon bordé de fourrure qui encadrait gracieusement son joli petit visage triangulaire et laissait apercevoir l'éclat cuivré de ses cheveux chaque fois qu'elle tournait la tête vers son compagnon.

Lord Dorrington avait pu remettre son habit qui avait séché. Et, la pluie ayant cessé, il s'était refusé à endosser le gros manteau de voyage, engonçant et couvert de boutons, appartenant à son beau-frère, qu'Elizabeth avait absolument tenu à lui prêter au moment de leur départ.

Aline et lord Dorrington voyageaient seuls. Ce phaéton léger ne pouvait emporter que deux personnes, encore fallait-il que ses occupants fussent peu soucieux de leur confort. Le laquais de lord Dorrington était parti depuis longtemps, avec le cheval dont lord Dorrington s'était servi pour chercher Aline, afin d'apporter au château les instructions de son maître.

La pluie avait exacerbé les parfums. Une odeur suave montait du sol mouillé. Le paysage était enchanteur. Le spectacle de la campagne, en cette fin de printemps, était de toute beauté. On voyait des fleurs partout sous les feuillages vert pâle.

En réfléchissant, Aline comprenait que lord Dorrington avait raison. Elle n'avait pas le choix : si elle ne voulait pas retourner chez sa mère, il fallait qu'elle l'épouse.

Elle estimait qu'elle ne pouvait pas rentrer vivre chez elle sans se déshonorer.

Les dix mille livres promises par le prince Ahmadi obnubilaient tellement lady Maud qu'elle avait perdu tout jugement. Elle était persuadée qu'elle agissait au mieux des intérêts de sa fille en la forçant à épouser le prince Ahmadi et elle ne renoncerait jamais à ce mariage. La répugnance manifestée par Aline à cette perspective lui était totalement indifférente.

La jeune fille ressassait cette situation qu'elle connaissait par cœur. Mais ce soir, tout en réfléchissant à côté de son compagnon silencieux, attentif à mener les chevaux bon train, elle se sentait soulagée de toute angoisse pour la première fois depuis longtemps.

Il semblait qu'en rossant le prince Ahmadi, lord Dorrington avait délivré son esprit de l'anxiété que cet être odieux y entretenait. La menace qu'il représentait pour elle avait tellement perdu de son importance, qu'elle ne ressentait même pas le désir de se venger, constatait-elle elle-même.

Elle en vint à penser que le prince Ahmadi ne devait certainement pas se sentir dans les mêmes dispositions. Ayant beaucoup lu sur ce sujet, elle ne pouvait se cacher que l'esprit de vengeance était terriblement développé chez les Orientaux. Pour ceux-ci, jamais une insulte ne pouvait être pardonnée ni oubliée, et les haines se transmettaient de génération en génération durant des siècles, dans les pays de l'Orient.

Il paraissait impossible que le prince Ahmadi ne cherche pas à se venger de l'humiliation qu'il venait de subir en se faisant fouetter comme un écolier.

Aline envisageait les éventuelles conséquences de cette inévitable soif de vengeance. Il pourrait l'enlever, la violer et ensuite refuser de l'épouser. C'était une possibilité.

Mais elle se sentait beaucoup plus inquiète pour son compagnon. Le prince Ahmadi allait certainement le poursuivre d'une haine implacable, en n'ayant de cesse de l'assouvir dans le sang.

Elle tremblait si fort à cette pensée, que lord Dorrington quitta un instant la route du regard pour lui demander :

– Avez-vous froid?

– Non; mais je suis en train de penser à quelque chose d'assez effrayant.

– Alors, il ne faut pas y penser! dit-il d'un ton autoritaire. Il ne peut plus rien vous arriver désormais, Aline. Vous serez bientôt ma femme. Il faudrait être fou pour oser vous attaquer maintenant que j'ai le droit absolu de vous défendre.

Elle se risqua timidement à dire :

– Elizabeth m'avait raconté que vous aviez l'intention de fonder un club de célibataires.

Il sourit :

– Je crois que j'ai dû lancer cette plaisanterie une ou

deux fois devant elle pour la faire enrager! Vous savez, Aline, j'aurais eu grand mal à recruter des membres : la plupart des hommes finissent toujours par se marier un jour.

– Certes... Mais encore faut-il qu'ils le désirent.

– Là-dessus, il n'y a aucun problème, en ce qui me concerne. N'avons-nous pas convenu, ensemble, sur ma proposition, qu'il n'y avait pas d'autre solution pour vous que de m'épouser? Alors, cessez donc de vous tourmenter, puisque ce mariage est inévitable.

Elle soupira, comprenant qu'elle risquait, à la longue, de lui paraître fastidieuse avec ses scrupules au sujet de ce mariage dont il semblait, lui, avoir pris son parti.

Elle n'en continua pas moins à retourner la question dans sa tête en se demandant si elle agissait bien. Il lui semblait qu'il aurait peut-être été plus honnête de sa part de s'en aller et de se débrouiller toute seule pour se cacher.

Seulement, elle n'avait pas le moindre argent : comment faire dans ce cas? Comment serait-elle arrivée à se cacher, en outre, sans avoir la moindre idée d'un endroit où se réfugier? Il lui fallait bien admettre que lord Dorrington avait raison en lui prédisant qu'elle risquait de tomber dans de méchantes mésaventures, pires que celles qu'elle venait de connaître.

« Je dois y être prédestinée », soupira-t-elle en son for intérieur.

Puis, brusquement, elle réalisa que lord Dorrington allait exiger toutes sortes de choses d'elle, lorsqu'elle serait sa femme. Elle n'y avait pas encore songé et elle fut effrayée à cette pensée.

Allait-il se conduire envers elle de la même manière que le prince? Elle ne savait précisément ce que le mariage impliquait. Mais elle savait seulement une chose : elle avait horreur d'être touchée, embrassée ou même seulement approchée par un homme.

Tout à coup, lord Dorrington dit, d'un ton très calme et presque désinvolte, comme s'il avait deviné le cours des pensées de sa compagne :

– J'estime, Aline, que nous devons dès maintenant établir très franchement les choses, entre nous... Puisque notre mariage doit être célébré aussi précipitamment du fait des circonstances, sans que nous ayons eu une période normale de fiançailles pendant laquelle nous aurions appris à nous connaître, je tiens à vous dire ceci : je ne me permettrai jamais de faire quelque chose que vous ne souhaiteriez pas que je fasse. Et je ne forcerai jamais votre intimité de quelque façon que ce soit.

Aline sentit qu'elle rougissait violemment en se sentant si bien devinée, et elle ne trouva rien à répondre.

Puis elle se demanda tout aussitôt si lord Dorrington lui avait dit cela pour la rassurer, parce qu'il avait effectivement deviné ce à quoi elle pensait; ou bien simplement pour préserver sa propre indépendance parce que, pour lui, elle ne présentait aucun intérêt.

7

Par la suite, quand il lui arrivait de repenser à son arrivée à Dorrington Park, Aline ne parvenait jamais à se rappeler si elle s'était ou non fait une idée préconçue de la demeure avant de la voir.

Dès qu'elle l'avait aperçue, elle s'était sentie invinciblement séduite. Elle était restée sans voix, sous le charme.

Après avoir fait remonter à ses chevaux une longue allée bordée de tilleuls, lord Dorrington avait arrêté le phaéton sur un terre-plein d'où l'on avait une vue d'ensemble : on voyait, au creux d'un riant vallon, une belle demeure de style élisabéthain.

En briques roses patinées par le temps, elle avait plusieurs ailes disposées selon un plan en E. Ses fenêtres à meneaux, entre lesquels brillaient de petits vitraux taillés en losange, étaient surmontées de galbes. Enfin, ses cheminées ouvragées se profilant sur le ciel nocturne lui donnaient un aspect très romantique.

– C'est trop beau pour être réel ! s'exclama la jeune fille.

– C'est exactement ce que je pense chaque fois que je reviens ici, répondit-il.

Quelques instants plus tard, quand elle pénétra dans le grand hall aux murs couverts de hauts lambris de chêne, Aline fut immédiatement sensible à l'atmosphère chaleureuse et accueillante de cette demeure ancestrale où tant de générations s'étaient succédé.

Un vieux maître d'hôtel, entouré de nombreux domestiques, les attendait pour les saluer. Puis l'intendant arriva avec les chambrières. Aline dut se ressaisir. Elle croyait rêver. Mais elle revint à la réalité, et comprit enfin qu'on avait réuni toute la domesticité pour accueillir la fiancée du maître.

Lord Dorrington lui présenta, un à un, chacun des serviteurs. Elle leur tendait la main machinalement en souriant. Elle comprit, peu à peu, en entendant les commentaires de lord Dorrington, qu'ils servaient presque tous au château depuis sa petite enfance. Beaucoup y étaient nés eux-mêmes.

Elle voyait bien qu'ils le regardaient tous avec une affection sincère, comme un enfant que l'on a vu grandir, bien plus que comme le châtelain de haute noblesse et le personnage de premier plan qu'était en réalité leur maître.

Le vieux maître d'hôtel se trompa même à plusieurs reprises en disant « master Ulric » à lord Dorrington. Il s'était empressé de se rattraper. Et, quand il fut sorti de la pièce, Aline avait éclaté de rire en disant :

– Il m'a bien amusée! Il vous parle comme si vous aviez encore l'âge du petit Robert!

– Cela fait partie du bonheur de revenir chez soi! Ici, je ne suis pas seulement le maître. Je suis quelqu'un sur qui ils veillent et qu'ils gâtent. Ce n'est pas parce que je suis celui qui les paie qu'ils cherchent à me satisfaire. C'est tout simplement parce qu'ils ont envie que je sois heureux.

– Votre maison est vraiment magnifique! dit Aline, qui jetait un regard circulaire sur le salon, remarquant que tout ce que cette pièce renfermait de meubles, de bibelots et de tableaux était des objets de très grande valeur.

– Je vous montrerai, demain, une partie de mes collections. Je crois que cela vous fera plaisir. Mais ce soir, vous devez être trop fatiguée. D'autre part, j'ai établi tout un programme pour notre soirée : j'espère qu'il vous conviendra.

– De quoi s'agit-il?

– Comme nous venons de faire un voyage fatigant, je pense qu'il vaudrait mieux dîner le plus tôt possible. Aussitôt après, nous irons à la chapelle pour faire bénir notre mariage par mon chapelain. Bâtie en même temps que la demeure, cette chapelle, qui fut incendiée par les troupes de Cromwell, a été restaurée.

– Alors, je monte tout de suite pour changer de robe, répondit-elle simplement. (Elle se ravisa, comme si elle se sentait trop désorientée pour oser en décider elle-même, et demanda à lord Dorrington avec une toute petite voix :) Quelle robe dois-je mettre?

– Vous trouverez, parmi celles que je vous ai choisies, une robe blanche qui conviendra parfaitement. On doit nous livrer de Londres, mais demain seulement, d'autres vêtements et tout ce qui vous sera nécessaire. Je suis à peu près certain que toutes ces toilettes vous iront à ravir comme celle que vous portez pour le moment.

Aline regarda la robe qu'elle avait mise juste au moment de partir, sans lui accorder beaucoup d'attention. Elle était si bouleversée par tout ce que venait de lui dire Lord Dorrington, si préoccupée par l'idée qu'elle partait se marier avec lui, qu'elle avait enfilé la première robe qui lui était tombée sous la main sans s'attarder devant la glace.

Elle s'apercevait enfin en cet instant que c'était une toilette très élégante. Des motifs de fleurs brodées l'ornaient. Leurs couleurs étaient savamment assorties à celles des larges rubans servant d'épaulettes qui partaient du décolleté et dont les flots retombaient dans le dos, formant une sorte de longue étole mouvante.

– Comment pouviez-vous savoir d'avance ce qui m'irait bien? demanda Aline étonnée.

Lord Dorrington sourit.

– J'ai simplement imaginé le genre de toilettes qu'aurait choisies la Simonetta de Botticelli.

– Je me sens vraiment très flattée. Mais je voudrais pouvoir vous croire!

– Eh bien! je vous emmènerai à Florence, un jour; et vous verrez par vous-même!

– Oh! j'aimerais tant aller en Italie! s'exclama-t-elle.

Elle ne pensait plus qu'à cette promesse tout en quittant la pièce pour monter dans sa chambre. Elle se sentait perplexe.

Etait-ce une promesse faite en l'air? Ou bien avait-il réellement l'intention de l'emmener en Italie avec lui? Allaient-ils donc voyager ensemble, s'amuser ensemble, partager une existence commune, comme tout véritable couple marié?

Ou bien lord Dorrington avait-il simplement agi par bonté pour la sauver de la tutelle de sa mère, tout en n'ayant nullement l'intention de s'encombrer d'elle dans sa vie quotidienne?

Autant de questions sans réponse que la jeune fille ressassait tout en se préparant.

« Mais pourquoi fait-il tout cela pour moi? » se répétait-elle, troublée.

Elle finit par décider de n'y plus songer. Elle était extrêmement fatiguée. La rencontre avec le prince, l'après-midi, l'avait épuisée autant moralement que physiquement. Chaque fois qu'elle y repensait, elle éprouvait une immense frayeur.

Elle avait encore eu à subir l'épreuve de devoir supporter l'innocente explosion de joie d'Elizabeth, lorsqu'ils lui avaient annoncé qu'ils allaient se marier.

– Mes chéris, c'est la chose la plus merveilleuse qui pouvait arriver! s'était-elle écriée. Je savais bien que vous étiez faits l'un pour l'autre!

Aline s'était rendu compte qu'il était impossible de lui dire la vérité. Comment aurait-elle pu dire à Elizabeth :

– Votre frère ne m'épouse que par esprit chevaleresque. Mais il ne ressent aucun attrait pour moi et, moi, je ne l'aime pas! Et c'est uniquement pour me soustraire au joug odieux du prince Ahmadi qu'il se marie avec moi!

Non, il avait été impossible de lui avouer une chose pareille : Aline connaissait trop Elizabeth pour savoir que la jeune femme aurait été incapable de comprendre la situation. Elle aurait pensé qu'Aline exploitait abominablement son frère et aurait été furieuse contre elle!

Or, Aline éprouvait une profonde affection pour cette jeune femme qui l'avait accueillie avec tant de gentillesse au sein de sa famille. Jamais elle n'aurait pu supporter qu'Elizabeth devînt son ennemie.

Elle ne voulait pas, non plus, perdre l'affection des deux petits garçons auxquels elle s'était beaucoup attachée. Jamais auparavant, elle n'avait eu l'occasion d'approcher des enfants car sa mère ne s'y intéressait absolument pas et son père les détestait franchement. Elle se tourmentait maintenant, en repensant à son départ précipité, à l'idée que Robert et Yvan allaient sans doute être déçus et penser qu'elle avait trahi leur confiance en les abandonnant sans même leur dire au revoir.

« Je suis sotte : j'exagère! » se gourmanda-t-elle.

Mais elle décida cependant de leur écrire une petite lettre et de leur envoyer des cadeaux pour qu'ils ne l'oublient pas.

« Comme ce serait merveilleux d'avoir un enfant à moi! oh! s'il pouvait ressembler à Robert! »

Il lui semblait sentir encore autour de son cou la tendre caresse des petits bras qui l'enlaçaient quand elle se penchait sur son lit pour lui dire bonsoir. Elle entendait encore la petite voix câline qui quémandait : « Encore une histoire, tante Aline! »

« Comme il ressemble à son oncle! » pensa-t-elle. Et, aussitôt, elle se dit qu'il faudrait que lord Dorrington ait plutôt un fils que des filles pour lui transmettre ses titres et son nom.

Elle revint alors brusquement à la réalité et se rappela qu'il n'était pas question, ni pour lord Dorrington ni pour elle, d'avoir jamais des enfants. Néanmoins, elle ne pouvait chasser le doux souvenir du petit corps tiède d'Yvan blotti sur ses genoux, de la douceur de la tête bouclée contre sa poitrine et de la bonne odeur de bébé qui se dégageait de l'enfant.

Elle dut se secouer énergiquement :

« Quelle sentimentalité ridicule! Tu es trop fatiguée, ma pauvre fille! Décidément, les derniers événements t'ont complètement surmenée! »

Les chambrières installèrent dans la chambre, devant la cheminée où brûlait un beau feu de bois, un bain chaud et parfumé, après lequel elle se sentit plus en forme. Dès qu'elle eut passé la robe blanche que lord Dorrington lui avait dit de mettre, elle se sentit tout à fait prête à affronter courageusement son sort.

La robe choisie par lord Dorrington pour leur mariage était absolument ravissante. Elle n'était pas d'un blanc cru qui aurait nui à la beauté du teint laiteux d'Aline. La gaze transparente dont elle était faite laissait voir le fond de lamé argent sur lequel elle était posée et qui scintillait à chacun des mouvements de la jeune fille. Elle avait pour ceinture un ruban d'argent, placé haut sous la poitrine. Des escarpins, en cuir également argenté, complétaient l'ensemble.

La femme de chambre coiffa Aline avec science. Elle lui refit un chignon avec des mains expertes.

Au moment où Aline fut prête, on frappa à la porte : c'était une domestique qui lui apportait des fleurs.

– Voici, de la part de Sa Grâce, mademoiselle,

dit-elle en lui remettant un bouquet rond noué d'un ruban d'argent et une gracieuse guirlande d'orchidées blanches; ces fleurs délicates semblaient venir du ciel, tant elles paraissaient fragiles et aériennes.

La femme de chambre s'extasiait :

– Quelles merveilles! Regardez, mademoiselle! Et, vous savez, Sa Grâce a fait cueillir pour vous, dans ses serres, les fleurs qu'il apprécie le plus... (Comme Aline ne répondait pas, elle poursuivit :) C'est Sa Grâce en personne qui en a rapporté les plants de l'étranger, avec beaucoup d'autres plantes exotiques, bizarres. Il paraît qu'il n'y en a nulle part ailleurs en Angleterre.

Aline était songeuse. Elle se sentait toute surprise : ainsi lord Dorrington s'intéressait aux plantes et aux fleurs! La chose lui paraissait très inattendue.

Aline prit encore le temps de faire arranger la guirlande d'orchidées dans ses cheveux. La chambrière la disposa autour de son chignon, les fleurs semblaient ainsi auréoler l'or rouge de sa chevelure. La jeune fille devait maintenant descendre. Elle sortit en tenant le bouquet à la main.

Lord Dorrington l'attendait au bas de l'escalier. Les yeux levés, il la regardait descendre, blanche et vaporeuse dans l'ombre des vieux lambris de chêne sculptés. Lorsqu'elle rencontra son regard, Aline trouva une expression étrange et nouvelle dans ses yeux.

Il était encore plus élégant qu'à l'accoutumée, avec sa culotte de satin blanc, son habit à longues basques, et la cravate la plus étourdissante qu'elle eût jamais vue. Il paraissait impossible qu'aucun dandy puisse jamais réaliser un nœud aussi élégant.

Il lui offrit son bras pour la conduire vers la salle à manger, en déclarant joyeusement :

– J'ai une faim de loup! Je me permettrais cependant de vous dire que je ne regrette pas d'avoir un peu attendu; cela en valait la peine, car vous êtes absolument ravissante!

Aline releva la tête, interdite. Elle le regarda au fond des yeux en lui demandant :

– Est-ce vrai? Ou bien me taquinez-vous?

– Je ne plaisante jamais avec les femmes : le sens de l'humour leur fait vraiment trop défaut quand il s'agit de leur beauté!

Aline se mit à rire : c'était ce qu'il avait voulu et son visage s'éclaira.

– Bravo! dit-il d'un ton approbateur. Voilà qui va mieux. Je sais bien que c'est un jour solennel pour nous; mais il ne faut tout de même pas être trop grave! Je vous aime mieux lorsque vous souriez, Aline!

– Alors, je vais essayer de sourire, dit-elle, car je tiens à vous plaire.

Tout en parlant, ils avaient traversé une longue galerie aux murs couverts de tableaux, et avaient gagné la salle à manger.

C'était une pièce immense, occupant toute la hauteur du bâtiment. Elle avait conservé, à l'une des extrémités, la galerie réservée aux musiciens, isolée des regards par des claustra en bois sculpté et ajouré. Une énorme cheminée médiévale en fine pierre blanche occupait le centre du mur latéral. Les murs étaient entièrement recouverts de boiseries qui n'assombrissaient cependant pas la pièce, le velours cramoisi des rideaux et des sièges à haut dossier apportant une note de lumière et de gaieté au décor.

Le couvert était mis sur la longue table de couvent en chêne foncé. En prenant place, Aline ne put manquer d'admirer la somptueuse vaisselle en vermeil et de remarquer le raffinement de la décoration florale réalisée avec des orchidées semblables à celles de sa propre parure.

Elle posa son bouquet de mariée à côté d'elle sur la table, et se tourna vers lord Dorrington :

– Il faut que je vous remercie pour ces fleurs merveilleuses.

– Voilà des années que je cultive ces orchidées rarissimes et je n'en ai jamais cueilli une seule jusqu'ici. Mais j'ai estimé que cette occasion méritait bien ce sacrifice. Et j'en serai quitte pour me faire sermonner demain matin par le jardinier!

Aline se mit de nouveau à rire, sous le regard attentif de lord Dorrington. Celui-ci s'ingénia, tout au long du repas, à trouver des choses amusantes à lui raconter pour la distraire. Il était très spirituel; et sa manière toute personnelle de présenter les choses obligeait la jeune fille à rire. Elle appréciait beaucoup son ironie, sa façon désinvolte de se moquer de tout ce qui était pompeux et gourmé chez leurs contemporains, et elle aimait le regard pétillant qu'il posait sur elle quand il la taquinait gentiment. Peu à peu, les nerfs d'Aline se détendaient. Elle commençait à oublier la frayeur qui s'était emparée d'elle depuis le début de l'après-midi et qui était encore loin de s'être dissipée. Grâce aux efforts de son compagnon, elle paraissait cependant déjà plus décontractée.

Le menu était exquis. Lord Dorrington la persuada de boire une coupe de champagne, après quoi il lui parut plus facile de rire gaiement.

Dès qu'ils eurent terminé le dessert, les domestiques éteignirent les chandelles et il ne resta que les deux chandeliers dorés de la table pour les éclairer. Lord Dorrington recula légèrement son fauteuil et s'appuya confortablement contre le dossier pour savourer le verre de brandy qu'il réchauffait dans le creux de sa main.

Aline l'observait et se disait qu'elle n'avait jamais imaginé qu'un homme pût conserver une telle élégance d'attitude dans tous ses gestes tout en ayant l'air le plus décontracté qui soit. Elle ouvrait de grands yeux interrogateurs. Elle demanda enfin :

– Maintenant... que va-t-il se passer?

– Eh bien, dès que nous serons disposés, je vous conduirai à la chapelle. Mon chapelain – qui est en même temps le vicaire de la paroisse locale – nous attend. Il est prêt à nous marier le plus légalement du monde. Après cette cérémonie, vous n'aurez plus rien, ni personne, à redouter.

Aline poussa un profond soupir.

– Cela fait si longtemps que je vis dans la peur! Tant de choses m'ont menacée successivement pendant des années, depuis la mort de papa. Je ne me suis jamais sentie en sécurité depuis sa disparition, parce que je ne savais pas ce que maman voulait faire. L'hiver dernier, quand elle m'a sortie du couvent pour m'emmener à Bath, j'ai recommencé à avoir peur en découvrant qu'elle avait l'intention de se débarrasser de moi en me mariant le plus rapidement possible. Effrayée, je l'ai encore été lorsqu'elle m'a ramenée à Londres le mois dernier et lorsque j'ai appris le mariage qu'elle avait projeté pour moi...

Lord Dorrington la coupa vivement :

– Tout cela appartient au passé. C'est un chapitre de votre vie qui est terminé et sur lequel il n'est pas question de revenir. Désormais, un nouveau chapitre s'ouvre devant vous. (Aline n'osait rien dire. Il reprit avec ardeur :) Pensez à tout cela comme à une aventure! La vie ne serait-elle pas bien monotone et bien triste, si elle se déroulait tranquillement, sans bouleversement et sans aventure? Qu'en pensez-vous?

Aline ne le contredit pas, mais son ton était dubitatif :

– Peut-être avez-vous raison... Pourtant, il y a des aventures qui sont vraiment trop horribles pour que l'on ose même y repenser!

Elle songeait, en disant cela, à la manière dont le prince Ahmadi s'était jeté sur elle pour l'embrasser de force cet après-midi-là.

– Mais personne n'a jamais prétendu que toutes les aventures devaient nécessairement être plaisantes! La vie est loin d'être toujours agréable, Aline! Peut-être est-ce un processus d'évolution nécessaire : qui sait? L'être humain peut être précipité au tréfonds de l'abîme. Mais il peut également s'élever très haut et atteindre le ciel. (Il regarda Aline et dit pour rectifier son propos :) Je ne parle pas des choses matérielles, bien entendu.

– Non : j'avais bien compris. Vous parliez de l'âme humaine. D'ailleurs, les entraves qui peuvent survenir dans la vie matérielle de quelqu'un lui permettent souvent, en revanche, de développer sa vie intérieure; et la spiritualité y gagne.

Lord Dorrington comprit, à l'expression de la jeune fille, qu'elle venait encore de penser aux tourments que le prince Ahmadi lui avait fait subir. Il s'empressa de dire, pour tâcher de la réconforter :

– Les choses de la vie matérielle sont quelquefois très laides, certes. Mais il y en a tant d'autres qui sont extrêmement agréables : tenez, Aline, demain, je vous montrerai les trésors d'objets d'art que j'ai découverts et que je collectionne!

Il s'était levé. Aline comprit qu'il avait délibérément fait dévier la conversation vers un sujet propre à la détourner d'elle-même et de sa tristesse. Elle se força à lui sourire. Il lui saisit les mains en disant d'un ton désinvolte :

– Venez : allons vite à la chapelle. Il est déjà tard et je sais que vous êtes fatiguée.

Il y avait tant de bonté dans la voix de lord Dorrington qu'Aline avait brusquement une irrésistible envie de pleurer d'émotion. « Comme je dois lui paraître pénible! Il doit avoir envie de s'amuser comme il en a l'habitude avec ses amis, à Londres... Et moi qui suis là, tantôt figée de terreur et tantôt transformée en fontaine! Mais, je ne comprends pas moi-même comment il peut avoir le courage de me supporter? »

Elle retint pourtant les paroles sur ses lèvres. Elle reprit son bouquet d'orchidées et elle se laissa entraîner par lord Dorrington qui lui fit traverser toute la maison jusqu'à la chapelle.

Lord Dorrington avait eu raison de penser qu'Aline aimerait cette chapelle. La nef était presque vide, mais les quelques bancs étaient richement sculptés. L'autel, également sculpté, avait été doré sous le règne de Charles II. Il scintillait de mille feux à la lueur des centaines de cierges disposés partout pour illuminer la chapelle tout entière qui était décorée d'une multitude de fleurs. On en voyait partout : sur l'autel, dans les embrasures des fenêtres, et même sur les dosserets des bancs luisants où des guirlandes avaient été accrochées.

Le chapelain attendait les fiancés au bas des marches de l'autel. Quand ils entrèrent, ils furent accueillis par une musique suave à l'orgue, tout en haut, au fond de la chapelle. Le petit sanctuaire était absolument vide. Il n'y avait aucun assistant, excepté le prêtre et son enfant de chœur vêtu de la robe rouge et du surplis de dentelle. Pourtant la nef ne parut pas déserte à

Aline lorsqu'elle la traversa au bras de lord Dorrington, tant elle était sensible à la foi accumulée durant des siècles en ces lieux.

Aline ne parvenait pas vraiment à réaliser qu'elle était en train de se marier, même en cet instant, devant le prêtre chargé de bénir leur union. Il lui fallait se répéter, pour s'en persuader, qu'elle épousait réellement cet homme qu'elle ne connaissait que depuis peu de jours, qu'elle se mariait – hélas – non pas parce qu'elle était amoureuse de lui, mais pour échapper aux menaces qui la terrifiait.

En se répétant cette cruelle vérité, elle finit par sentir la panique l'envahir.

« Non! non! se disait-elle tout bas, je ne peux pas commettre une pareille sottise. C'est de la folie! » Brusquement, tous les conseils que son père lui avait prodigués lui revenaient à l'esprit. Ne lui avait-il pas sagement appris à haïr les hommes? Ne s'était-elle pas juré à elle-même qu'elle ne s'abaisserait jamais à devenir l'esclave d'un mari? N'avait-elle pas décidé fermement de mener une vie solitaire, sans entrave?

Soudain, au milieu de son affolement, elle entendit la belle voix sonore de lord Dorrington, nette et ferme, qui répondait au chapelain. Au moment où il prononçait les serments de mariage, il s'empara des mains d'Aline. Sous la chaleur et la force de son étreinte, le sentiment de panique qui s'était emparé d'elle disparut.

Apaisée, elle pensait qu'elle ne pouvait strictement rien faire d'autre que d'épouser lord Dorrington. D'ailleurs, sans en avoir pris conscience, il n'y avait rien qu'elle souhaitât davantage au fond d'elle-même.

Elle n'avait vraiment aucune raison pour fuir le seul être au monde qui voulait lui donner sa protection, celui qui s'était battu et compromis pour la sauver, celui qui lui avait témoigné tant de dévouement et de bonté. Il lui fallait bien l'admettre. Ses doigts avaient d'abord tremblé quand lord Dorrington lui avait pris la main. Maintenant, elle serrait désespérément la main de cet homme, comme si elle réclamait instinctivement sa protection.

Le moment de répondre au prêtre était venu pour Aline. Elle craignit, un instant, d'être incapable de parler. Mais, à sa propre surprise, elle entendit sa voix. Elle ne parlait pas fort car elle était très émue, mais elle ne tremblait pas. Il lui semblait que c'était quelqu'un d'autre qui dictait les paroles qu'elle prononçait, quelqu'un qui avait chassé de sa propre conscience la fille stupide qui avait songé à s'enfuir un moment auparavant.

L'anneau d'or brillait maintenant à son doigt. Ils s'étaient agenouillés côte à côte. Le chapelain leur donna la bénédiction. Puis le chant des orgues s'amplifia, éclata triomphalement : la cérémonie était terminée. Lord Dorrington reprit le bras d'Aline pour sortir de la chapelle. Il ne leur restait plus qu'à regagner leurs appartements.

Aline se sentait éperdue, bouleversée, étrangement faible. A sa grande surprise, lorsqu'ils se retrouvèrent dans le grand hall du château, lord Dorrington ne l'emmena pas dans le salon, comme elle s'y était attendue. Il prit l'escalier avec elle.

Tout en montant, il lui dit avec douceur :

– Vous êtes fatiguée, Aline. Je tiens à ce que vous vous couchiez tout de suite. Je veux que vous vous reposiez. Il faut tout oublier maintenant et vous appliquer à ne plus penser qu'à une seule chose : désormais, vous êtes totalement en sécurité et plus personne ne peut plus rien vous faire. (En la faisant entrer dans sa chambre, il lui dit :) Je vais sonner pour appeler les chambrières, mais, auparavant, il faut que je vous explique quelque chose...

– Quoi donc? demanda-t-elle avec anxiété.

– Si vous le souhaitez, vous pouvez demander à l'une de vos femmes de chambre de coucher dans la pièce voisine... (Aline le regardait sans comprendre. Il poursuivit :) Néanmoins, je pense qu'il serait préférable d'y renoncer, à moins que vous ne puissiez être tranquillisée autrement. Je crains, en effet, que cela puisse susciter des bavardages à l'office. Autre chose : je voulais vous signaler que ma chambre, à moi, se trouve par ici, à gauche de la vôtre. Et voici un petit corridor qui nous permet d'aller de l'une à l'autre. Personne d'autre que vous ne passera par là, Aline. Si vous aviez peur, si quelque chose vous dérangeait la nuit, vous n'auriez qu'à crier pour m'appeler. Je viendrais aussitôt.

– Oh! merci..., parvint-elle à dire.

Il ajouta doucement, très vite :

– Autrement, cette porte restera fermée. (Il lui prit la main et la porta à ses lèvres.) Bonsoir : dormez bien, Aline. Vous aurez beaucoup de choses à découvrir demain. Et – qui sait? – peut-être que de nouvelles aventures passionnantes nous attendent tous deux : des aventures heureuses! (Il abandonna très vite la main d'Aline après l'avoir à peine effleurée du bout des lèvres.) Je vous envoie vos chambrières, dit-il avant de disparaître si vite qu'Aline n'eut pas le temps de faire un geste.

La première impulsion d'Aline avait été de courir après lui. Elle aurait voulu parler plus longtemps avec lui. Il y avait tant de choses qu'elle avait envie de lui dire, de lui demander! Mais elle se sentait à bout de forces. Tout en s'étant ingénié à lui rendre les choses aussi faciles que possible, lord Dorrington n'avait pas pu empêcher ce mariage d'être une rude épreuve pour la jeune fille, au soir d'une journée particulièrement harassante moralement et physiquement.

En se glissant dans son lit, elle appréhendait de ne pouvoir s'empêcher de repenser aux horribles moments que lui avait fait passer le prince Ahmadi. Mais elle tombait de sommeil, et elle ferma les yeux dès qu'elle eut posé la tête sur son oreiller.

Elle dormit d'une seule traite, sans se soucier de rien jusqu'au lendemain. Quand elle s'éveilla, le soleil filtrait à travers les rideaux. Sa première sensation, en reprenant conscience, fut celle d'un immense bien-être, d'une sorte de chaleur intérieure jamais éprouvée et en quoi elle reconnut ce qui s'appelle le bonheur.

« Il doit être très tard »..., songea-t-elle.

Pourtant elle ne tira pas sur le cordon de la sonnette immédiatement. Elle était fascinée par la beauté de la pièce dans laquelle elle se trouvait.

Les colonnes de son lit étaient délicatement sculptées d'une multitude de petits anges qui grimpaient à l'assaut du baldaquin. Il y avait de ces anges partout : il y en avait également sur le cadre doré du grand miroir de la coiffeuse. Les rideaux étaient rose pâle. Le sol était couvert d'un somptueux tapis d'Aubusson décoré de motifs de fleurs roses et bleues.

« Lord Dorrington va se demander ce qui m'est arrivé! » pensa-t-elle enfin.

Elle s'activa soudain pour rattraper le temps perdu. Elle s'assit sur son lit et sonna la chambrière. Quand les domestiques arrivèrent, elle fut horrifiée de s'apercevoir qu'il était presque midi.

La chambrière lui expliqua en ouvrant les rideaux :

– Milord nous avait bien recommandé de ne pas vous déranger, milady.

Aline pensait que c'était bientôt l'heure du déjeuner. Mais elle avait une faim terrible et ne put renoncer à avaler en hâte un léger breakfast avant de s'habiller. Elle mit une des robes neuves qui l'attendaient dans l'armoire et se rua dans l'escalier.

Au moment même où elle arrivait en bas, dans le hall, lord Dorrington entrait par la grande porte du jardin. En voyant ses bottes, son costume et sa cravache, elle comprit qu'il venait de faire une promenade à cheval.

Il s'exclama joyeusement :

– Vous voici donc réveillée? Avez-vous bien dormi?

Aline souriait :

– Est-il bien nécessaire de le demander? J'ai affreusement honte d'avoir été aussi paresseuse.

– Vous avez toutes les excuses aujourd'hui! Mais venez, maintenant; j'ai quelque chose à vous montrer.

Il ouvrit, tout en bavardant, la porte d'une pièce qui donnait sur le hall; et Aline, émerveillée, se retrouva dans la bibliothèque du château. Tous les murs étaient couverts de rayonnages chargés de livres. Il y avait des volumes partout jusqu'autour des hautes fenêtres dont les vitraux représentaient des emblèmes héraldiques.

– Quel endroit merveilleux! s'exclama-t-elle.

– Je savais d'avance que cette pièce vous plairait particulièrement. Je suis certain que vous allez trouver ici quantité de livres que vous avez envie de lire. Je me suis donné beaucoup de mal, depuis que j'ai hérité cette maison, pour compléter la bibliothèque en achetant tout ce qui se publiait.

Aline regardait de tous côtés, folle de joie. Elle se sentait renaître. Elle venait d'être tellement privée du plaisir de lire, depuis que sa mère l'avait retirée du couvent. Chez lady Maud, en effet, *Le journal des dames* était la seule chose que l'on trouvât à lire.

Lorsque son mari était mort, elle s'était empressée de vendre la totalité de la bibliothèque familiale au premier marchand qui s'était présenté.

Aline ne lui pardonnerait jamais d'avoir liquidé pour une bouchée de pain tous ces livres qui avaient apporté tant d'heures de joie à son père et à elle-même.

Lord Dorrington l'arracha à sa contemplation.

– Maintenant, il faut que vous veniez voir une partie de mes autres trésors.

Ils passèrent ainsi toute la journée à fureter à travers la vaste demeure. Elle renfermait tant de belles choses qu'Aline ne pouvait s'empêcher de la comparer à la caverne d'Ali Baba. Elle était surprise par l'érudition et l'amour des antiquités qu'elle découvrait chez son compagnon : jamais elle n'avait imaginé qu'il fût possible de réunir autant d'objets d'art chez soi.

Lord Dorrington lui raconta que, lorsqu'il avait hérité le domaine de son père, il avait trouvé quantité de réparations et de restaurations à faire, les meubles et les tableaux étant en fort mauvais état.

– Mon père était, avant tout, un sportif, expliquait-il. Rien ne présentait autant d'intérêt à ses yeux que les chevaux. J'avais une très grande admiration pour lui, mais c'est de ma mère que je tiens mon amour des livres et ma passion des antiquités.

Il montra fièrement à Aline les meubles de Boulle qu'il avait achetés en France après la Révolution, les tableaux qu'il avait rapportés d'Italie, des émaux et des verreries incrustées d'or de fabrication vénitienne. Chaque objet avait une histoire et représentait quelque chose de particulier aux yeux de leur propriétaire. Aline était frappée par la sorte de tendresse avec laquelle lord Dorrington caressait de ses belles mains vigoureuses toutes les choses qu'il prenait pour les lui faire admirer.

Les peintures retenaient particulièrement l'attention. Il y avait quelques tableaux très anciens. Lord Dorrington s'amusa à lui raconter comment il les avait presque toutes découvertes par miracle, recouvertes d'une épaisse croûte de poussière et de goudron, dans des endroits bizarres ou inattendus.

– Mais comment peut-on arriver à leur rendre leur aspect primitif? s'étonna Aline.

– C'est une opération très délicate, très difficile. Il faut d'abord enlever la saleté très doucement, en faisant très attention à ne pas attaquer la peinture originale et à ne pas détruire les pigments colorés.

Il jeta un regard à la chevelure rousse et elle pensa qu'il avait fait œuvre de restaurateur incidemment, pour elle comme pour ses tableaux.

– Mais je me demande comment il vous est possible de deviner que vous êtes en présence d'un chef-d'œuvre quand vous découvrez une peinture en mauvais état?

– J'ai posé exactement la même question, il y a deux ou trois jours, à Son Altesse le prince de Galles, figurez-vous!

– Et que vous a-t-il répondu?

– Qu'il avait un second sens – une sorte d'instinct – qui le trompait rarement.

– Mais vous : comment réagissez-vous?

Lord Dorrington réfléchit quelques secondes.

– Je ressens une excitation particulière, quand je fais une découverte. Une sorte de déclic mystérieux m'avertit. Et je ne me suis jamais trompé!

Ils méditèrent en silence quelques instants. Puis, lord Dorrington se mit à parler avec enthousiasme du

Titien, ce peintre qui avait pour modèle favori une femme rousse comme Aline. Enfin, il l'emmena dans une toute petite pièce. Il lui confia qu'il aimait à venir s'y installer lorsqu'il était seul. Une belle copie de *La naissance de Vénus* occupait l'une des parois. Il la montra à sa compagne :

– C'est la seule copie qu'il y ait dans toute cette maison. Mais je tenais absolument à posséder ce tableau chez moi et je l'ai fait faire quand je suis allé à Florence.

Aline le contemplait en silence avec une attention redoublée. Elle avait vraiment du mal à trouver en quoi elle pouvait ressembler à cette admirable figure nue de la déesse sortant des eaux, le pied posé sur une coquille nacrée. Elle dut pourtant reconnaître que ses cheveux étaient absolument de la même teinte. Peut-être aussi, pouvait-elle admettre qu'il existait une certaine similitude dans le front ovale et dans le menton triangulaire de Simonetta Vespucci.

Elle soupira, murmurant plus pour elle-même que pour lord Dorrington :

– Je voudrais bien être aussi belle que cette femme!

– Le jour où elle est morte, Boccace a dit : *Son âme est devenue une étoile!* – et pas un homme ne pouvait la voir sans en tomber passionnément amoureux! répondit habilement lord Dorrington d'un ton songeur.

– Je suppose donc qu'elle aussi devait les aimer! fit observer Aline avec un bon sens naïf. (Elle enchaîna :) Elle n'a donc aucune ressemblance avec moi! Mon cœur – si jamais j'en eus un – est de glace! Et aucun homme ne pourra jamais le faire fondre. (Lord Dorrington la considérait en souriant.) Vous vous moquez de moi, je vois! s'écria-t-elle piquée au vif.

Il secoua la tête en riant.

– Votre parti pris de prétendre passer la vie sans

connaître l'amour m'amuse énormément : c'est une position absurde! Voyez-vous, Aline, les femmes qui ont une chevelure telle que la vôtre sont des sensitives, et elles sont spécialement douées pour allumer les passions. C'est chose connue.

– Si vous tentez d'insinuer que je suis de nature passionnée, vous vous trompez complètement! dit-elle avec froideur.

Il ne riait plus.

– J'ose espérer qu'il me sera donné un jour de vous fournir la preuve que la couleur de vos cheveux n'induit pas en erreur ceux qui l'admirent.

Il avait parlé d'un ton sec. Il était impossible de savoir s'il lui faisait un compliment ou non. Aline s'en souciait peu. Elle estimait, sans oser le dire tout haut, qu'il avait des conceptions vraiment ridicules.

A la fin de l'après-midi, ils allèrent se promener dans le jardin. Lord Dorrington montra avec fierté à Aline l'ancien potager où l'on cultivait les plantes médicinales, que sa mère avait soigneusement entretenu et qui avait conservé l'ancienne disposition remontant à l'époque où la demeure avait été bâtie. Il était entouré d'un mur de brique rouge patinée. Il y avait des haies d'ifs et un fascinant labyrinthe où l'on pouvait errer aussi longtemps qu'on en avait envie jusqu'à ce que l'on découvre en son centre un cadran solaire porté par un amour.

– Comme tout cela est beau! Je n'ai jamais même imaginé qu'une demeure puisse être aussi parfaite, aussi belle en tout! Elle est accueillante, pleine de chaleur humaine, un véritable foyer. Cependant, elle a quelque chose d'un peu mystérieux, avait déclaré Aline le soir, en rentrant de leur promenade.

Lord Dorrington lui avait encore montré les escaliers secrets dissimulés derrière les boiseries, les cachettes utilisées au temps des troubles religieux sous les planchers, et les niches secrètes aménagées au fond des grandes cheminées pouvant servir aux espions.

Ele était enthousiasmée.

– Comme vous avez de la chance de posséder une telle merveille! dit-elle gentiment.

– Mais elle vous appartient également, désormais, répondit-il du ton dont on énonce une chose indiscutable.

Elle le regarda d'un air sidéré. Alors, il répéta doucement :

– Naturellement : elle vous appartient! N'avez-vous donc pas écouté ce que j'ai dit, hier soir, devant le prêtre? N'avez-vous pas entendu que je vous donnais tous mes biens en douaire?

Elle était au comble de la surprise. Elle le regardait d'un air incertain, comme si elle avait peur de le croire. Elle balbutia :

– Ce serait un bonheur si immense pour moi, si je possédais seulement un tout petit coin de Dorrington Park...

– Nous en partageons tous deux la propriété, par moitié.

Elle lui jeta un regard interrogateur. Mais il regardait obstinément par la fenêtre, apparemment absorbé dans la contemplation des corbeaux qui, le soir venu, regagnaient leurs nids au sommet des grands arbres.

Ce soir-là, ils dînèrent de nouveau dans la grande salle à manger, parlant de mille choses nouvelles pour Aline. En lui racontant ses voyages, il lui ouvrait de nouveaux horizons sur les connaissances, toutes livresques, qu'elle avait de l'histoire et de la géographie des endroits où elle avait toujours rêvé d'aller un jour.

Dans le petit salon où ils s'installèrent après le repas, un feu de bois crépitait agréablement dans la cheminée, car la nuit était fraîche. Lord Dorrington demanda à Aline :

– Avez-vous passé une bonne journée?

– Une journée tellement heureuse que je ne trouverai jamais assez de mots pour le dire! Une journée fascinante! Comment avez-vous pu réussir à réunir des collections aussi importantes? Et comment pouvez-vous savoir tant de choses à leur sujet?

Lord Dorrington lui sourit.

– Je suis vieux. J'ai onze ans de plus que vous! (Il contempla un instant la belle chevelure cuivrée sur laquelle le feu jetait ses reflets dorés, avant de poursuivre :) Moi aussi, j'ai été heureux aujourd'hui. Je ne m'attendais pas à ce que vous montriez autant d'intérêt pour toutes ces choses qui sont tellement importantes dans ma vie. J'ai été agréablement surpris par votre intelligence.

– Ce n'est pas très flatteur que vous en ayez été aussi surpris, rétorqua Aline.

Lord Dorrington se mit à rire.

– Vous êtes très jeune.

Aline eut un petit rire.

– Croyez-vous? Ce n'est pas certain!

– Que voulez-vous dire?

– Mon corps est jeune, oui. Mais, intérieurement... je me sens très, très vieille. Je suis d'ailleurs certaine – oh! absolument certaine – que j'ai déjà vécu; oui, dans une autre vie, et que j'ai souffert; que j'ai connu plusieurs autres vies avant celle-ci. J'ai parfois l'impression de m'en souvenir.

– C'est la Roue de la Vie, dit-il impassiblement.

Elle le considérait avec étonnement.

– Vous comprenez donc ce que je voulais dire?

– Bien sûr! Lorsque j'ai séjourné en Inde, j'ai suivi les enseignements d'un gourou pour apprendre le yoga, et mon maître était évidemment bouddhiste.

Aline le regardait, incrédule. Puis elle quitta le sofa où elle était assise et bondit vers lui pour s'asseoir à ses pieds sur le tapis.

– Racontez-moi ça! Racontez-moi vite! J'ai toujours eu envie de rencontrer quelqu'un qui croirait aux mêmes choses que moi, et serait persuadé, comme moi, que cette vie n'est pas la seule que nous vivions.

– Pourquoi êtes-vous tellement convaincue que la réincarnation existe? s'enquit avec curiosité lord Dorrington.

– C'est une sorte de... révélation que j'ai eue lorsque j'ai lu des livres sur le bouddhisme. J'ai compris que cette religion avait une signification profonde pour moi. Elle me permettait de comprendre beaucoup de choses : entre autres, la nostalgie que j'éprouve pour certains pays et l'impression que j'y suis allée, que je connais déjà ce que je lis à leur sujet dans un livre. (Elle se tut un instant, puis elle dit lentement :) La première fois où j'ai rencontré... le prince Ahmadi, j'ai immédiatement compris que ce n'était pas la première fois que je le voyais.

Ils discutèrent passionnément jusqu'après minuit. Aline expliqua à lord Dorrington qu'elle n'avait jamais été heureuse. Son père lui-même ne voulait pas comprendre qu'elle était sincère quand elle disait croire qu'elle avait déjà vécu d'autres existences. Il n'avait jamais accordé grande attention à ce qu'elle lui racontait à ce sujet. Il ne l'écoutait que d'une oreille, parce que la seule chose qui l'intéressait était de lui enseigner ce qu'il savait. Il se refusait à admettre que son disciple pût lui révéler quoi que ce soit en retour.

Lord Dorrington se montrait très différent. Il semblait qu'il eût la même manière de penser qu'Aline. Les mêmes choses l'intéressaient. Leurs cerveaux se stimulaient réciproquement. Lorsqu'elle se mit au lit ce soir-là, Aline se répétait tout bas :

– Comme je suis heureuse! Comme je me sens heureuse!

Les chambrières éteignirent toutes les chandelles. Elles lui souhaitèrent respectueusement bonne nuit, firent une révérence et quittèrent enfin sa chambre.

Lord Dorrington était resté en bas, dans le salon, derrière Aline. Il rêvait en regardant les flammes dans la cheminée. Leur flamboiement lui faisait penser à la chevelure d'Aline. Finalement, il se décida à monter se coucher, laissant au valet à moitié endormi le soin d'éteindre les lumières.

La chambre de lord Dorrington avait toujours été, depuis que la demeure existait, la chambre du châtelain. Au contraire de celle d'Aline qui était simplement tapissée, ses murs étaient revêtus de boiseries de chêne ancien bruni par le temps.

Les rideaux avaient été soigneusement tirés devant la fenêtre qui donnait sur la pièce d'eau. Un feu avait été allumé dans la cheminée en dépit du temps estival, car la pièce était très vaste. Au milieu, le large lit à colonnes, avec les armoiries de la famille – une cuirasse – brodées de soie rouge sur les courtines, avait l'air d'un objet précieux exposé dans une salle de musée. Lorsque lord Dorrington était couché, il voyait les lourdes colonnes torsadées du pied du lit se découper en ombres chinoises sur le fond rougeoyant des flammes.

Il s'étendit, ferma les yeux, et se mit à réfléchir au programme de la journée du lendemain. Il avait envoyé un valet à Londres pour chercher les autres robes commandées, ainsi qu'un costume de cheval pour Aline. Il présumait qu'elle devait avoir beaucoup d'allure quand elle montait. Il décida de lui donner une jument qui avait un peu de sang arabe et était réputée pour être un animal exceptionnel.

Il échafaudait toute sorte de projets, bien qu'il eût sommeil. Il allait s'endormir, lorsqu'il entendit la porte de communication entre sa chambre et celle d'Aline s'ouvrir. Puis, au moment même où il se disait qu'il avait dû se tromper, il entendit nettement que l'on tournait la poignée de l'autre porte qui donnait sur le couloir. Il s'assit brusquement sur son lit.

– Qu'est-ce que c'est?

Avant qu'il ait pu faire un mouvement, une petite forme humaine avait bondi à travers la pièce et Aline se jetait sur son lit. Il sentit qu'elle tâtonnait frénétiquement partout pour le trouver. Dès qu'elle l'eut touché, elle s'agrippa à lui de toutes ses forces en murmurant, d'une voix étranglée par la peur, des paroles incohérentes :

– Il y a... un homme... un homme dehors... je l'ai vu... il... se cachait... dans les buissons!... Et... je crois bien... l'avoir entendu... monter l'escalier.

Elle se cacha le visage contre l'épaule de lord Dorrington. Il la prit dans ses bras, comme un petit enfant, et il sentit qu'elle était contractée par la peur.

– Tout va bien, Aline, voyons! dit-il avec calme. Je suis absolument certain qu'il ne peut pas y avoir qui que ce soit dans la maison. J'ai deux veilleurs de nuit : il est impossible que quelqu'un arrive à pénétrer ici.

Elle sanglotait.

– J'ai vu... je l'ai vu... Le prince a sûrement envoyé un homme pour... m'enlever... ou bien, peut-être... pour... me tuer.

– Allons, allons! Je suis certain que vous l'avez rêvé ou imaginé! déclara-t-il d'un ton ferme. A moins, reprit-il, que vous ayez aperçu un garde-chasse dans le jardin. Ils circulent souvent dehors, la nuit, à cette saison : les oiseaux sont en train de préparer leurs nids. Il faut les protéger. Et il y a des renards et d'autres prédateurs qu'il faut tuer.

Malgré tout ce qu'il pouvait dire, il sentait le petit cœur battre la chamade contre sa poitrine, et elle restait blottie contre lui sans abandonner le refuge de ses bras et sans desserrer son étreinte forcenée. Elle tremblait : « autant de froid que de peur », pensa-t-il, apitoyé. Elle n'avait rien sur elle qu'une très légère chemise de nuit de crêpe de Chine très fin qu'il lui avait apportée quand elle était à Shenley Manor, chez sa sœur. Il libéra donc un de ses bras et remonta le rabat du drap de façon à lui couvrir les épaules.

– Vous êtes en sécurité, Aline. Auriez-vous déjà oublié que vous êtes ma femme? Personne ne peut vous faire de mal.

– Mais... je suis... sûre... que j'ai entendu quelqu'un monter l'escalier, insista-t-elle à voix basse.

– Voulez-vous que j'aille voir dans le couloir?

– Non! Oh! Non! Surtout pas!

Elle l'agrippa plus fortement encore et se serra encore plus contre lui.

– Allons, Aline, croyez-moi : personne ne viendra troubler notre tranquillité! Vous avez bien fermé votre porte à clé, n'est-ce pas? Je vais vous rassurer complètement en vous confiant que j'ai toujours un pistolet dans ce tiroir qui est à ma tête de lit.

– Est-il chargé? s'inquiéta-t-elle encore.

– Oui, il est chargé. Alors, voyez-vous, Aline, personne ne peut nous faire de mal. Nous avons de quoi nous défendre. Pas question pour un chevalier errant de ne pas savoir défendre sa Dame! termina-t-il d'un ton badin.

– Vous vous êtes déjà battu pour moi... hier. Je sais de quoi vous êtes capable. Mais quelqu'un pourrait venir vous tuer pendant que vous dormez...

– Voilà une hypothèse tout à fait invraisemblable!

Peu à peu le ton parfaitement calme et désinvolte qu'il avait délibérément adopté pour répondre à Aline commençait à faire effet sur les nerfs de la jeune fille. Elle ne tremblait plus et elle finit par desserrer un peu son étreinte.

Il l'installa plus confortablement dans le grand lit, adossée aux oreillers, et la couvrit complètement en remontant les draps et la couverture jusqu'au menton.

Puis il déclara :

– Je vais regarder par la fenêtre si j'aperçois cet homme bizarre dans les parages.

– Non! Non!... Je vous en supplie : restez près de moi!

– Mais oui : je resterai aussi longtemps que vous le souhaiterez. Mais, je voulais seulement vous rassurer.

– Mais je l'ai vu, cet homme! Je suis même certaine qu'il avait la peau noire.

– Comment avez-vous pu vous en rendre compte, la nuit? dit-il d'un ton dubitatif.

– Vous me trouvez stupide, n'est-ce pas? dit-elle avec un petit sanglot.

– Pas du tout! Je trouve que vous avez agi d'une manière très raisonnable : vous avez verrouillé votre porte et vous êtes venue me retrouver ici pour que je vous protège.

Elle soupira profondément. Lord Dorrington comprit à l'expression de son visage qu'elle avait surmonté en partie sa grande frayeur.

– Il faut que je retourne dans ma chambre, dit-elle en suivant le fil de sa propre pensée.

– Il n'y a aucune raison. Vous pouvez bien rester ici.

Elle réfléchissait toujours et ne répondit qu'après quelques instants, d'un ton triste et mesuré :

– Je ne veux pas abuser de votre patience, et puis ce serait... ennuyeux pour vous.

Lord Dorrington émit un petit rire et répliqua avec philosophie :

– Ce ne serait pas la première fois que je partagerais mon lit avec quelqu'un!

Elle se raidit. Son visage se ferma brusquement. Il s'en aperçut, se mordit les lèvres; comme le silence d'Aline se prolongeait, il lui demanda avec douceur :

– Vous aurais-je choquée?

– Euh... n... non... Mais je ne pensais pas que vous étiez comme ça, vous..., dit-elle d'un ton désabusé.

– Comment : « Comme ça »?

– Eh bien, comme tous ces dandies et ces lurons qui mènent joyeuse vie à Londres, qui boivent trop, qui gaspillent leur fortune et qui... courent après les femmes! dit-elle sévèrement.

– Je ne crois pas avoir jamais rien fait qui mérite le mépris que vous avez mis dans vos paroles, et j'espère bien que cela ne m'arrivera pas. Mais, enfin, Aline – après tout – je suis un homme!

Un long silence s'établit entre eux. Aline finit par se décider à dire d'une voix changée :

– Je commence à perdre tout bon sens. Maintenant, je vais regagner mon lit. Mais, voulez-vous bien me permettre de laisser les portes ouvertes entre nos deux chambres?

– Mais bien sûr, Aline! Au moindre bruit insolite, je pourrai accourir pour vous porter secours.

Elle ne bougea pourtant pas. Visiblement, elle n'osait pas quitter le lit de lord Dorrington. Elle finit par lui demander timidement :

– Pourriez-vous aller voir... dans ma chambre... si personne ne s'y trouve?

– J'y vais et je prends mon pistolet avec moi.

Il sortit du lit, enfila une robe de chambre qui était posée sur une chaise et prit son pistolet dans le tiroir de la table de nuit.

Aline le regardait. Dans la lueur tremblotante du feu qui mourait dans la cheminée, sa silhouette prenait une allure un peu fantastique. Il paraissait encore beaucoup plus grand et plus puissant. Il disparut un moment dans la pièce voisine, puis, dès qu'il réapparut sur le seuil du petit corridor, il déclara d'une voix rassurante :

– Je vous affirme qu'il n'y a absolument personne dans votre chambre, Aline. Mais, comme je vous l'ai déjà proposé, je vous répète que vous pouvez rester avec moi, si vous avez peur.

– Non! Je m'en vais.

Elle avait l'air si déterminée qu'il n'insista pas. Il se contenta de lui donner un châle de soie qu'il avait pris au passage dans le chambre d'Aline. Elle le jeta sur ses épaules nues, s'écarta de lord Dorrington et regagna sa propre chambre en prenant le petit corridor de séparation. Elle trouva une bougie allumée par lord Dorrington sur sa table de nuit.

Elle se glissa rapidement dans son lit, mais resta assise. Appuyée contre ses oreillers, elle fixait sur lord Dorrington de grands yeux effrayés.

Ses cheveux étaient répandus sur ses épaules. Minuscule au milieu de ce grand lit, elle avait l'air d'une princesse de contes de fées – « une pauvre petite princesse égarée » –, pensait lord Dorrington en la regardant.

Il la contempla un moment. Puis il lui dit, toujours aussi impassiblement :

– Bonne nuit, Aline! Dormez sans peur. Demain, je vous apprendrai à tirer.

– J'aimerais beaucoup savoir, dit-elle d'un ton calme. (Mais elle ajouta précipitamment, avec anxiété :) Vous allez laisser les portes ouvertes, n'est-ce pas?

– Je vous l'ai promis : elles resteront ouvertes toute la nuit; et, si vous m'appelez, je vous entendrai.

Il quitta la pièce. Elle restait immobile, les yeux fixés sur le corridor obscur par où il avait disparu. Soudain, elle devina qu'il avait dû ranimer le feu, car elle voyait la lueur rassurante des flammes au fond de l'autre chambre.

Elle fixait la chaude lumière dorée qui se glissait dans le corridor et, les yeux fixés sur cette lueur, elle finit par s'endormir.

8

« Je suis un homme! »

Les paroles prononcées par lord Dorrington avaient poursuivi Aline dans son sommeil. Ce fut la première chose à laquelle elle pensa en s'éveillant le lendemain matin. Il lui semblait, en ouvrant les yeux, qu'elle entendait la belle voix chaude les prononcer à côté d'elle.

Elle n'arrivait plus, ce matin-là, à se rappeler où elle se trouvait. Puis elle aperçut la lueur du soleil qui traversait les rideaux. Alors elle se souvint : elle était au château de Dorrington Park et elle était mariée.

Elle estima qu'il devait être très tôt. Elle jeta un coup d'œil vers le passage de communication entre sa chambre et celle de lord Dorrington pour voir si les portes n'avaient pas été refermées. Elles étaient restées ouvertes. Elle se souvint aussitôt de ce qui s'était passé au début de la nuit. Il lui paraissait maintenant qu'elle s'était conduite d'une façon ridicule et elle maudissait l'impulsion qui l'avait fait sauter de son lit pour aller retrouver lord Dorrington dans sa chambre.

Les souvenirs de cette nuit étaient pourtant effrayants. Tout avait été si terrible, si troublant. Elle en venait à se demander, en se les remémorant, comme elle avait pu trouver le courage, après être allée chercher du réconfort auprès de lord Dorrington, de le quitter et de revenir finir la nuit dans sa chambre solitaire.

Tout à coup, elle se souvint pourquoi elle était revenue dans son lit : il avait suffi qu'il lui dise : « Je suis un homme! » Elle se rappelait tout maintenant!

Sur le coup, elle avait été saisie. Ces mots lui avaient fait une bizarre impression. Puis, sans comprendre pourquoi, elle avait été envahie par un chagrin intolérable. Elle n'en avait pas pour autant compris la raison profonde. Elle s'était seulement rendu compte qu'il y aurait quelque chose de changé entre eux désormais : elle n'oserait plus se raccrocher à lui naïvement chaque fois qu'elle aurait peur, elle ne pouvait plus le considérer comme un pur et simple chevalier errant, comme une sorte de héros de légende, un être presque surnaturel dont la seule fonction était de la sauver de tous les dangers.

Ce matin-là, elle se répétait la petite phrase lancinante qui la troublait sans qu'elle sût au juste pourquoi : « Je suis un homme! » avait-il dit. Soudain, la lumière jaillit dans l'esprit d'Aline. En un éclair, elle comprit enfin ce qu'il avait voulu dire et pourquoi son attitude, à elle, avait instinctivement changé d'un instant à l'autre, la veille.

C'était évident : lord Dorrington était un homme! Plus beau, plus distingué, plus imposant, meilleur en toutes choses que tous ceux qu'elle avait connus auparavant, mais, enfin, c'était un homme! Elle ne s'en était pas avisée, parce qu'elle était aveuglée par le désir de se suicider. Trop accaparée par ses propres tourments, elle n'avait pas remarqué la virilité et le charme de lord Dorrington. Dès l'instant où elle l'avait rencontré, il lui était apparu en sauveur et elle n'avait jamais songé à voir autre chose en lui qu'un être voué à la protéger contre les odieuses manigances du prince Ahmadi et de sa mère.

Une fois installée à Dorrington Park, elle avait été enthousiasmée par l'étendue de son intelligence et de son savoir, ravie de constater qu'ils étaient, elle et lui, si semblables sur le plan de l'esprit et de la curiosité intellectuelle. Mais il ne lui avait pas donné, ce faisant, l'image d'un homme pareil à tous les autres hommes, et se souciant des attraits des femmes. Il n'était pas venu à l'esprit d'Aline qu'il pouvait, tout comme un autre, les trouver parfois désirables. Elle comprenait enfin que le chagrin qui lui avait serré le cœur, lorsqu'il lui avait dit qu'il avait déjà partagé son lit avec quelqu'un, avait un nom : la jalousie. Oui! elle était jalouse des femmes qu'il avait aimées et qui, naturellement, l'avaient aimé elles aussi. Elle était au bord des larmes :

– Mais comment font-elles pour être amoureuses? murmura-t-elle, désespérée.

Elle se demandait comment elle avait pu être assez

sotte et irréfléchie pour ne pas penser qu'un homme tel que lord Dorrington, si supérieur physiquement et intellectuellement à tous les autres, devait nécessairement attirer les femmes comme la flamme d'une bougie attire les mouches. Son manque de perspicacité l'anéantissait.

Elle se sentait complètement perdue. Elle avait éprouvé tant de bonheur à se sentir en sécurité auprès de lui depuis qu'elle l'avait épousé. Elle avait été si heureuse de se dire qu'elle était délivrée du prince Ahmadi et, que si jamais cet être immonde revenait l'importuner, lord Dorrington s'empresserait de le châtier comme il l'avait déjà fait.

Elle redoutait que les choses viennent à changer désormais. Elle craignait de perdre le seul être au monde qu'elle avait aimé sincèrement. Elle avait rencontré si peu de gens, dans sa courte vie solitaire, qui aient compté pour elle. Seul, son père avait marqué Aline de son influence. Elle l'admirait profondément et elle lui avait donné toute sa tendresse. C'était un amour exclusif parce qu'elle n'avait personne d'autre à aimer, personne d'autre qui l'aimait ou même s'intéressait à elle.

Elle pensa à sa mère, avec amertume. Lady Maud n'avait jamais témoigné la moindre tendresse à sa fille qui l'impatientait et dont elle ne pouvait supporter la présence. La gouvernante qui l'avait élevée était une femme intelligente et attentive, mais une vieille fille frustrée au cœur sec. Aline ne gardait que peu de souvenirs de ses nurses. Elle n'avait jamais eu le temps de s'attacher à elles, aucune n'étant restée longtemps au service de lady Maud avec qui elles ne parvenaient pas à s'entendre.

En considérant son passé, Aline avait l'impression d'avoir toujours été seule et abandonnée à elle-même.

Néanmoins, son père s'était intéressé à elle. Il lui parlait beaucoup et prenait plaisir à lui donner une solide instruction. Mais en fait, quand elle restait pendant des heures en adoration devant lui, c'était un enseignement qu'elle recevait et non pas l'amour chaleureux qu'elle recherchait et avec lequel elle le confondait.

Avec le recul du temps, elle devait admettre que sa mère avait vu juste. L'immense amour qu'elle avait pour son père n'était pas payé de retour. Bien qu'elle détestât devoir le reconnaître, son père était possessif et exclusif, non par excès de tendresse mais par égoïsme et par égocentrisme. C'était là toute la tendresse qu'elle eût jamais connue depuis son enfance. C'était tout! Néanmoins, elle avait la certitude, au fond d'elle-même, d'avoir vécu autre chose, comme elle l'avait expliqué à lord Dorrington.

Dans les tréfonds mystérieux de son subconscient, il y avait une voix qui lui assurait que la vie affective peut être infiniment plus riche et bienfaisante que celle qu'elle avait connue durant ses dix-sept premières années. Or, voici que soudain elle comprenait qu'elle était amoureuse : amoureuse de lord Dorrington! Cette vérité écrasante et inattendue éclatait brusquement dans son esprit comme une bombe : oui! elle aimait lord Dorrington ! Elle aimait tout en lui : son regard, sa voix, ses yeux gris si attentifs, son front large et intelligent, ses doigts longs et musclés, ses mains fines et aristocratiques!

« Comment ai-je pu être assez naïve pour ne pas en prendre conscience plus tôt? Comment ai-je pu être aussi stupide? se répétait-elle, consternée. Comment ai-je pu rester blottie dans ses bras, contre sa poitrine pendant plus d'une heure la nuit dernière sans comprendre que je l'aimais? »

Sans doute, la terreur qui s'était emparée d'elle l'avait-elle rendue sourde et aveugle, l'isolant totalement de la réalité environnante; cependant, elle aurait dû s'apercevoir depuis longtemps qu'elle l'aimait. Elle aurait dû le savoir depuis le moment où il l'avait retrouvée dans la forêt après l'agression du prince Ahmadi.

En effet, dès l'instant où il l'avait emportée sous la pluie battante, plus rien n'avait existé pour elle que l'impression de sécurité et de bien-être absolus qu'elle éprouvait en étant dans ses bras. Elle avait cru, ingénument, que c'était simplement parce qu'il venait de rouer de coups le prince. Mais, à la réflexion, il lui paraissait aberrant qu'elle n'eût pas reconnu, dans cette étrange euphorie, l'amour qu'éveillait en elle lord Dorrington.

– Je l'aime, oh! comme je l'aime! murmura-t-elle tout bas, avec ferveur.

Jamais elle n'avait eu l'occasion de prononcer ces mots jusque-là. Elle se sentait toute réchauffée intérieurement, et elle pensa que ce devait être le phénomène que lord Dorrington dénommait « feu de Vénus »...

Elle était maintenant bien obligée d'admettre qu'elle avait raisonné de la façon la plus absurde en prétendant qu'elle n'avait pas de cœur et qu'elle était incapable de tomber amoureuse. Devant son erreur, elle ne s'étonnait plus que lord Dorrington se fût tellement moqué d'elle quand elle lui avait débité toutes ces sottises au sujet de sa prétendue froideur. Il savait avec certitude qu'il était, lui, dans le vrai en lui prédisant que l'avenir prouverait que les affirmations d'Aline étaient insensées. Aline se sentait le cœur serré en se répétant tristement :

– Je l'aime : maintenant, j'en suis certaine. Mais

rien n'indique que lui, m'aime aussi, hélas... Pas un mot, pas un geste de sa part, rien ne peut me le donner à espérer!

Elle repassait, dans son esprit, les moments qu'ils venaient de vivre ensemble. Il s'était montré d'une infinie bonté envers elle : d'une bonté presque incroyable de la part d'un homme de son importance envers une petite jeune fille insignifiante comme elle.

« Cela n'impliquait pourtant pas de l'amour, pensait-elle. D'ailleurs, se disait-elle désespérément, je suis bien trop modeste pour inspirer de l'amour à un homme pareil! En outre, je ne lui ai apporté que des ennuis! Ce n'est pas par amour qu'il s'est fait mon champion, comme un chevalier du Moyen Age! C'est par ma faute, parce que je l'y ai presque contraint en le sollicitant avec une confiance qui frisait l'outrecuidance! C'était aussi parce que je l'ai constamment menacé de mettre fin à mes jours. Il s'est trouvé forcé de me secourir! Finalement, après m'avoir amenée chez sa sœur, il s'est trouvé dans une situation sans issue, dont il ne pouvait se sortir lui-même qu'en m'épousant : voilà pourquoi il m'a épousée! Il n'y a pas trace de sentiment dans cette décision! Elizabeth m'a bien confié que son frère avait juré de ne jamais se marier parce qu'il avait eu un amour malheureux autrefois. »

Aline se sentait envahie d'un immense chagrin et, en même temps, d'un sentiment confus de jalousie. Elle avait soudain envie d'aller trouver lord Dorrington pour lui demander quels étaient ses sentiments exacts à son égard. Elle ressentait un impérieux besoin d'être réconfortée, sinon rassurée par celui qu'elle aimait. Mais elle comprit que c'était une chose qu'elle ne pouvait et ne devrait jamais faire.

A ce moment précis, la porte qui fermait le couloir de communication se referma doucement du côté de la chambre de lord Dorrington. Il était donc réveillé, lui aussi. Sans doute se préparait-il pour sa promenade à cheval quotidienne. Il était donc absolument normal qu'il eût fermé la porte séparant leurs deux chambres. Pourtant le bruit de cette porte fit mal à Aline. Elle eut l'impression d'être rejetée, mise dehors par lord Dorrington. Elle aurait voulu lui crier bien fort : « Je vous aime! Je vous aime! »

Elle avait furieusement envie de frapper à cette porte close et de la lui faire ouvrir. Mais elle comprenait aussi qu'elle devait veiller à ne jamais se trahir, quelles que soient les circonstances, et à ne jamais laisser voir qu'elle l'aimait. Un immense sentiment de désespoir l'emplissait à cette pensée.

Elle ne voulait à aucun prix que, par bonté et par pitié, il puisse un jour se croire obligé de faire semblant d'éprouver pour elle un sentiment qui n'existait pas. Elle savait qu'il eût été tout à fait capable d'agir ainsi tant il était bon et courtois, puisqu'il était allé jusqu'à faire d'elle sa femme pour la sauver. Elle savait qu'il souhaitait qu'elle soit heureuse. Mais elle ne voulait plus accepter sa pitié maintenant qu'elle savait l'aimer d'amour. Elle ne pourrait pas supporter qu'il lui joue la comédie. Elle ne voulait pas qu'il se croie obligé de lui donner des baisers et de se conduire en mari amoureux sans en avoir, lui-même, envie.

Elle en vint à se demander quel était le genre de femmes qui plaisaient à lord Dorrington. En se souvenant du portrait de Simonetta Vespucci qui était accroché dans le petit cabinet, elle se sentait perplexe. Ce visage avait-il une signification particulière pour lui? Ou bien était-ce seulement la peinture qu'il admirait le plus de tout l'art italien? Il y avait une grande différence entre l'admiration que l'on porte à une œuvre d'art et l'amour humain. Aline, qui maintenant faisait l'expérience de ce dernier, s'en rendait clairement compte. C'était un sentiment qui balayait tout dans son âme et qui la faisait presque souffrir.

« Je l'aime, mais il devra toujours l'ignorer! » conclut-elle résolument.

Elle regrettait de s'être montrée si lâche, d'avoir avoué sans pudeur ses malheurs, de n'avoir pas mieux su maîtriser sa peur : lord Dorrington avait certainement dû la mépriser en particulier pour sa façon mélodramatique de menacer de se suicider. Il n'était pas comme les autres hommes. Sa fierté et son éducation lui donnaient une totale maîtrise sur lui-même et elle se sentait certaine que jamais il ne devait perdre son courage, même devant les pires menaces. Elle se disait qu'il était capable d'affronter la mort avec le sourire aux lèvres et elle avait maintenant honte de s'être montrée si faible et si différente de lui.

En repensant aux affres qu'elle avait endurées quand le prince Ahmadi l'avait emmenée dans le bois et aux cris qu'elle avait poussés, elle se sentait rougir. L'humiliation qui l'avait incitée à s'enfuir à travers bois comme un enfant poursuivi l'envahissait de nouveau. Elle enrageait de s'être montrée sous un tel jour à celui qu'elle aimait maintenant. Elle se promettait que plus jamais lord Dorrington n'aurait l'occasion de la mépriser de nouveau, comme il avait dû la mépriser ce jour-là pour sa faiblesse. Elle se garderait bien de lui donner une autre preuve de son manque de maîtrise et de fierté en lui laissant voir qu'elle était tombée amoureuse de lui alors qu'il ne l'avait jamais courtisée.

Certes, il lui avait dit une fois qu'elle était jolie, le soir du mariage, quand elle était descendue dans le hall. Mais ne lui avait-il pas répondu par une plaisanterie, quand elle lui avait demandé s'il était sincère? Elle retournait ses souvenirs en tous sens, essayant de se rappeler si elle avait jamais vu, dans son regard ou sur son visage, une expression susceptible de lui laisser espérer qu'elle ne lui était pas complètement indifférente.

Mais elle devait reconnaître qu'elle était vraiment très ignorante des comportements masculins. Elle ne s'était jamais préoccupée des hommes que pour attiser le mépris qu'elle nourrissait à leur égard, sans chercher à les comprendre, même quand il y allait de ses intérêts personnels.

Il y avait bien eu ce jeune homme qui lui avait fait la cour, l'hiver précédent à Bath; mais elle n'avait éprouvé aucun intérêt pour ce garçon falot dépourvu de personnalité. La demande en mariage qu'il lui avait faite avait seulement servi à renforcer sa résolution de rester célibataire.

Elle avait rencontré quelques jeunes gens qui lui avaient fait des compliments, ainsi qu'un vieux gentilhomme au regard égrillard appartenant à la catégorie des hommes toujours prêts à serrer les mains et la taille de toutes les jeunes filles qu'ils aperçoivent. Leurs manières ne pouvaient pas servir de critères pour juger et comprendre celles de lord Dorrington.

Lasse de retourner ce nouveau problème dans sa tête, Aline décida de s'habiller rapidement. Elle sonna et la chambrière surgit aussitôt dans la chambre.

Elle mangea sans appétit son petit déjeuner. Quand elle eut revêtu une ravissante robe de mousseline d'un vert très pâle, elle descendit pour attendre le retour de lord Dorrington. Comme elle l'avait prévu, il était parti faire une promenade à cheval.

Elle se mit à flâner dans la bibliothèque, en espérant

qu'il reviendrait rapidement. Elle avait été transportée de joie en voyant la multitude de livres entassés dans la pièce la première fois où elle y était entrée, la veille. Pourtant, elle s'apercevait ce matin-là qu'ils avaient beaucoup moins d'importance que le sentiment qui habitait maintenant son cœur, et dont elle n'avait jamais soupçonné la force envahissante.

Jamais elle ne s'était sentie dans un état semblable. Elle était pareille à une fleur dont les pétales se déploient l'un après l'autre sous la caresse du soleil. Elle allait et venait, distraite, inspectant sans les voir les étagères chargées de volumes, à la recherche d'un titre qui retiendrait son attention, passant devant les livres qui l'auraient plongée dans l'extase la veille encore. Mais, en ce moment, elle ne pensait qu'à une seule chose : guetter le bruit des pas de lord Dorrington, revenant de sa promenade.

Elle était certaine de reconnaître son pas entre tous : chacun a sa manière de marcher, de heurter le sol du pied.

Elle connaissait la sienne. L'attente lui parut durer une éternité. Quand elle entendit la voix de lord Dorrington, son cœur bondit dans sa poitrine. Elle avait une telle hâte de le revoir qu'elle dut faire de grands efforts sur elle-même pour se dominer et ne pas sortir en courant au-devant de lui dans le hall. Elle se gourmandait sévèrement :

« Sois calme! Sois raisonnable! Ne montre aucune émotion ridicule, sotte que tu es! Tu l'embarrasserais terriblement! »

Elle prit le parti de feindre l'étonnement quand il entra dans la bibliothèque.

– Vous êtes matinale, Aline! dit-il simplement.

– Avez-vous fait une bonne promenade?

– Demain, je vous emmènerai avec moi.

– Cela me ferait grand plaisir, répondit-elle d'un ton conventionnel et parfaitement mondain.

– J'ai envoyé chercher un costume d'amazone pour vous à Londres : on le rapportera cet après-midi, annonça-t-il.

– Oh! merci : vraiment, vous pensez à tout!

– J'essaie, répliqua-t-il, mais ce n'est pas toujours possible.

Aline aperçut une lueur dans son regard qui lui fit croire qu'il pensait à ce qui s'était passé la nuit précédente. Elle rougit violemment.

– J'ai fait mon enquête. Personne n'a vu d'étranger bizarre dans les jardins ni sur le domaine.

– Peut-être l'aurais-je imaginé, répondit-elle à voix basse.

Elle était tout à fait certaine du contraire. Mais elle ne voulait pas persister dans ses affirmations, alors qu'il paraissait évident que lord Dorrington n'y croyait pas. Il reprit :

– J'ai cependant donné l'ordre aux gardes-chasse de redoubler la surveillance. Nous mettrons un veilleur de nuit supplémentaire pour faire des rondes cette nuit.

– Je suis vraiment désolée de vous causer tant d'embarras, balbutia Aline.

– Pas du tout! Maintenant, je vous propose d'aller chercher mes pistolets pour vous apprendre à tirer. Nous nous mettrons dans le jardin.

– Je sais manier un fusil. J'avais l'habitude de m'amuser avec les pistolets de mon père, mais je ne pense pas être très habile.

– Nous allons voir ce qu'il faut corriger, répondit-il.

Aline hésita un moment avant de parler.

– Je n'aimerais pas tirer sur les oiseaux, ni sur aucun autre animal...

Elle avait dit cela très timidement, ayant peur qu'il la trouvât effroyablement ennuyeuse. Mais il n'y avait pas songé un instant lui-même et se récria :

– Naturellement! Nous allons tirer sur une cible. Les jardiniers ont été prévenus, et ils doivent l'avoir déjà installée dans l'allée qui sert pour le bowling. C'est un endroit parfait pour s'exercer au tir. Venez, Aline : nous allons choisir nos armes.

Elle le suivit dans l'armurerie qui était située à l'autre extrémité des bâtiments. Tous les fusils de chasse de lord Dorrington étaient accrochés là. Il y avait ceux dont il se servait en Angleterre et divers autres, d'un calibre différent, qu'il utilisait quand il allait à l'étranger. On pouvait également admirer d'importantes collections d'armes anciennes qui avaient été accumulées là au cours des siècles. Lord Dorrington montra un vieux tromblon à Aline en lui expliquant :

– C'est une curiosité : c'est l'un des premiers qui aient été utilisés sur une voiture particulière.

Il lui montra également un mousquet que son grand-père avait ramené des campagnes qu'il avait faites dans les armées du général Marlborough. Quant aux pistolets, il n'y avait que l'embarras du choix. Il en possédait de toutes les dimensions et de toutes les sortes. Il opta pour une paire de pistolets de duel. Quand il ouvrit l'écrin les renfermant, ils apparurent comme de belles pièces légères et bien équilibrées, avec le motif décoré du cimier du blason des Dorrington.

– Je ne pense pas que vous les utilisiez bien souvent, observa Aline.

– Pourquoi pensez-vous cela?

– Parce que je vous imagine mal vous jetant dans un duel, sur un accès de colère.

– Il est très rare que l'on bouillonne de colère à l'aube, vous savez Aline!

– Evidemment! J'avais complètement oublié que les duels ont toujours lieu à cette heure-là. (Aline poursuivit en considérant les pistolets :) Une seule balle suffit-elle à tuer un homme?

– Cela dépend de l'endroit où elle le touche.

Aline regardait rêveusement les balles qui étaient rangées à côté des pistolets dans l'étui de cuir.

– Comme il semble étrange qu'une vie puisse s'achever aussi facilement et aussi rapidement! dit-elle enfin.

– Mais seulement « une » vie, rectifia lord Dorrington en faisant allusion à la conversation qu'ils avaient eue la veille.

Aline sourit.

– Mais quelle corvée de devoir toujours renaître et de toujours devoir recommencer à être un bébé et un enfant pleurnicheur tant que l'évolution de l'âme n'est pas achevée!

– Alors, j'espère que vous comprenez pourquoi il est très important de prendre soin de sa vie.

– C'est évidemment à considérer, reconnut-elle.

– De toute manière, il est de la plus élémentaire prudence pour tout le monde – femme ou homme – d'être capable de se défendre. Venez vite, Aline. Je veux pouvoir partir tranquille, si j'ai à me déplacer, et en étant sûr que vous ne risqueriez pas d'avoir peur.

L'allée de bowling était une longue pelouse d'un gazon dru et luisant. Elle était entourée de hauts buissons qui permettaient aux joueurs de n'être pas distraits, au moment de viser, par ce qui se passait alentour, puisqu'ils leur coupaient totalement la vue. Les jardiniers avaient installé la cible à l'une de ses extrémités.

Lord Dorrington sortit un des pistolets de l'étui.

– La première chose à vous montrer c'est la position que vous devez prendre et la manière de tenir votre arme : il faut lever le bras et viser la cible en baissant le pistolet. Observez bien ma position, Aline : l'équilibre est primordial.

Après lui avoir montré ce qu'elle devait faire, il lui mit en main le second pistolet chargé, lui recommanda de copier exactement ses gestes et de faire feu au moment où elle croirait être certaine de toucher le cercle rouge qui était au centre de la cible. Aline suivit ses indications scrupuleusement, puis elle tira. Quand elle laissa retomber la main qui tenait le pistolet elle s'aperçut que la balle avait touché la cible à quelques centimètres du point qu'elle avait visé.

– Ce n'est pas mal du tout, pour une première fois, déclara lord Dorrington, mais je pense que vous n'avez pas été assez rapide. Quand on a un bon coup d'œil, on a avantage à précipiter le mouvement. C'est votre tempo qui donnera de l'efficacité à votre tir.

– Je crois avoir saisi ce que vous voulez dire, répondit-elle d'un ton réfléchi.

Lord Dorrington lui tendit l'autre pistolet qu'il venait de recharger.

– Je vais charger le vôtre, passez-le-moi.

Leurs doigts se rencontrèrent au moment où ils échangèrent les armes. Aline frémit à ce contact, et resta toute surprise par l'impression agréable mais bizarre, jamais éprouvée, que lui laissait ce frisson involontaire. Elle se sentait en quelque sorte magnétisée et s'empressa, en faisant effort sur elle-même, de détourner la tête. Elle redoutait que lord Dorrington comprenne ce qui se passait dans son cœur en lisant dans ses yeux.

Elle le trouvait plus beau que jamais, ce matin-là,

sans doute parce que son amour pour lui s'épanouissait. Il était, comme toujours, admirablement vêtu. Ses vêtements d'une coupe parfaite semblaient faire partie de son corps, ils ne faisaient pas un faux pli. Sa cravate d'un blanc éclatant faisait ressortir sa peau bronzée par le soleil. Son chapeau était incliné de la façon qui lui était propre. Aline pensait, en le regardant, qu'elle serait capable de le reconnaître de dos au milieu d'une foule rien qu'à la manière dont il portait son chapeau sur l'oreille.

« Comme il est beau! se disait-elle en elle-même. Aucune femme ne doit pouvoir lui résister! »

Lord Dorrington, penché sur le pistolet pour le recharger, lui dit sans lever la tête :

– Il faudra que je vous apprenne à le recharger.

– Est-ce difficile? dit-elle machinalement.

Elle ne pensait guère à ce qu'elle disait, tout occupée à écouter le son de la voix de lord Dorrington qui trahissait simplement l'attention qu'il portait à ce qu'il faisait.

En tournant la tête vers lui, son regard effleura les buissons. Quelque chose remuait dans l'herbe à quelques pas d'eux. Elle fixait la haie d'un regard incrédule, lorsqu'elle vit le canon d'un fusil pointant à travers les feuillages.

Elle cria au moment où retentissait une énorme détonation. C'est ce qui sauva la vie à lord Dorrington. En l'entendant, il avait vivement tourné la tête vers Aline; et la balle, qui aurait dû le tuer net, n'atteignit que le haut de son chapeau qui alla rouler sur le sol.

A l'instant même, Aline entra instinctivement en action. Sans prendre le temps de réfléchir, elle tira droit devant elle avec le pistolet qu'elle avait dans la main. On entendit un hurlement, puis un fracas de feuilles et de branches brisées sous la chute d'un corps pesant.

Lord Dorrington se précipita avec une extraordinaire rapidité vers les buissons. Il les écarta, se pencha, et après avoir regardé à terre, il se retourna vers Aline. Elle était figée, debout à la même place, tenant le pistolet fumant à la main.

Il s'empara de l'arme et lui dit très vite :

– Rentrez vite à la maison, Aline! Et ne parlez à personne de ce qui vient de se passer.

Elle était extrêmement pâle. Elle demanda, haletante :

– L'homme est-il... mort?

– Je le pense. Mais je ne veux à aucun prix que vous soyez mêlée à cette histoire. Faites ce que je vous dis, Aline.

Elle le regarda longuement au fond des yeux, incapable de bouger. Alors, il reprit d'un ton toujours aussi calme, mais qui avait, cette fois, la fermeté d'un ordre :

– Obéissez-moi! Allez dans la bibliothèque! C'est là que j'irai vous retrouver!

Elle céda, comme si elle n'était qu'une marionnette qu'il manipulait à sa guise, sa propre volonté n'existait plus. Elle s'en fut vers la maison, comme il le lui avait ordonné et sans oser regarder derrière elle.

Elle entra dans la bibliothèque et se laissa tomber dans un des fauteuils de cuir. Elle venait de tuer un homme et cependant, elle se sentait parfaitement calme, étrangement peu émue par cet acte. Elle avait tiré parce qu'il le fallait pour sauver lord Dorrington, obéissant à une impulsion instinctive si puissante qu'elle n'avait pas perdu un instant à chercher ce qu'elle devait faire.

Elle se rendait compte après coup que, si elle n'avait

pas tiré aussi rapidement, si elle n'avait pas aperçu le canon du fusil, ç'aurait été lord Dorrington qui serait mort, là-bas, sur la pelouse. Son assaillant se serait enfui et personne probablement n'aurait pu le retrouver.

Heureusement, elle avait crié, ce qui avait sauvé l'homme qu'elle aimait! Mais elle avait la certitude que, lorsque le meurtrier allait être identifié, on s'apercevrait qu'il était aux ordres du prince Ahmadi. Elle avait pressenti que jamais un Oriental, après avoir été humilié comme il l'avait été quand lord Dorrington l'avait fouetté, ne renoncerait à se venger. Elle se disait avec un fatalisme désespéré que ce n'était qu'en faisant couler le sang que la haine existant entre ces deux hommes pourrait être apaisée.

Aline avait une impression étrange : il lui semblait que tout cela était déjà arrivé, que c'était une répétition du passé, une histoire très ancienne qu'elle avait déjà connue. « Mais, se disait-elle, cela n'a guère d'importance. L'essentiel est d'avoir pu sauver la vie de lord Dorrington. Reste à savoir si je réussirai à le sauver la prochaine fois où il sera attaqué? »

Son amour pour lui avait encore grandi depuis l'instant où elle avait failli le perdre. Elle songeait avec horreur que, s'il avait été tué, cela aurait été à cause d'elle et par sa faute, parce qu'elle avait surgi dans sa vie, parce qu'elle en avait modifié brutalement le cours paisible. S'il était mort, il n'aurait même jamais su qu'elle l'aimait.

Devant ce désastre, elle se répétait inlassablement : « Que pourrais-je faire? Comment faire pour le sauver? »

Un court instant, l'idée saugrenue d'aller trouver le prince Ahmadi et de lui offrir de se marier avec lui à la condition qu'il laisse tranquille lord Dorrington, l'effleura. Elle se rappela pourtant qu'il était trop tard pour avoir la possibilité de faire un tel sacrifice puisqu'elle était déjà la femme de lord Dorrington.

Sur ces entrefaites, la porte s'ouvrit. Elle leva la tête avec anxiété. Mais elle fut déçue : ce n'était pas lord Dorrington, mais le maître d'hôtel qui entrait.

Il s'approcha et dit :

– Je viens de la part de milord. Il y a eu un accident et Sa Grâce vous fait prévenir qu'il est allé chez le chef de la police.

– Est-ce loin? s'enquit Aline d'un ton détaché.

– Non, milady! Il habite à moins de sept kilomètres d'ici. Mais je ne suis pas certain que milord puisse être de retour pour l'heure du déjeuner.

– C'est sans importance : je l'attendrai.

– Bien, milady.

Jamais le temps n'avait paru s'écouler aussi lentement pour Aline. Elle marchait de long en large dans la bibliothèque. Elle prenait un livre et un autre, mais elle ne parvenait pas à lire une ligne ou bien elle ne retenait pas un mot de ce qu'elle lisait. Elle ne pouvait faire autre chose qu'attendre, et elle attendait anxieusement, toutes les fibres de son corps crispées par le désir de le voir revenir.

Elle commençait à prendre conscience de la gravité de cette affaire. Un homme avait été tué. Les magistrats ne manqueraient pas de réclamer des explications. Elle comprenait que lord Dorrington tenait à en supporter la culpabilité à sa place, ce qui la révoltait. Ce n'était pas difficile à saisir, en y réfléchissant : c'est pour cela qu'il l'avait renvoyée si rapidement à la maison après lui avoir pris le pistolet des mains et lui avoir enjoint de ne rien dire à personne!

Il serait le bouc émissaire. Il dirait qu'il avait tiré.

Personne ne refuserait de le croire! Qui s'attendrait à ce que le meurtrier soit une femme, n'est-ce pas? Aline rageait. Elle était parfaitement déterminée à dire la vérité. Elle ne voulait pas que lord Dorrington ait des ennuis. Elle ne voulait pas qu'il puisse souffrir à sa place. Et elle était prête à accepter n'importe quel châtiment, même si c'était la pendaison qui l'attendait.

Lorsqu'il rentra, elle se précipita à sa rencontre. Il vit immédiatement son anxiété et la pâleur de son visage et lui annonça, dès le seuil de la pièce :

– Tout va bien.

– Mais... l'homme était mort?

– Oui : il était bel et bien mort! C'était un très beau coup, vous savez, Aline !

Elle se récria :

– Mais je ne veux pas que vous endossiez la culpabilité de ce meurtre! Je vais aller dire au juge que c'est moi qui ai tiré! (Avant que lord Dorrington ait le temps de répondre, elle ajouta précipitamment, d'une voix plus timide :) Qu'est-ce que je risque : la pendaison, n'est-ce pas?

– Si c'était là le châtiment qui vous attend, persisteriez-vous à vouloir dire la vérité?

– Naturellement! Vous ne voudriez tout de même pas que je vous laisse punir à ma place!

Lord Dorrington scruta le visage d'Aline, comme s'il cherchait à comprendre ce que cachaient ses paroles, avant de lui donner quelques explications.

– Mais il n'est pas question de châtiment pour personne! Le chef de la police a parfaitement accepté la version des faits que je lui ai donnée.

– Alors... il n'y aura pas d'enquête?

– Absolument pas! Mon chapeau était là pour donner la preuve que j'avais été attaqué le premier.

– C'était un homme envoyé par le prince Ahmadi, n'est-ce pas?

– Cela ne fait aucun doute. C'était un étranger. Il avait la peau basanée. Le policier m'a dit que ce devait être un Malais ou un Hindou, et je n'ai pas cherché à le détromper.

– A-t-il été identifié?

– Rien n'a permis de le faire! Le prince avait bien pris ses précautions pour le cas où son tueur serait capturé : il était impossible d'établir la moindre relation entre lui et le crime commis.

Aline reprit son souffle :

– Et maintenant, que va-t-il arriver?

– Rien du tout! L'homme va être enterré ici, dans le cimetière paroissial. Le chef de la police s'est mis dans la tête que ce devait être un marin qui avait déserté. Il voulait me tuer pour s'emparer de ma chaîne de montre et de l'argent que je pouvais avoir sur moi; et, comme j'étais dans un endroit isolé du jardin, il aurait pu s'enfuir sans être aperçu... Voilà une solide explication, que j'ai trouvée très plausible, comme je l'ai dit aux policiers.

– Vous avez donc dit que vous étiez seul dans le jardin? murmura Aline à voix basse.

– Je ne voulais pas que vous soyez mêlée, en aucune façon, à une affaire aussi déplaisante! Maintenant, Aline, ce que je veux, c'est vous dire merci : vous m'avez sauvé la vie! En plus de son fusil, il avait un pistolet pour être certain de ne pas me manquer.

– J'ai seulement vu le canon du fusil qui dépassait des feuilles du buisson, soupira-t-elle.

– C'était un excellent tir, je le répète! dit-il d'un ton désinvolte.

– Quand je pense que cet homme aurait pu vous tuer! dit-elle d'un ton oppressé.

– Mais, grâce à vous, Aline, je suis sain et sauf! N'y pensez plus! Néanmoins, en revenant du poste de police, j'ai pris une décision.

– Laquelle? demanda-t-elle intriguée.

– Nous allons partir pour Londres immédiatement. Je ne veux pas rester ici à attendre que les assassins viennent faire des cartons sur moi, dans mon jardin!

– Mais je ne peux pas aller à Londres : je risquerais de rencontrer ma mère!

– J'ai déjà écrit à votre mère pour l'avertir. Je lui ai fait remettre ma lettre hier en main propre, annonça-t-il d'un ton flegmatique.

– Que lui avez-vous dit? se récria-t-elle, tout effrayée.

– Je lui ai annoncé que nous étions mariés et que l'avis de faire-part paraîtrait dans la *La Gazette* aujourd'hui. (Il ajouta négligemment :) Et aussi que j'étais disposé à lui verser une rente de mille livres par an et à lui donner une maison à Londres, tant qu'elle ne chercherait pas à vous revoir de son propre chef, à moins que vous ne l'ayez formellement invitée à le faire.

Aline avait le souffle coupé. Elle dit péniblement en rougissant :

– C'est... vraiment... plus que généreux de votre part!

– Tout ce qui compte pour moi, c'est que vous ayez la paix! Ne croyez pas que j'aie voulu vous dicter votre conduite envers votre mère. Mais j'ai simplement pensé que, dans l'immédiat, vous n'aviez guère envie de la voir et qu'il serait probablement plus sage d'éviter sa compagnie pendant quelque temps. Les récriminations et les discussions familiales sont toujours pénibles; et je ne souhaite pas que vous soyez encore bouleversée par cela.

Elle sourit, émue :

– Vous avez raison, j'en suis certaine. Cependant j'aurais préféré ne pas aller m'installer à Londres...

Il lui répondit avec fermeté :

– Je suis désolé, Aline, mais j'ai déjà donné l'ordre à votre chambrière d'emballer vos vêtements. Je dois remettre à plus tard le plaisir de vous faire visiter le domaine et le château.

Au ton de sa voix, Aline comprit qu'il avait pris une décision irrévocable et ne reviendrait pas dessus, quoi qu'elle tentât de dire. Elle constatait qu'il y avait un côté inflexible dans son tempérament et elle comprit qu'il était trop sûr de soi pour non seulement n'accorder aucune attention aux arguments qu'elle avait à lui opposer, mais encore les juger puérils.

Il y avait tant de choses qu'elle eût voulu pouvoir lui dire, mais qu'elle gardait pour elle... Elle se décida à demander :

– Comment allons-nous voyager?

– Comment avez-vous envie de le faire? demanda-t-il doucement.

Un léger sourire errait sur ses lèvres. Il semblait content d'avoir pu gagner la bataille sans avoir eu à discuter. Pleine de bonne volonté, elle demanda :

– Que pensiez-vous faire?

– Personnellement, je préférerais, bien entendu, prendre le phaéton, surtout par ce beau temps! Mais vous, vous aimeriez peut-être mieux voyager dans une voiture plus confortable?

– Non : je déteste être enfermée! Votre phaéton permet de rouler très vite; prenons-le! dit-elle sans hésiter.

Elle était poussée par la peur qui l'avait assaillie : elle craignait que des tueurs ne soient postés sur leur route pour tirer sur eux au passage. Elle essaya de se gourmander une fois de plus d'être si ridiculement peureuse.

Néanmoins, ce n'était plus pour elle-même qu'elle s'effrayait; désormais c'était pour l'homme qu'elle aimait. Elle se disait, non sans raison, que la mort du premier assassin ne supprimait nullement la menace que le prince faisait peser sur la vie de lord Dorrington. Il était à même de leur envoyer autant de tueurs à gages qu'il lui plairait. Qui pouvait savoir? Peut-être allait-il en poster partout sur leur chemin? Jamais ils ne pourraient être certains désormais qu'il n'y aurait pas un assassin les guettant partout où ils se trouveraient : sous leur lit, derrière les portes, dans tous les buissons, au détour de toutes les allées.

Elle n'avait nullement rêvé la nuit précédente quand elle avait dit à lord Dorrington que quelqu'un cherchait à le tuer, et qu'il pouvait être assassiné dans son lit, pendant son sommeil. Ce n'était même plus une hypothèse : c'était une certitude!

« Le prince Ahmadi n'abandonnera jamais ses projets de vengeance, il voulait la mort de lord Dorrington : c'est certain », se répétait désespérément Aline.

C'était sa conviction profonde. Cependant, elle savait aussi que, si elle tentait d'en parler à lord Dorrington, celui-ci la jugerait trop imaginative; et qu'en outre, il finirait par trouver insolite qu'elle se montre si bouleversée à l'idée que sa vie soit en danger.

« Dire qu'il vivait si tranquillement jusqu'au jour où je suis entrée dans sa vie! » constatait-elle avec désespoir. Elle se demandait comment elle pourrait jamais parvenir à réparer tout le mal qu'elle lui avait fait.

N'ayant rien trouvé qu'elle eût pu dire sans aggraver les choses, elle monta dans sa chambre. Elle avait le cœur chaviré et, tout en montant le grand escalier de chêne sculpté, elle faisait des prières pour revenir un jour à Dorrington Park avec lui.

Elle était hantée par la pensée que, si jamais le prince Ahmadi mettait à exécution ses sinistres projets et parvenait à ses fins, lord Dorrington ne serait plus là pour décider de quitter Londres. Ce serait seule et veuve qu'elle risquait de revenir sur le lieu de leur étrange mariage.

« Une veuve qui n'aura même jamais été une femme! » se disait-elle avec amertume, tout en luttant contre les larmes qui lui montaient aux yeux.

– Comme vous êtes pâle, milady! remarqua gentiment l'une des chambrières venue pour l'aider à faire ses bagages.

Elle avait aidé Aline à changer sa robe de jardin contre un costume de voyage et mettait en place sur sa tête un chapeau très élégant. C'était une petite capote qu'on attachait sous le menton avec de larges rubans de satin.

– Ce doit être la chaleur..., répondit Aline d'un ton détaché.

La chambrière reprit avec une certaine curiosité :

– Avez-vous entendu parler de l'accident, milady?

– Quel accident? s'étonna paisiblement Aline qui essayait de garder tout son sang-froid.

– Ce fou qui a essayé de tirer sur milord dans le jardin, ce matin. Heureusement que Sa Grâce avait son pistolet sous la main et a pu tirer sur lui! (Comme Aline ne faisait aucun commentaire, la femme poursuivit avec un enthousiasme véhément :) C'est que milord est un sportif extraordinaire aussi! Les gardes-chasse disent qu'ils n'ont jamais connu un gentilhomme ayant un si bon coup de fusil, vous savez!

Aline remarqua simplement :

– Je suppose que lord Dorrington doit chasser énormément, n'est-ce pas?

– Oh! oui, milady! Nous avons de belles parties de chasse, au château, à l'automne! Alors il n'y avait pas beaucoup de chances pour qu'un pauvre fou de vagabond arrive à tuer milord, voyez-vous!

– Non, bien sûr! dit avec une feinte impassibilité Aline.

Mais, au fond d'elle-même, elle pensait avec désespoir qu'il pouvait ne servir à rien d'être un tireur d'élite, quand on avait à se défendre en permanence contre des tueurs qui vous guettaient dans l'ombre et pouvaient, à tout instant, surgir et vous attaquer par surprise.

« Je l'aime! Oh! comme je l'aime! Sauvez-le! Protégez-le, mon Dieu! » priait-elle tout bas en quittant le château.

Dans son anxiété pour celui qu'elle aimait, elle s'oubliait totalement elle-même; elle n'avait plus peur du prince.

Elle avait tellement oublié les sentiments qu'il lui inspirait qu'elle passa une partie du trajet à remuer dans sa tête le projet d'aller voir le prince Ahmadi pour le supplier d'épargner la vie de lord Dorrington. Elle présumait que ce serait une entrevue horrible; mais elle se disait qu'elle ne pouvait pas rester les bras croisés quand elle savait la vie de l'homme qu'elle aimait en danger, alors que c'était pour l'avoir défendue avec un dévouement chevaleresque qu'il risquait d'être assassiné.

Tout en réfléchissant douloureusement, Aline guettait du coin de l'œil son compagnon, prenant garde à ce qu'il n'en remarquât rien. Elle prenait plaisir à admirer le brio avec lequel il menait les quatre chevaux qu'il avait fait atteler à leur voiture.

Elle n'avait jamais imaginé qu'il fût possible de conduire si vite avec une telle maîtrise et une telle précision. Pas un instant, elle ne craignit un accident. Lord Dorrington avait à peine ralenti l'allure des bêtes, quand ils avaient atteint les faubourgs de Londres et pénétré dans les voies où la circulation devenait beaucoup plus dense que sur la grand-route. Elle observa qu'il avait l'air parfaitement heureux. Elle en était toute surprise. Il lui semblait qu'il aurait dû être tourmenté par la menace pesant sur lui comme l'épée de Damoclès.

Il fit arrêter l'attelage avec un grand geste élégant devant la porte d'honneur de sa maison. Le maître d'hôtel, entouré des laquais, les attendait sur le seuil. Dès qu'ils les avaient aperçus, les domestiques avaient déroulé un grand tapis rouge sur les marches et sur le trottoir jusqu'à la voiture. Un valet aida Aline à descendre du phaéton.

– Je vous souhaite la bienvenue, milady, dit le maître d'hôtel en s'inclinant très bas. Toute la maisonnée me charge de vous transmettre nos félicitations et nos vœux de bonheur.

Il s'était passé tant de choses depuis leur mariage qu'Aline avait déjà oublié combien il était récent et quelle surprise il avait dû causer parmi les domestiques de lord Dorrington. Rapidement revenue de son étonnement, elle remercia le maître d'hôtel. Puis lord Dorrington la conduisit dans un salon qui donnait sur les jardins, derrière la maison.

Ils s'y trouvaient depuis quelques minutes à peine lorsque survint un petit homme grisonnant, entre deux âges, avec une grosse de liasse de papiers. Il se confondit en excuses :

– Pardonnez-moi de venir vous déranger, milord.

– Tiens : c'est vous, Greyshott! s'écria lord Dorrington avant de se tourner vers Aline. Il faut que je vous présente Mr Greyshott : mon secrétaire particulier. Il a toute ma confiance! Toute la bonne marche du domaine et de ma maison repose sur ses épaules. C'est l'homme le plus efficace qui soit!

Mr Greyshott s'inclina, puis il s'adressa à lord Dorrington :

– Il y a un message de Carlton House, milord. Son Altesse serait heureuse de vous recevoir à dîner, ce soir, avec milady. Il souhaite, en outre, que vous alliez le voir cet après-midi, dès votre arrivée.

– Eh bien, dans ce cas, j'y vais immédiatement! déclara sans hésiter lord Dorrington.

Aline l'interpella, complètement affolée :

– Nous allons dîner là-bas ce soir?

– C'est un honneur : une invitation royale ne peut être refusée, dit-il en souriant du désarroi d'Aline. (Il ajouta d'un ton encourageant :) Mettez votre plus jolie robe, Aline! Quand vous l'aurez choisie, Mr Greyshott sortira les bijoux de famille pour vous les montrer. Vous verrez : il y a des parures qui peuvent être assorties aux toilettes les plus diverses.

Mr Greyshott approuva en hochant la tête avec respect :

– C'est exact, milord.

Lord Dorrington se pencha sur la main d'Aline pour y déposer un baisemain conventionnel.

– Vous aurez largement le temps de vous reposer avant l'heure du dîner. Je tiens à ce que vous soyez à votre avantage ce soir, dit-il en la quittant.

Aline aurait bien voulu retenir sa main dans la sienne et le supplier de ne pas sortir; ou, tout au moins, d'inventer une excuse pour éviter le dîner à

Carlton House. Elle avait l'impression d'être emportée par le flux d'une marée incoercible, trop faible pour lutter contre les flots, comme si elle allait se noyer.

Elle se sentait absolument désemparée. Elle avait bien envisagé, en se mariant avec lord Dorrington, qu'elle devrait un jour rencontrer ses amis et même être présentée au prince de Galles qu'il fréquentait assidûment. Mais elle n'avait pas pensé que cela se produirait aussi rapidement.

Les choses se précipitaient trop à son gré. Depuis trois jours, tout s'était succédé avec une rapidité déconcertante : sa fuite, son mariage, l'attentat contre lord Dorrington, le retour à Londres. Elle se sentait toute petite, étrangement faible et mal adaptée à sa nouvelle vie, incapable d'agir avec efficacité.

– J'aurais préféré ne pas aller dîner à Carlton House dès ce soir! dit-elle involontairement à voix haute, sans même s'en rendre compte.

Mr Greyshott ne pouvait pas ne pas l'entendre. Il répliqua sur un ton encourageant :

– Je suis certain que vous trouverez cette soirée très intéressante, milady. Cette maison est splendide...

Il devina qu'elle avait besoin d'être réconfortée et remarqua son expression tragique, son regard éperdu et son sourire désenchanté, bien surprenants chez un être aussi jeune; aussi ajouta-t-il pour la consoler :

– Et puis, pardonnez-moi de me permettre de vous dire cela, milady, mais vous serez certainement la plus belle de toutes les femmes qui dîneront ce soir à Carlton House!

– Belle? s'étonna-t-elle.

– Mais oui : réellement, milady! Les bijoux de la famille vont encore rehausser votre beauté. J'avais toujours pensé qu'ils ne pourraient jamais être portés par une femme plus belle que la mère de lord Dorrington. Mais, aujourd'hui, en vous voyant, je m'aperçois que je m'étais trompé.

Cet homme parlait avec un respect si marqué qu'il était impossible de prendre ses paroles pour une impertinence, aussi Aline se sentit toute réconfortée. Elle se mit à sourire tout en grimpant l'escalier; et, quand elle entra dans la chambre qui lui avait été attribuée, elle se sentit envahie par une sorte de joie toute nouvelle pour elle.

Elle découvrit avec stupeur qu'en dépit de la hâte avec laquelle ils avaient quitté la campagne, lord Dorrington avait réussi à tout organiser pour leur arrivée à Londres. Il avait une présence d'esprit absolument extraordinaire! Les robes qui auraient dû être livrées à Dorrington Park avaient été apportées à Londres et attendaient Aline, étalées sur le lit!

Elle trouva là le costume d'amazone et une demi-douzaine de toilettes variées. Il y avait trois robes du soir si extraordinaires et si somptueuses qu'elle eut bien du mal à choisir.

C'était une occasion exceptionnellement importante. Lord Dorrington allait présenter à tous ses amis une épouse dont aucun n'avait entendu parler! Le pire était qu'ils ne s'attendaient pas à ce que lord Dorrington leur présente jamais aucune épouse!

– Il faut vraiment que je sois la plus belle possible! dit-elle à mi-voix.

Son choix se porta finalement sur une robe en gaze bleu nuit, qui ferait ressortir la pâleur exquise de son teint et mettrait en valeur la teinte de ses cheveux.

– Il faudra mettre des saphirs et des diamants avec cette robe, lui déclara Mr Greyshott qu'elle avait fait appeler pour solliciter son avis.

Il redescendit avec la chambrière pour aller chercher les bijoux. Ils revinrent, porteurs d'un coffret, et, quand ils l'ouvrirent, ce fut la plus merveilleuse des parures qu'Aline eût jamais vues. C'était un diadème orné de gros cabochons de saphirs sertis de diamants, un lourd collier, des pendants d'oreilles, une broche, et plusieurs bracelets montés de la même manière.

– Je ne crois pas que je mettrai la broche. Ce serait trop surchargé, dit Aline.

– Oh! non, milady! s'écria la femme de chambre, votre robe est tellement simple.

– C'est presque une tunique grecque, murmura Aline, en arrangeant les étroites bretelles qui se croisaient sous la poitrine et retenaient les drapés sur les épaules.

Une seule chose la préoccupait : lord Dorrington allait-il approuver son choix? L'admirerait-il? Serait-il, ou non, fier d'elle, comme il lui avait dit une fois qu'il prétendait devoir l'être? Elle se souvenait encore de leur conversation; elle lui avait dit :

« Vous aurez honte de moi, partout où vous irez. » Et il lui avait répondu avec une conviction qui semblait surprenante : « Jamais de la vie! Et je serai, au contraire, fier de vous présenter à tous mes amis! »

Aline tenait tellement à paraître jolie pour cette soirée qui resterait unique dans sa vie qu'elle décida de se reposer et elle s'allongea sur son lit après que sa femme de chambre l'eut aidée à se déshabiller.

La pièce dans laquelle elle se trouvait était très différente de la chambre qu'elle avait occupée à Dorrington Park. Ce n'était pas un lit ancien à colonnes. C'était un de ces vastes lits à la mode, dits « à l'ange », dont le dosseret de tête, particulièrement luxueux, était une immense coquille en argent ciselé. De magnifiques rideaux de soie bleu pâle l'enveloppaient de toutes parts, tombant jusqu'au sol depuis le dais circulaire fixé au plafond.

Aline pensa qu'au milieu de ces flots de soie bleue, elle était toute semblable à la fameuse Vénus sortant des eaux... La chambrière avait refermé les rideaux. Bien à l'abri, elle jouissait enfin d'un sentiment de calme parfait.

Elle allait se laisser gagner par le sommeil lorsqu'elle pensa brusquement que lord Dorrington était, lui, en danger puisqu'il était sorti; et elle commença à se tourmenter. Certes, il n'était pas allé loin : Carlton House était tout près. Mais le prince Ahmadi pouvait avoir prévu cette sortie et posté l'un de ses sbires dans Beverley Square pour le guetter. Elle frissonna tout en faisant les pires suppositions.

« Comment supporter une telle angoisse? Va-t-il falloir vivre sous cette perpétuelle menace jusqu'à la fin de ma vie ? se demandait-elle en se retournant dans son lit.

9

Aline monta la première dans le carrosse. Lord Dorrington la suivit et, quand ils furent installés côte à côte à l'intérieur, le laquais leur couvrit les jambes avec une couverture de fin cachemire.

Une fois la portière refermée, les chevaux s'élancèrent en direction de Piccadilly.

Aline se souvenait de la première fois où elle s'était trouvée seule avec lord Dorrington à l'intérieur d'une voiture fermée : c'était le jour, peu éloigné, où il l'avait enlevée pour la soustraire au prince Ahmadi. Ce soir-là, en quittant la maison d'Hertford Street, elle était uniquement préoccupée par la situation tragique dans laquelle elle se trouvait et par la terreur qu'elle éprouvait envers le prince, si bien qu'elle était sourde et aveugle à l'égard de tout ce qui l'entourait.

Mais ce soir, en revanche, elle ne pensait qu'à lord Dorrington et rien ne venait la distraire de son compagnon. Pour la première fois, elle faisait l'expérience de la grande intimité qui se crée pour ceux qui se trouvent ensemble à l'intérieur d'une voiture fermée. Ils étaient assis tout près l'un de l'autre sur la banquette capitonnée. Elle voyait de très près le visage de lord Dorrington éclairé par la flamme tremblotante de la lanterne accrochée au-dessus du petit strapontin vide en face d'eux.

Le carrosse n'était pas grand. Aline se demandait comment faisaient les femmes quand la mode était aux larges jupes à panier. Déjà, son genou touchait presque celui de son compagnon alors qu'elle ne portait qu'une mince tunique à la grecque en gaze souple.

Il lui demanda tout à trac :

– Vous sentez-vous nerveuse?

Tout étonnée, elle tourna la tête vers lui.

– Comment avez-vous pu le deviner?

– Lorsque vous êtes effrayée ou lorsque vous avez de l'appréhension, je m'en aperçois toujours! Mais je voudrais que vous soyez joyeuse ce soir. J'espère que mes amis vous plairont et que vous vous amuserez!

– Est-ce que nous allons en rencontrer beaucoup à ce dîner? demanda-t-elle.

– Je crois que ce sera plutôt un dîner intime; enfin, intime pour Carlton House, s'entend! Il y aura environ une trentaine d'invités seulement.

– Croyez-vous que je sois suffisamment élégante? demanda-t-elle timidement.

Lord Dorrington sourit.

– Aurais-je donc omis de vous dire que vous aviez

magnifique allure et que vous étiez vraiment très jolie?

Aline frissonna : c'était la seconde fois qu'il lui disait son admiration, et elle sentait qu'il était vraiment sincère ce soir-là. Mais elle maîtrisa rapidement son sursaut d'espoir en se disant qu'il était fort capable de lui dire qu'il l'admirait, simplement parce qu'il avait deviné qu'elle souhaitait qu'il le pensât.

Aussi elle ne répondit pas; lord Dorrington fut le premier à rompre le silence :

– Lorsque je vous ai vue ainsi parée, je me suis immédiatement demandé si vous aviez choisi les saphirs parce que vous escomptiez que ces pierres pourraient éventuellement vous avertir en cas de danger. Est-ce pour cela?

– Tiens : vous vous souvenez de ce que je vous ai raconté au sujet des saphirs!

– Mais je me souviens de tout ce que vous me dites, Aline! répliqua-t-il avec simplicité. Vous m'avez expliqué que les saphirs avaient la propriété de changer de couleur lorsque la personne qui les porte est près de mourir, ou si elle se trouve en péril...

Elle prit un ton dubitatif :

– Je vous ai raconté ce que j'ai lu dans un des livres de mon père : oui, mais je me demande si c'est exact...

Tout en parlant, elle avait étendu la main devant elle de façon à faire jouer la lumière sur le gros cabochon qui ornait sa main gauche. Dans la semi-obscurité de la voiture, le saphir prenait un aspect sombre et mystérieux. Après l'avoir examiné d'un air rêveur, Aline dit d'une voix lente et mesurée :

– Au fond, je ne crois pas que j'aie la moindre envie d'en faire l'expérience.

– Tout va bien, vous pouvez en être tout à fait sûre, rétorqua-t-il vivement.

Aline eut un petit pincement au cœur : « Comme il est optimiste : beaucoup trop optimiste! Alors qu'en cet instant même, un assassin nous attend peut-être, posté à la porte de Carlton House! »

Elle se mit à frissonner. Mais elle s'était juré de ne plus jamais l'importuner avec ses craintes, et elle se tut résolument malgré son angoisse.

Lord Dorrington revint à son idée :

– Peu importe la raison pour laquelle vous avez choisi ces bijoux; cette parure de saphirs vous sied à merveille.

Aline soupira :

– Ces pierres magnifiques sont d'un effet impressionnant. Mr Greyshott m'a dit qu'il y avait des pierres de toutes les variétés dans vos bijoux de famille : des diamants, des émeraudes, des turquoises... et... des rubis.

Elle avait hésité à prononcer les derniers mots qui évoquaient un si mauvais souvenir pour elle. Elle ajouta :

– Ceux-là, je ne les mettrai jamais!

Lord Dorrington lui répondit d'un ton sec :

– Je ne le souhaite pas. Les rubis vous iraient très mal, étant donné la couleur de vos cheveux!

Il y eut un petit silence.

– Mr Greyshott vous a-t-il dit que les saphirs étaient la pierre préférée de ma mère? demanda lord Dorrington.

– Mais non : il ne m'en a rien dit! Oh! Est-ce que cela vous contrarie que je les aie mis ? s'exclama-t-elle franchement désolée.

Elle le regardait, navrée, pleine d'appréhension. Il cherchait, lui aussi, son regard et lui répondit, très posément, en plongeant ses yeux dans les siens :

– Pas du tout! J'avais toujours espéré que la femme

que j'épouserais aimerait porter ces saphirs et qu'ils lui iraient bien!

Aline eut l'impression que c'était une phrase à double sens, et qu'il voulait lui faire comprendre quelque chose. Mais elle se dit, cette fois encore, qu'elle avait grand besoin de refréner son imagination.

Le carrosse roulait maintenant sur le Mail. On approchait de Carlton House. Aline se pencha à la portière pour inspecter les alentours. Elle avait hâte de voir de près cette fameuse demeure qui était le sujet de tant de controverses depuis que le prince de Galles avait entrepris de la restaurer, seize ans auparavant.

Tout le monde, en Angleterre, du plus humble au plus noble, était tenu au courant par les caricatures et les journaux qui s'acharnaient à décrire les dépenses somptuaires et les extravagances du prince héritier. Il était vrai que Carlton House avait été remis en état contre la volonté du roi, et sans souci des sommes fabuleuses que coûteraient les travaux.

On y faisait des améliorations toujours plus luxueuses. Les maisons voisines avaient été peu à peu rachetées, puis démolies pour ajouter des ailes à la demeure. On avait fait venir de France les plus habiles artisans de toutes les corporations : des décorateurs, des ébénistes, des sculpteurs, des doreurs, pour travailler sur le chantier, et maintenant on disait partout que la résidence du prince de Galles était la plus belle de tout le royaume.

Leur carrosse s'étant arrêté derrière un autre d'où descendaient un groupe d'invités, Aline en profita pour examiner la façade avec son portique à colonnes.

– C'est beaucoup plus grand que je ne le pensais, dit-elle.

– On a comparé cette demeure au château de Versailles et le comte de Munster prétend même qu'elle rivalise avec les palais de Saint-Pétersbourg, fit remarquer lord Dorrington. (Il ajouta d'un ton cynique :) Beaucoup de gens trouvent aussi que cette opulence un peu ostentatoire est assez vulgaire!

Cette conversation n'avait pas calmé les appréhensions d'Aline. Elle se sentait abominablement intimidée en traversant le vaste hall, puis en montant le somptueux escalier derrière le laquais en tenue de grand apparat qui les guidait avec cérémonie. Elle jetait des regards inquiets dans les hauts miroirs devant lesquels ils passaient pour regarder l'aspect du couple distingué dont ils reflétaient l'image.

La sobre élégance de lord Dorrington, avec sa culotte blanche courte et son habit à longues basques admirablement coupé, était le parfait complément de la petite silhouette gracile drapée dans la tunique à la grecque bleu foncé sur laquelle étincelaient les admirables joyaux de la famille Dorrington.

Aline pouvait admirer le flamboiement cuivré de ses cheveux roux, la blancheur de son long cou gracile, dont la beauté agressive était tempérée par l'expression timide de ses yeux verts.

Elle se débarrassa de sa cape de velours qu'elle remit à un valet. Puis ils montèrent l'escalier et traversèrent une vaste pièce qu'Aline devina être le salon de musique, avant de pénétrer dans le grand salon, dit salon chinois.

Tout le mobilier avait été acquis en Chine même, par un agent du prince qui avait été envoyé exprès en mission. Par la suite, Aline devait apprendre que les lanternes, à elles seules, avaient coûté une véritable fortune.

Mais, en cet instant, la seule chose qui retenait son

attention, c'était la foule considérable des invités qui se pressaient dans la pièce. Rien dans sa vie, ni les sorties qu'elle avait faites lors de son séjour à Bath ni les quelques bals auxquels elle avait assisté à Londres, rien ne l'avait préparée à ce qu'elle avait à affronter dans ce salon. Les membres les plus huppés de la haute société anglaise étaient tous là devant ses yeux, gravitant autour du prince de Galles en personne.

Tous ces gens semblaient beaucoup plus élégants, beaucoup plus beaux, beaucoup plus joyeux que tout le reste du monde. Aline n'en croyait pas ses yeux.

Elle découvrit enfin, au milieu d'eux, le prince de Galles. Il ne lui parut ni très beau ni très distingué d'allure, mais seulement très imposant et très corpulent.

La jeune fille n'avait jamais rien entendu dire sur lui. Les portraits et les dessins qu'elle avait vus, comme tout le monde, ne pouvaient pas lui faire prévoir qu'elle allait se trouver en face de quelqu'un d'aussi altier et en même temps d'aussi séduisant. Lord Dorrington n'avait pas pensé à l'avertir que le sourire du prince était irrésistible.

– Ainsi, vous avez épousé notre célibataire le plus endurci de tout le royaume, dit-il à Aline.

– Oui, Sire.

– Eh bien, je dois féliciter sincèrement lord Dorrington. Je n'arrive pas encore à comprendre comment il a pu faire pour réussir à découvrir une créature aussi exquise que vous! Il est vrai qu'il s'est rendu célèbre par sa façon de dénicher des trésors quand personne ne s'y attend!

– Je me sens très honorée, Sire..., balbutia Aline qui ne savait plus quoi dire.

Le prince se tourna vers lord Dorrington :

– Votre épouse est aussi belle que mon dernier

Titien! Ah! Dorrington, comme toujours, vous aviez raison : le conservateur de la National Gallery a confirmé votre identification. C'est bien un Titien! Et l'une de ses meilleures œuvres!

Lord Dorrington souriait :

– J'en suis heureux, Sire! Mais vous avez eu un flair extraordinaire en reconnaissant ce chef-d'œuvre caché sous la saleté et la poussière et que les experts n'avaient pas su découvrir pendant des dizaines d'années!

Le prince jubilait :

– Il est très rare que je me trompe, Dorrington! Et je me dois de dire que vous non plus! Vous êtes comme moi. (Il regarda Aline avec des yeux pétillants :) Vous pouvez vous fier au jugement de votre mari! C'est toujours ce que je fais, et je ne le regrette jamais!

– Je suivrai votre conseil, Sire, murmura Aline.

Le prince les quitta pour aller accueillir les invités qui arrivaient. Aline leva les yeux vers lord Dorrington. Elle constata d'un ton plein d'admiration :

– Il vous aime beaucoup.

– Nous sommes de très vieux amis, répliqua lord Dorrington.

Il lui présenta aussitôt lord Alvanley et lord Worcester. L'un comme l'autre se mirent à l'examiner de la tête aux pieds d'un œil critique, comme s'ils cherchaient à la prendre en défaut. Finalement ils lui firent des compliments qui paraissaient sincères.

Avant de quitter le salon pour passer dans la salle à manger, lord Dorrington glissa à l'oreille d'Aline :

– Vous avez beaucoup de succès.

Puis on l'appela pour lui indiquer sa cavalière, qui n'était évidemment pas sa femme. Ce fut lord Alvanley qui offrit son bras à Aline pour passer à table.

– Votre époux nous a causé une énorme surprise,

croyez-moi! lui dit-il tout en la conduisant vers la porte du salon.

– Sans doute parlez-vous de notre mariage?

– Pour vous dire la vérité, j'ai tout d'abord cru que c'était une plaisanterie, lorsque Worcester me l'a annoncé au *White's Club* ce matin. Il a fallu que je lise le faire-part dans *La Gazette* pour y croire. (Comme Aline ne répondait rien, il reprit :) Naturellement, comme vous pouvez vous en douter, nous sommes consumés par la curiosité! Nous sommes tous là à nous demander où vous vous êtes rencontrés et depuis quand vous vous connaissez...

Aline sourit :

– Alors, je crois qu'il vous faut demander à mon mari de vous raconter tous nos secrets!

– Ce qui revient à dire que nous ne les connaîtrons jamais! s'exclama lord Alvanley. Car si quelqu'un sait garder le silence, c'est bien Ulric! Nous étions à Eton ensemble et nous sommes restés liés depuis cette époque. Je pense être son meilleur ami! Eh bien, je ne sais rien de plus que le premier venu n'en sait sur lui! C'est un garçon très secret, voilà la vérité! D'ailleurs c'est toujours ce que dit Son Altesse à son sujet.

Aline continuait à sourire aimablement.

– Comme je suis heureuse de ce que vous me dites! Car j'estime qu'un homme qui se livre trop facilement, ou qui se laisse deviner au premier coup d'œil, peut s'attirer de graves ennuis dans l'existence. Il risque de devenir rapidement un importun.

– Je me demande si vous n'êtes pas en train de vous moquer de moi? demanda piteusement lord Alvanley.

Aline éclata de rire.

– Mais non! Pas du tout! Je ne pensais pas à vous en disant cela!

– Mais vous ne pouvez rien me dire de plus méchant! badina-t-il galamment, car nous allons tous beaucoup penser à vous, lady Dorrington!

– Pourquoi donc? fit-elle toute surprise.

– Est-il vraiment nécessaire que je réponde à cette question? Si oui, c'est que vous avez oublié de vous regarder dans la glace avant de partir.

Ce compliment fit sourire Aline.

– Quel flatteur vous faites!

– Absolument pas! Je dis la vérité! Vous êtes belle : d'une beauté stupéfiante! Tout ce que je peux faire, c'est envier lord Dorrington qui vous a découverte avant nous!

Lord Alvanley continua à flirter aimablement avec Aline durant tout le repas. Quand elle pensa qu'il lui fallait aussi s'entretenir avec son voisin de droite, elle s'aperçut que c'était lord Worcester.

A son tour celui-ci se montra encore plus prodigue de compliments. Il commença par gémir plaisamment :

– Pas un seul, parmi nous, ne se doutait que votre mari avait donné son cœur à quelqu'un! Encore moins qu'il avait opté pour le saint état du mariage! On aurait tout de même pu s'attendre à ce qu'il se confiât à l'un de ses plus vieux amis avant de commettre un tel acte : quel coup au cœur pour nous tous quand nous l'avons appris!

– Seriez-vous tellement ennemi du mariage, milord? lui demanda Aline.

– Je ne le serais pas, si j'avais la chance de pouvoir épouser une jeune personne aussi charmante que vous! rétorqua lord Worcester.

Le dîner se déroulait lentement tandis qu'ils bavardaient : plus de vingt-cinq plats figuraient au menu! Le vin coulait à flots. La timidité d'Aline finit par s'effacer, et elle fut enfin en état d'apprécier la soirée.

Par ses dimensions, sa décoration et la brillante assemblée des convives réunis là, la salle à manger lui paraissait vraiment imposante.

Lord Worcester lui apprit toutes sortes de choses intéressantes. Il lui raconta comment la duchesse de Devonshire, qui assistait au dîner, avait incité le prince de Galles à faire aménager les communs et tout le quartier du palais réservé aux domestiques suivant des conceptions toutes nouvelles de confort et de salubrité. Il approuvait avec enthousiasme cette initiative :

– J'avais toujours pensé, pour ma part, que l'étage des domestiques devait être convenablement aménagé. A Londres, dans la plupart des maisons, on les relègue dans des sous-sols humides et dans les greniers où il fait glacial en hiver. Et après, on s'étonne d'avoir du mal à trouver de bons serviteurs!

Aline approuva. Elle se souvenait de ce qu'elle avait toujours entendu dire chez elle. Lady Maud estimait que « n'importe quoi était bien suffisant pour les domestiques ». Elle n'avait pas eu l'occasion ni le temps de le vérifer; mais elle était persuadée, en y pensant, qu'à Dorrington Park, la domesticité devait être bien traitée. Elle ne savait pas au juste ce qui le lui donnait à penser, mais elle se sentait certaine que lord Dorrington n'était pas homme à négliger le confort de ceux qui le servaient et à ne se soucier que du sien propre.

Lorsque le dîner fut terminé, les dames quittèrent la table pour aller s'installer dans un salon voisin. Comme il n'y avait pas de maîtresse de maison, la duchesse de Devonshire en remplissait les fonctions.

Elle s'adressa très vite à Aline :

– Nous avons tous été très heureux d'apprendre la nouvelle de votre mariage. Votre mari est très apprécié à Londres. Ce n'est pas seulement l'homme le plus élégant de la ville; c'est aussi le meilleur des hommes.

– Et, bien entendu, il a piétiné des multitudes de cœurs féminins qui palpitaient pour lui! s'empressa d'ajouter perfidement une jolie brune très pétulante.

Cette femme était tellement belle qu'Aline se sentit transpercée par la jalousie. « Peut-être a-t-elle tenté de se faire aimer de lui? » pensa-t-elle avec dépit.

La duchesse de Devonshire coupa d'un ton léger :

– Jusqu'à ce jour, lord Dorrington avait tenu bon. Il a résisté à toutes nos cajoleries et à tous nos efforts pour le séduire! Il ne nous reste donc plus qu'à nous incliner devant vous, lady Dorrington : sans conteste vous nous surpassez toutes par la beauté comme par l'intelligence, puisque vous avez réussi là où nous avons toutes échoué!

Aline rougit violemment. Elle se sentait blessée au vif par l'ironie du sort. « Comme ces femmes sont loin, malheureusement, de la vérité! » pensait-elle.

Lorsque les hommes vinrent les rejoindre, le prince de Galles vint s'asseoir auprès d'Aline.

– Je suis certain que vous seriez contente si je vous montrais un peu mes trésors, puisque vous n'avez encore jamais visité Carlton House, lui dit-il.

– Ce serait un très grand honneur pour moi, Sire, et j'en serais ravie!

– Après tout, il fait très chaud, cette nuit. Nous pourrions aller nous installer dans la serre. Ce serait plus agréable. Je viens de recevoir de nouvelles plantes de Chine. Elles sont rarissimes et on n'en a jamais vu en Europe. Vous pourriez les admirer à loisir.

– J'aimerais beaucoup les voir! s'écria Aline.

Le prince était toujours disposé à faire les honneurs de sa demeure. Il s'empara d'Aline et la guida à travers les salons en prenant plaisir à lui montrer tous les objets d'art qu'il avait acquis récemment. Il semblait très content de l'entendre se récrier d'admiration sur la beauté et la rareté des choses qu'il possédait.

Les services en porcelaine de Sèvres la plongeaient dans le ravissement. Leurs décors bleus et roses qui semblaient empruntés à un conte de fées l'enchantaient. La collection de peintures, et tout particulièrement les tableaux des maîtres hollandais que le prince avait acquis depuis peu, la laissèrent muette d'admiration. On les avait accrochés à la hauteur des yeux. Ils étaient éclairés de façon parfaite.

Aline était si émerveillée qu'elle avait fini par épuiser toutes les ressources de son vocabulaire pour exprimer son admiration quand ils pénétrèrent dans le jardin d'hiver.

Cette serre était, en elle-même, quelque chose de fantastique par le style de la construction. Le prince avait fait édifier une sorte de cathédrale gothique, avec des piliers, de hautes fenêtres, un plafond en mosaïque et un sol dallé de marbre. Avec ses grosses lanternes surchargées d'ornements, elle ne ressemblait à rien de ce que connaissait Aline.

La majorité des plantes étaient exotiques. On voyait des orchidées de toute espèce et de toute couleur, des azalées, des cactées bizarres, des lys tropicaux. Tout cela avait été rapporté du bout du monde, mais les plantes étaient si attentivement soignées qu'elles s'épanouissaient là, sur un sol étranger. Le prince était tout aussi intarissable quand il parlait de ses plantes que lorsqu'il commentait sa collection de peintures.

Aline était agréablement surprise. Elle venait d'avoir l'occasion de découvrir les remarquables qualités dont était doté le prince de Galles. Elle se disait qu'il était vraiment dommage que la grande majorité du peuple anglais qui s'acharnait à le critiquer, à dénoncer ses goûts extravagants et sa conduite ridicule avec Mrs Fitzherbert, méconnût aussi les qualités qui en faisaient un homme de valeur. Il était très érudit, sans pédanterie. Il était brillant et avait de l'humour, sans méchanceté. Il ne cherchait pas à rabaisser les autres.

Aline se demandait si ce n'était pas à cause de cette intelligence et de cette légèreté que son père, le roi George III, le haïssait tant. Tout en l'écoutant raconter, avec beaucoup d'esprit, l'histoire passionnante de l'acquisition d'une fleur des Alpes, elle se dit qu'il lui fallait faire de nombreuses lectures pour approfondir le problème.

Le prince s'arrêta soudainement et la quitta en s'excusant :

– Je vois de nouveaux invités qui arrivent, lady Dorrington.

Il traversa rapidement l'immense salle pour aller saluer quelqu'un. Mais lord Dorrington avait déjà surgi, comme par miracle, à côté d'Aline. Elle le regarda :

– Je vais avoir beaucoup de choses à vous demander! Il va falloir que vous me parliez de Son Altesse Royale; il est très séduisant : je ne me l'imaginais pas du tout ainsi.

Au moment où lord Dorrington s'apprêtait à lui répondre, elle jeta un regard vers leur hôte qui serrait la main d'un homme assez âgé, la poitrine barrée du large ruban rouge et or d'une décoration.

Mais elle eut un violent sursaut en reconnaissant le personnage qui accompagnait cet homme. Il n'y avait aucun doute : l'éclat des dents trop blanches, le port de tête arrogant et l'excessif étalage de décorations scintillant sur la poitrine, tout cela était facilement reconnaissable! C'était le prince Ahmadi qui venait d'entrer dans le jardin d'hiver de Carlton House!

Elle entendit lord Dorrington marmonner tout bas :

– Voilà qui est parfait. Il ne vous fera pas de mal ici.

– Il faut partir! lui dit Aline très vite.

Elle était terriblement effrayée pour lord Dorrington. Elle se sentait incapable de raisonner clairement. Elle pensait instinctivement qu'il leur fallait s'en aller au plus vite. Ce désir s'était emparé avec frénésie de son esprit. Elle se disait qu'il ne leur était pas possible de rester dans la pièce en même temps que le prince Ahmadi.

Lord Dorrington s'étonnait :

– Vous ne voudriez tout de même pas que je me conduise comme un lâche, Aline! dit-il tout bas. Vous n'avez absolument rien à craindre. Je suis là pour vous protéger !

Elle aurait bien voulu pouvoir lui expliquer que c'était précisément les conséquences de son tempérament chevaleresque qu'elle redoutait, et ce n'était pas à elle-même qu'elle pensait. Elle craignait pour lord Dorrington et voulait éviter de se faire aborder par le prince Ahmadi.

Elle gardait toujours à l'esprit l'idée que le prince tenait à poursuivre sa vengeance jusqu'au bout et ne s'arrêterait pas sur l'échec d'une première tentative de meurtre. Elle était prise de panique. Cet homme agissait avec la perfidie du serpent. Il lui semblait entrer dans un cauchemar en voyant le prince de Galles présenter le prince Ahmadi à chacun de ses invités.

Elle l'entendit parler à la duchesse de Devonshire dont le joli visage aux yeux bleus souriait en répondant à ce que le prince lui avait dit. Elle vit encore lord Alvanley, puis lord Worcester répondre aux présentations et ne fut pas sans remarquer l'air sévère de ce dernier, dont le salut avait été si léger qu'il avait tout d'une insulte.

Enfin, comme il était inévitable, le prince de Galles s'approcha de lord Dorrington avec le prince Ahmadi.

– Je ne sais si vous avez déjà eu le plaisir de rencontrer lady Dorrington. Elle vient de se marier et c'est, comme pour vous, sa première visite à Carlton House. Je dois dire qu'elle a montré une grande admiration pour mon œuvre et je suis très flatté de son indulgence, déclara paisiblement le prince de Galles.

Le prince Ahmadi avait un visage glacé. Ses yeux avaient viré au noir. Aline devina qu'il ne s'attendait pas à la trouver là.

Il s'inclina sans dire un mot et elle fit une légère révérence en regardant ailleurs.

Mais le prince de Galles continuait imperturbablement :

– En revanche, je crois que vous connaissez mon ami, lord Dorrington ! Il fait courir des chevaux remarquables et vous avez dû vous en apercevoir à vos dépens !

Avant que le prince Ahmadi ait pu placer un mot, lord Dorrington répondit d'un ton ironique :

– Nous nous sommes déjà rencontrés. J'espère que son dos ne fait plus souffrir Son Altesse ?

Aline comprit, avec désespoir, qu'il avait pris volontairement ce ton provocant !

Le prince ne dit mot. On devinait, à sa raideur, qu'il luttait pour maîtriser sa colère. Alors, lord Dorrington revint à la charge. Du même ton, il l'attaqua de nouveau avec une nonchalance affectée :

– Naturellement, si vous n'avez pas encore retrouvé

votre ancienne forme, je suis tout prêt à recommencer...

Le prince Ahmadi avait enfin retrouvé sa voix. Il dit avec arrogance :

– Vous voilà marié, milord! Permettez-moi de vous féliciter d'avoir osé ramasser mes restes!

Il y eut un silence mortel dans la salle. Tout le monde s'était tu pour écouter.

La voix du prince avait pris une intonation des plus malséantes et il avait lancé les derniers mots d'un ton goguenard.

– Je considère vos paroles comme une insulte, déclara lord Dorrington avec le plus grand calme.

– C'était bien mon intention! répliqua le prince Ahmadi. Désirez-vous réparation?

– Naturellement : oui!

– Très bien! Puisque vous le voulez, nous nous battrons! Mais à l'épée!

Il crachait les mots avec rage.

Aline était horrifiée. Elle posa avec douceur sa main sur le bras de lord Dorrington.

– Non! Non! tenta-t-elle de dire.

Mais sa voix n'était qu'un souffle imperceptible. Lord Dorrington regarda le prince de Galles.

– Me donnez-vous la permission de me battre, Sire? Votre Altesse sait que mon honneur ne me permet pas de refuser ce duel, n'est-ce pas?

– Vous avez ma permission, Dorrington, dit le prince de Galles d'un ton aimable, comme s'il faisait un geste de grande générosité.

– Non! Non! s'écria encore Aline.

Elle vit la lueur de triomphe méchant qui passa dans les yeux du prince Ahmadi en entendant son intervention à laquelle lord Dorrington n'avait pas accordé la moindre attention.

– Je relève votre défi, déclara lord Dorrington. En fait, le choix des armes devrait me revenir de droit. Mais je suis prêt à accéder à vos désirs : nous nous battrons à l'épée.

– Demain matin, à l'aube, dit le prince Ahmadi.

Le prince de Galles s'interposa aussitôt.

– Il est toujours extrêmement désagréable de commencer une journée par un duel. J'estime, Dorrington, que vous devez liquider cette affaire d'honneur sur-le-champ, ici même. Vous ne pouvez, d'ailleurs, trouver de cadre plus agréable. Vous allez vous battre au milieu de toutes ces plantes et de toutes ces fleurs ! Et cette salle est largement assez vaste pour que la rencontre ait lieu ici.

Lord Dorrington acquiesça aussitôt :

– Vous avez entièrement raison, Sire, dit-il. Il y a assez de place, et le cadre est idyllique. En outre, je suis comme Votre Altesse : je trouve extrêmement désagréable de piétiner sur l'herbe mouillée dans le brouillard du petit matin.

Le prince de Galles se tourna vers le prince Ahmadi et s'adressa à lui d'un ton sans réplique :

– Vous plairait-il que j'arbitre votre duel?

– C'est un honneur, et je m'en réjouirais, Sire!

– Eh bien, je vais donc faire chercher les armes.

Le prince de Galles fit claquer ses doigts tout en parlant. Des domestiques vinrent déplacer les plantes qui occupaient le centre de la serre, puis allèrent chercher des sièges, tandis que leur hôte faisait remarquer :

– Il faut faire asseoir les dames.

Lord Alvanley, qui tenait à parler à lord Dorrington en particulier, l'entraîna à l'écart.

Aline resta seule; elle observait les préparatifs en tremblant de la tête aux pieds. Elle vit alors le ministre des Affaires étrangères, lord Grenville, s'approcher du maître de maison; et elle l'entendit lui dire à voix basse :

– Je vous en prie, Sire : interdisez ce duel! Je sais que le prince Ahmadi est imbattable à l'épée. Il est réputé, dans l'Europe entière, pour sa férocité et son agressivité. Il ne respecte jamais les règles de l'honneur et, trop souvent, ses adversaires en ont été les victimes. Il les a tout simplement assassinés. Veuillez me pardonner, Sire, mais ce que je vous demande, c'est d'empêcher ce qui ne serait pas un duel mais un massacre. Vous ne pouvez pas vouloir qu'une chose pareille arrive à Dorrington!

Aline n'attendit pas la réponse du prince de Galles. Elle rejoignit rapidement lord Dorrington et posa sa main sur son bras.

– Je vous en prie, je vous en prie : ne vous battez pas! supplia-t-elle désespérément.

Lord Dorrington posa son regard sur elle et lui prit les mains entre les siennes. Les petits doigts qu'il touchait étaient glacés et tremblants comme des oisillons.

– Ayez confiance en moi, Aline. Tout ira bien! dit-il avec le plus grand calme.

– Mais comprenez donc : Je viens d'entendre dire que le prince Ahmadi était imbattable..., murmura-t-elle avec insistance.

– Vous ne pensez tout de même pas qu'il puisse me faire peur? Alors, vous non plus, vous ne devez pas avoir peur!

– Mais si, j'ai peur, j'ai très peur... pour vous!

Il aurait voulu lui répondre et la rassurer. Mais, le prince de Galles l'appela juste à ce moment. Les valets venaient de déposer au milieu de la salle une longue boîte gaînée de cuir noir contenant les épées.

Le prince de Galles déclara, après les avoir examinées :

– Je propose que lord Alvanley vous serve de témoin, Dorrington. Et Son Excellence pourra être celui du prince.

Il avait fixé les yeux sur l'ambassadeur du Khariz avec lequel était arrivé le prince Ahmadi. L'homme ainsi désigné s'inclina profondément pour saluer lord Dorrington selon les règles. On put voir une lueur d'orgueil passer dans les yeux du prince Ahmadi : il paraissait exulter de joie à la perspective d'avoir l'occasion de montrer de quoi il était capable à l'ambassadeur de son pays devant une assemblée aussi distinguée.

Plus de la moitié des invités trouvèrent des sièges pour s'asseoir afin d'assister au duel. Quant au prince de Galles, il alla s'installer sur un haut fauteuil de velours qui avait presque l'aspect d'un trône. Il fit un signe à Aline.

– Venez vous asseoir à côté de moi, lady Dorrington!

Aline ne fit pas un mouvement, en dépit de cette invite qui avait le ton d'un ordre impératif. Elle ne pouvait détacher ses regards de lord Dorrington. Il le vit et, comprenant sa détresse, confia son épée à lord Alvanley pour s'approcher d'elle. Elle le supplia aussitôt :

– Ne vous battez pas! Ne vous battez pas! Il ne faut pas vous battre.

– Je dois le faire, Aline. Vous devez avoir foi en moi. Allons, croyez-moi! Je n'aurais jamais cru que vous étiez si peu courageuse.

– Si, je suis courageuse, seulement..., essaya-t-elle de dire.

Mais elle était incapable de parler.

Lord Dorrington sortit sa montre de son gousset et la glissa dans la poche de son habit avant de le retirer. Il n'avait plus que sa chemise de fin linon blanc sur lui. On pouvait voir saillir les muscles sous l'étoffe légère, et l'on se rendait beaucoup mieux compte de la largeur de ses épaules et de la puissance de son corps athlétique.

Aline ne put s'empêcher de penser que, même dans cette tenue, il conservait toute sa grâce et son élégance. Elle jeta un coup d'œil discret sur le prince Ahmadi qui venait également de quitter son habit de soirée : même dévêtu, il conservait son aspect menaçant. Il était énorme, et cette masse paraissait invincible.

Il pesait beaucoup plus lourd que lord Dorrington; aussi Aline se sentait-elle persuadée qu'il allait le vaincre grâce à son poids et à sa force brutale. L'effroi envahissait la jeune femme. Elle avait envie de hurler. Elle dut se maîtriser pour ne pas jeter ses bras autour du cou de lord Dorrington en le suppliant de renoncer à ce duel.

Elle se répétait en elle-même : « C'est ma faute. S'il se bat, c'est pour venger l'insulte qui m'a été faite! » Elle se disait aussi que c'était parce qu'il était certain d'être vainqueur, que le prince Ahmadi avait provoqué ce duel. Sans doute devait-il avoir l'habitude de faire naître les mauvaises querelles par tous les moyens là où il passait, pour avoir le sauvage plaisir de donner des démonstrations de sa force. C'était probablement ce que le ministre des Affaires étrangères avait voulu faire comprendre au prince de Galles. Elle remuait ces sinistres pensées avec consternation.

– Êtes-vous prêts? demanda lord Alvanley.

Lord Dorrington se détourna et fit un pas en avant. Aline le retint encore un instant en lui serrant fébrilement la main. Elle le regardait intensément.

– Ayez confiance en moi, Aline, répéta-t-il.

Leurs regards se rencontrèrent et elle murmura :

– Oh! mon chéri, faites attention à vous...

Lord Dorrington resta impassible. Il s'éloigna d'un pas décidé. Il ne restait plus à Aline qu'à s'asseoir à côté du prince de Galles.

Les invités faisaient cercle autour des combattants. Le prince Ahmadi riait très fort en montrant ses dents blanches. Lord Dorrington ne disait rien. Tous deux retirèrent leurs chaussures pour éviter de glisser sur le marbre du sol.

Ils se firent face, et lord Alvanley cria :

– En garde, messieurs!

Aline ferma les yeux, se sentant incapable de regarder. Mais dès qu'elle entendit le bruit des lames d'acier qui s'entrechoquaient, elle les rouvrit précipitamment. Il ne lui était pas possible de ne pas regarder, mais elle ne pouvait plus respirer. Elle avait laissé tomber ses mains croisées sur ses genoux, et elle serrait si fortement ses doigts que leurs jointures blanchissaient.

Le prince Ahmadi attaqua le premier, se fendant rapidement avec une grande agressivité. Lord Dorrington contra immédiatement. Le prince riposta, mais lord Dorrington para habilement en quinte, ce qui déchaîna la fureur de son adversaire.

Le prince donnait libre cours à sa férocité naturelle. Il était de toute évidence dans ses habitudes d'attaquer avec violence et de harceler sans répit son adversaire. Cette tactique fut sans effet sur lord Dorrington dont le calme égalait l'extrême agilité.

Invariablement, la lame du prince rencontrait celle de lord Dorrington qui l'arrêtait. Tous deux paraient et se fendaient sans arrêt, allongeant une botte et ripostant à un rythme accéléré, sous les yeux des spectateurs haletants.

Aline remarqua le sourire dédaigneux qu'arborait le prince Ahmadi. Il avait l'air absolument certain de sa victoire et avait une manière digne de lui de proclamer son triomphe avec arrogance, en maniant son épée avec ostentation. Il faisait de grands moulinets. Son style était vraiment théâtral.

L'attitude de lord Dorrington était tout à fait différente : parfaitement calme et rigoureusement correcte. Ses gestes, dépourvus de toute hésitation, étaient incisifs et rapides.

Ils se battaient ainsi, se tenant en échec réciproquement depuis trois minutes au moins, lorsque, de la pointe de son épée, lord Dorrington, qui s'était fendu en tierce, toucha le prince Ahmadi à l'épaule. Un filet de sang se mit à couler sur sa chemise.

– L'honneur est satisfait! s'écria lord Alvanley. L'insulte est vengée. Le combat peut être arrêté.

Aline soupira de soulagement : c'était fini!

– Je continue! répliqua le prince Ahmadi en grinçant des dents.

– Moi aussi, puisque Votre Altesse le désire! acquiesça calmement lord Dorrington.

Ils se mirent de nouveau en garde. Le cœur d'Aline battait à un rythme précipité. Elle avait l'impression que ceux qui étaient près d'elle devaient l'entendre.

Les deux hommes redoublaient de vivacité. Le prince semblait furieux de ne pas avoir, le premier, touché l'adversaire. Il chargeait brutalement et son épée sifflait en fendant l'air comme un fouet qu'on agite. Il se fendait rapidement sans cesse, mais jamais sa botte ne portait : lord Dorrington restait chaque fois hors de portée.

Brusquement, le prince annonça :

– Je vais vous tuer!

Tout le monde avait pu l'entendre. D'ailleurs, tous

les assistants lisaient sur son visage de brute qu'il exprimait une soif sanguinaire.

D'un ton parfaitement calme, imperturbable, lord Dorrington répondit :

– Voulez-vous dire, par là, que notre duel doit être un combat à mort?

– Il se terminera seulement par votre mort, à vous, espèce de nigaud bien habillé! Votre mort, vous entendez! Et moi, je me ferai un plaisir de consoler votre veuve!

L'expression horrifiée de lord Alvanley et lord Worcester n'échappa point à Aline. Comme tous les assistants, ils étaient sidérés qu'un homme pût oser dire une chose pareille dans une telle circonstance.

Seule, la terreur qui serrait la gorge d'Aline l'empêchait de hurler. Elle entendit lord Dorrington répondre d'un ton bref, comme s'il jouait aux cartes :

– Ça va pour moi!

Les deux hommes continuèrent de se battre avec plus d'agressivité que jamais, devant les spectateurs haletants. En dépit de son angoisse, Aline comprit enfin la tactique de lord Dorrington. Elle s'aperçut qu'il jouait avec le prince Ahmadi comme le chat avec une souris et qu'il était le plus fort. Elle avait l'impression de rêver, mais elle devait se rendre à l'évidence.

Lord Dorrington se trouvait, certes, en face d'un adversaire redoutable. Mais il lui était nettement supérieur. Si sa maîtrise admirable ne s'était pas immédiatement imposée aux yeux d'Aline, c'est qu'elle n'était nullement ostentatoire. Son style était totalement différent de celui du prince. On aurait cru voir un danseur de ballet, tant il mettait d'élégance et de précision dans ses gestes. Il parait tous les coups avec une grâce inimitable qui cachait une science sans défaut. On retrouvait la même souplesse et la même beauté dans toutes ses postures, dans la légèreté de ses bonds, comme dans la rapidité de son tour de poignet.

En face de lui, son adversaire paraissait rustre et balourd. Il avait presque l'air d'un amateur. Le prince Ahmadi finit par s'apercevoir sur quel adversaire il était tombé. Sa rage en fut décuplée.

Lord Dorrington piquait et repiquait la chair de son adversaire, le titillant de la pointe de son épée sans laisser pénétrer la lame. Les épaules et les bras du prince furent rapidement marqués de dizaines de petites taches rouges qui perlaient sur sa chemise.

Tout ceux qui étaient présents admiraient avec quelle science consommée lord Dorrington affichait par là son mépris pour son adversaire. Personne ne s'y trompait. Il aurait pu, s'il l'avait voulu, enfoncer chaque fois sa lame plus profondément ou frapper en d'autres points plus vulnérables.

Mais il tenait, avant de porter le coup fatal, à bien démontrer que le prince Ahmadi ne savait pas riposter efficacement, qu'il n'était nullement un champion du maniement de l'épée et qu'il n'avait été, en aucun moment, le maître de la situation.

Lord Dorrington avait la rapidité et la souplesse de la panthère. Et chaque fois qu'il se fendait, le sang jaillissait.

L'ambassadeur du Khariz s'interposa, désireux de séparer les duellistes.

– Voyons, messieurs, l'honneur est satisfait! Ce duel a assez duré, Altesse! Vous n'avez aucune raison de continuer à tirer l'épée! Cela pourrait se terminer de façon désastreuse..., déclara-t-il en mettant dans sa voix toute sa capacité de persuasion.

Il était impossible de ne pas comprendre l'avertissement que sous-entendaient ses paroles pour le prince Ahmadi. Celui-ci le foudroya du regard :

– Je n'ai pas à recevoir d'ordre de vous! lui lança-t-il brutalement, comme s'il parlait à un domestique. Je cesserai de me battre quand il me plaira! C'est-à-dire quand cette femmelette de dandy coquet sera à mes pieds, mort!

L'ambassadeur poussa un soupir navré. Il n'eut même pas le temps de reculer. Lord Alvanley n'eut pas celui d'annoncer de nouveau : « En garde! » Le prince s'était déjà précipité, l'épée levée, sur lord Dorrington.

C'était un geste criminel, tout à fait délibéré. Tous les témoins de cette scène étaient horrifiés. On n'entendait plus un souffle.

Au moment précis où le prince s'apprêtait à plonger son épée dans le cœur de lord Dorrington, on put voir briller la lame de ce dernier qui encerclait la sienne et la détournait dans une riposte d'une rapidité foudroyante.

– Quelle infamie! quelle infamie! marmotta le prince de Galles en regardant avec stupeur le prince Ahmadi.

Les deux hommes croisèrent de nouveau l'épée sans souffler un instant. Lord Dorrington était bien décidé à en finir : avec une vivacité et une précision incroyables, il planta son épée droit dans la poitrine du prince Ahmadi, juste au-dessus du cœur.

Le coup avait été décoché si rapidement que personne n'avait eu le temps de comprendre ce qui s'était passé avant de voir le prince chanceler et tomber à terre.

Au milieu du silence total qui régnait dans la salle, une voix s'éleva soudain : celle de lord Dorrington :

– Je crois que ma femme est en train de s'évanouir :

quelqu'un peut-il s'occuper d'elle? disait-il avec le plus grand calme.

Son appel avait secoué la sorte de torpeur qui avait paralysé toute l'assistance à partir du moment où tout le monde croyait que lord Dorrington allait être massacré par le prince.

L'ambassadeur du Khariz demanda d'un ton indécis :

– Son Altesse est-elle morte?

– Pas encore, dit froidement lord Dorrington. Il lui reste deux ou trois heures à vivre. C'est pourquoi je vous suggérerais de la faire transporter à votre ambassade : ainsi pourra-t-elle mourir sur le sol de sa patrie.

Déjà, les laquais s'empressaient pour emporter le corps.

Tout le monde put clairement entendre le prince de Galles qui leur recommandait, en croyant ne pas élever la voix :

– Faites attention en le transportant à travers les appartements : je ne veux pas voir de sang sur mes tapis.

10

– Avez-vous besoin de quelque chose, milady? demanda encore la servante d'un ton plein de respect.

– Non, je vous remercie, répondit doucement Aline.

La femme de chambre jeta un coup d'œil autour d'elle pour s'assurer que rien d'indispensable n'avait été négligé, puis elle sortit en refermant doucement la porte derrière elle.

Aline, qui s'était assise devant sa coiffeuse, se leva pour se réchauffer près du feu.

Lorsque la duchesse de Devonshire l'avait ramenée chez elle, Aline grelottait. Elle tremblait encore d'émotion; sa chambrière avait aussitôt allumé du feu dans la cheminée, sans même lui demander son avis.

Aline tendit les mains vers les flammes. Elle ne parvenait pas à se réchauffer. Elle frissonnait sans arriver à chasser de son esprit l'horrible peur qui l'avait torturée pendant tout le duel : elle s'était attendue à voir, à tout moment, le prince tuer sous ses yeux l'homme qu'elle aimait. Elle était encore bouleversée, et se répétait sans cesse que c'était miracle que lord Dorrington ait eu la vie sauve, face à un adversaire aussi sauvage.

Jamais elle ne pourrait oublier la face convulsée de rage du prince, ses yeux aveuglés par sa soif de vengeance, son regard meurtrier avide de sang.

Peut-être sa terreur aurait-elle été moins grande, si elle avait su quel épéiste valeureux était lord Dorrington? Mais comment aurait-elle pu le savoir?

Elle admirait rétrospectivement la grâce élégante et l'adresse subtile avec lesquelles il avait mené le combat, sa manière désinvolte de se jouer du prince, de se moquer de lui délibérément, et de faire durer, délibérément aussi, le duel jusqu'au moment où il lui avait plu de porter le coup de grâce.

Elle éprouvait une grande confusion en se rappelant que, lorsque son angoisse l'avait brusquement quittée en voyant le prince Ahmadi s'effondrer, tout s'était mis à tourner autour d'elle. Elle avait vaguement compris qu'elle était en train de s'évanouir stupidement, en entendant lord Dorrington s'écrier : « Quelqu'un peut-il s'occuper de ma femme? »

Aline avait l'impression d'entendre encore résonner ces paroles. Elle s'émerveillait à la pensée qu'il avait compris, avant tout le monde, qu'elle perdait connaissance. « Mais, comment a-t-il pu le deviner? » se répétait-elle tout étonnée.

En effet, ne lui tournait-il pas précisément le dos, en cet instant?

« Il faut qu'il ait deviné quelle émotion était la mienne pour prévoir que j'allais m'évanouir, juste au moment où cette tension nerveuse se relâcherait... », se dit-elle, songeuse.

Aline avait terriblement honte de n'avoir pas su montrer plus de force de caractère. Pourtant, la duchesse de Devonshire lui avait témoigné beaucoup de sympathie : elle l'avait emmenée avec elle dans les appartements privés de Carlton House; elle l'avait ranimée avec beaucoup de prévenance et lui avait fait boire un peu d'alcool.

C'était elle, finalement, qui l'avait persuadée de rentrer chez elle sans attendre son mari. Pour la décider, elle lui avait dit d'un ton affectueux et compréhensif :

– Laissez-moi vous reconduire chez vous, lady Derrington. Votre mari est obligé de rester ici quelques moments encore. Et je suis tout à fait certaine que notre présence à nous, les femmes, qui ne sommes pas accoutumées à assister aux duels, n'est pas souhaitée par ces messieurs, pour le moment!

– J'aimerais bien m'en aller... si j'étais certaine de ne pas mal me conduire en le faisant..., avait soupiré Aline qui se sentait très désemparée.

Elle n'avait nulle envie de se trouver là au moment où les domestiques, qui savaient que lord Dorrington avait tué le prince, passeraient en transportant le corps hors de la maison. Pourtant, elle se répétait que son mari n'était vraiment pas responsable de cette mort. C'était lui, et lui seul, le scélérat, qui avait refusé de cesser le combat et ce, à deux reprises, contre les avis successifs de lord Alvanley et de l'ambassadeur du Khariz.

Son désir acharné de tuer lord Dorrington et son orgueilleuse confiance en soi l'avaient aveuglé. Il n'avait pas un instant supposé que les rôles allaient être renversés. Si c'était lui finalement qui avait péri, ce n'était que justice.

Néanmoins, Aline préférait ne pas en parler avec des étrangers. C'était une sorte de pudeur qui se rebellait en elle à la perspective d'affronter les visages exultants de satisfaction que devaient sans doute arborer lord Alvanley et lord Worcester, entre autres.

Elle se demandait si ces derniers avaient ou non redouté, comme elle-même et lord Grenville, de voir lord Dorrington succomber sous les coups féroces du prince Ahmadi : « Peut-être que si », pensait-elle avec perplexité.

Des dizaines de questions se pressaient dans son esprit et restaient sans réponse. Mais la seule chose dont elle était certaine, c'est que rien d'autre ne comptait pour elle, en dehors du fait de savoir lord Dorrington sain et sauf.

Désormais, elle n'aurait plus à redouter de voir surgir des assassins partout où il irait. Rien d'autre n'avait d'importance pour elle.

L'euphorie d'Aline fut de courte durée. Une pensée troublante lui traversa presque aussitôt l'esprit : lord Dorrington n'allait-il pas estimer qu'il n'avait plus aucune obligation envers elle, désormais, puisqu'il l'avait définitivement débarrassée du prince Ahmadi?

C'était tomber de Charybde en Scylla! Sitôt anéantie la menace mortelle qui avait pesé sur son existence, voici qu'une autre surgissait peut-être. Elle était atterrée. Allait-elle se retrouver au bord du désespoir?

Aline réfléchissait avec amertume. Peut-être lord Dorrington allait-il juger qu'il n'était plus nécessaire de lui laisser porter son nom? Peut-être allait-il lui enjoindre de retourner chez sa mère, puisque le prince Ahmadi était mort? De partir vivre seule?

La perspective d'être séparée de lord Dorrington l'effrayait. Elle avait l'impression d'étouffer.

« Non! Je ne veux pas vivre sans lui! Je ne veux pas le quitter! se répétait-elle. Hélas, je l'aime, mais il ne le sait pas! Et, s'il me renvoie d'ici, je n'aurai qu'à obéir... »

En dépit du feu qui avait bien réchauffé la pièce, elle frissonnait dans le léger déshabillé de mousseline qu'elle avait passé sur sa chemise de nuit. Elle avait beau se dire que raisonnablement elle devait se coucher, elle ne pouvait s'y résoudre.

Elle se sentait trop bouleversée pour dormir. Mais à dire vrai, elle tenait surtout à attendre le retour de lord Dorrington. Elle voulait le voir et s'assurer qu'il n'avait pas été blessé. Elle avait tellement tremblé pour sa vie qu'elle ne parvenait pas encore à être pleinement rassurée sur son sort. Cela faisait trop longtemps qu'elle vivait dans la peur pour que ses craintes puissent s'effacer immédiatement.

Soudain, il lui sembla entendre un bruit de voix en bas, dans le hall. Elle fit quelques pas, indécise, puis s'arrêta pour écouter.

Elle attendait, debout, sans bouger, les yeux pleins d'anxiété. Elle était toute pâle et se tordait les mains violemment, comme elle l'avait fait pendant le duel à Carlton House.

Enfin, la porte s'ouvrit et lord Dorrington entra dans la chambre. Il s'excusa :

– Les domestiques m'ont dit que vous vous étiez retirée dans votre chambre, mais que vous vouliez me voir. Comment vous sentez-vous?

Elle restait sans voix, immobile, le regard intense, comme si elle le voyait pour la première fois. Elle finit par articuler péniblement, d'une petite voix imperceptible :

– Est-ce que vous avez été blessé?

– Il ne m'a pas touché une seule fois!

– En êtes-vous certain? insista-t-elle, toujours aussi anxieuse.

Lord Dorrington ferma la porte avant de s'approcher d'elle. Il souriait, indulgent et moqueur :

– Persisteriez-vous à n'avoir pas confiance en moi? demanda-t-il en plongeant son regard dans les yeux d'Aline.

Puis il retira vivement son habit en lui adressant un sourire encourageant, comme s'il était en face d'un enfant auquel il fallait passer un caprice.

– Voyez par vous-même! dit-il en écartant les bras.

Sa chemise était immaculée. Il n'y avait pas la moindre tache sur le fin linon blanc. Aline, qui se rappelait les taches rouges qui avaient constellé la chemise du prince Ahmadi, poussa un soupir de soulagement.

– J'ai eu tellement peur! soupira-t-elle pour s'excuser.

– Je comprends ça parfaitement! Peut-être aurais-je mieux fait de vous prévenir; mais je n'ai pas osé...

– Me prévenir? se récria-t-elle, interdite (Elle le regarda dans les yeux; puis elle prit un ton accusateur pour s'exclamer :) Ainsi, vous aviez prévu ce duel?

Oh! j'en suis certaine maintenant! Vous organisez toujours tout à l'avance! C'était donc la raison pour laquelle le prince Ahmadi avait été invité à Carlton House, n'est-ce pas? Oh!...

– Bien sûr! J'avais tout comploté avec le prince de Galles et mes amis. (Lord Dorrington souriait d'un air satisfait. Il poursuivit paisiblement :) Vous avez dû vous apercevoir que mes meilleurs amis avaient été invités. Vous ne devez pas non plus ignorer que jamais les femmes n'assistent à un duel. Cependant, comme c'était un cas particulier, il avait été décidé de faire une exception, ce soir, parce que j'avais vraiment hâte de vous débarrasser du danger qui pesait sur vous, Aline...

– Vous voulez dire... hâte de le tuer? demanda-t-elle.

– Evidemment, puisque j'étais tout à fait certain qu'il voulait m'assassiner! Et, comme il avait agi par traîtrise la première fois, j'ai jugé plus sage de précipiter les choses.

– Est-il mort?

– S'il ne l'est pas encore, il le sera demain matin, répondit-il avec la plus parfaite indifférence. (Puis il reprit avec bonté :) Vous êtes libre maintenant, Aline! C'est fini : vous n'avez plus à avoir peur! Ce cauchemar est terminé. Il ne vous reste qu'à oublier!

– Je vais essayer..., murmura-t-elle sans conviction.

– Mais j'ai une petite explication à vous demander, reprit lord Dorrington.

– De quoi s'agit-il? demanda-t-elle avec anxiété.

Il se tut quelques instants, comme s'il choisissait soigneusement ses mots.

– Eh bien, Aline, je voudrais que vous me donniez quelque éclaircissement au sujet du terme affectueux que vous avez employé à mon égard, juste avant le début du duel...

Mais Aline avait totalement oublié ce qu'elle avait dit à ce moment-là, sous l'empire de la terreur. Brusquement, la mémoire lui revint et elle rougit en se souvenant des mots qu'elle avait prononcés involontairement. Elle baissa les yeux pour échapper au regard inquisiteur de lord Dorrington qui lui disait de sa belle voix chaude :

– Vous avez employé deux mots que je ne vous avais jamais entendu me dire auparavant. Avez-vous une explication à me donner à leur sujet, Aline?

Elle bafouilla, pleine de confusion :

– J'avais très peur pour vous...

– Oui, je le sais très bien. Mais cela ne m'explique toujours pas pourquoi vous avez employé précisément cette expression.

Aline garda le silence. Elle aurait voulu s'enfuir. Mais elle était incapable de bouger d'un pas. Elle avait l'impression d'être clouée sur place.

Doucement, il insista :

– Pouvez-vous me dire pourquoi vous avez employé ces mots? (Elle secoua farouchement la tête :) Il est très important pour moi de le savoir, Aline. Il faut que je sache pourquoi vous les avez prononcés. (Mais elle ne répondait toujours pas.) Allons, voyons, dites-le-moi!

Cette fois, son intonation était devenue autoritaire. Aline faiblit, sentant qu'elle était obligée de lui obéir. A regret, elle murmura :

– Je vous ai dit cela... parce que je... vous aime.

Puis elle poursuivit d'un ton frénétique avec la voix affolée qu'il connaissait bien, en le regardant d'un air suppliant :

– Je n'y peux rien... Mais, je vous en prie, ne vous

en souciez pas! Cela ne change rien... Je ne veux plus jamais vous causer d'ennuis... Mais, je vous en supplie, il ne faut pas me renvoyer!

– Comment? Vous renvoyer? s'émut lord Dorrington de sa belle voix chaleureuse, tout en enlaçant tendrement la jeune fille. (Il la serrait si fort contre lui qu'elle étouffait presque.) Vous renvoyer? Mais, petite folle adorable, n'avez-vous donc pas encore compris que j'attends cet instant depuis le premier soir où nous nous sommes rencontrés? (Il la regarda et vit une immense stupeur dans les yeux verts d'Aline.) Je vous aime, ma chérie, dit-il avec une grande douceur. Et je savais bien qu'un jour viendrait enfin où vous comprendriez que le sort nous destinait l'un à l'autre depuis des siècles...

– Est-ce vrai? murmura-t-elle.

– Vous êtes exactement celle que je désirais et que j'espérais découvrir un jour. Votre visage même hantait mes rêves depuis longtemps. N'avez-vous pas deviné que si j'aimais tant le portrait de Simonetta Vespucci, c'était parce que je pressentais au fond de mon âme qu'il était à l'image de la femme qui deviendrait un jour mon épouse? (Il la serrait passionnément contre lui, en poursuivant :) Etes-vous vraiment certaine de m'aimer? J'avais tellement redouté que vous ne disiez vrai quand vous prétendiez haïr définitivement tous les hommes.

Aline balbutia :

– Au début, je n'avais pas compris que vous étiez si différent des autres... Mais, ce soir, quand j'ai pensé que vous alliez peut-être mourir, j'ai senti que je ne pourrais plus vivre sans vous...

– Ma pauvre chérie! Mon amour! dit-il avec un accent que jamais Aline n'avait encore entendu dans sa voix.

Lord Dorrington vit que tout effroi s'était enfin effacé du regard d'Aline. Une expression de joie radieuse brillait dans les yeux levés vers lui.

Alors, il se pencha pour déposer un premier baiser sur les lèvres de la jeune fille. Il ne rencontra qu'une soumission émouvante. Bientôt, il la sentit frissonner de tout son être, emportée par la même flambée de passion que lui.

Il l'avait embrassée tout d'abord très délicatement, l'effleurant à peine des lèvres car il redoutait de l'effaroucher. A son abandon, il comprit très vite qu'elle était entièrement consentante. Il resserra alors son étreinte pour la couvrir de baisers de plus en plus passionnés, osant enfin se laisser emporter par l'extase d'un bonheur qui leur fit tout oublier pendant des heures.

Longtemps après, une petite voix murmura :

– Dormez-vous?

Derrière la soie bleue des rideaux qui enveloppaient le lit d'Aline, les bougies consumées ne lançaient plus que des lueurs tremblotantes. Çà et là, la lumière posait un éclair fugitif sur la coquille d'argent formant la tête de lit; et leurs deux têtes rapprochées sur l'oreiller de dentelle semblaient être entourées d'un halo de lumière.

– Je ne dors pas, répondit lord Dorrington en serrant Aline un peu plus fort contre lui.

Il apercevait seulement le profil de son visage au milieu des longues mèches rousses qui ondulaient gracieusement sur ses épaules et sur les draps.

– Etes-vous heureuse, ma chérie? demanda-t-il tendrement.

– Je suis tellement, tellement heureuse! Il est impossible de trouver assez de mots pour exprimer mon bonheur! Jamais je n'avais imaginé que l'amour c'était comme ça!

– Comment : « comme ça »?

– Si formidable... si merveilleux... si absolument parfait! répondit-elle.

Lord Dorrington passa tendrement un bras autour des épaules d'Aline. Il lui caressait les cheveux, les renvoyait en arrière pour déposer des baisers sur son front, lui frôlant à peine le visage de ses lèvres :

– J'étais en train de méditer : je me demandais ce qui avait bien pu arriver à ma froide petite épouse et à son cœur de glace, dit-il d'un ton plaisant.

Aline avait perçu la légère moquerie que cachaient ces paroles.

– Etes-vous... choqué? murmura-t-elle avec confusion.

Il la serra encore plus fort contre sa poitrine.

– Adorable petite fille chérie! Si vous saviez comme j'ai prié pour voir s'allumer en vous une flamme semblable à celle qui me consumait.

Elle murmura d'une voix étranglée :

– Les flammes de Vénus...

– Le prince de Galles vous a dit de vous fier à mon jugement. Me croirez-vous maintenant, si je vous dis que je ne connais pas une femme au monde aussi belle, aussi charmante que vous qui soit dépourvue de cœur.

– Mais maintenant mon cœur vous appartient, mon chevalier! Je vous aime de toute mon âme, de toutes mes forces, de tout mon être! déclara-t-elle avec passion.

– Et.... avez-vous encore peur? questionna-t-il.

– Mais je n'ai jamais eu peur de vous!

– Maintenant, vous ne devez plus jamais avoir peur

de rien, puisque je serai toujours près de vous pour vous protéger jour et nuit.

– C'est tout ce que je souhaite, vous savez : que vous restiez près de moi tout le temps!

– Vous n'aurez jamais à être jalouse d'aucune autre femme, je vous le promets. Vous n'aurez jamais à vous faire de souci à cause des autres.

Aline rougit et, en dépit de l'obscurité qui la protégeait, cacha instinctivement son visage dans le creux de l'épaule de son mari. Elle murmura :

– Vous saviez donc?

– Est-ce que je me trompe, Aline? Mais il me semble que vous avez compris que vous m'aimiez en vous apercevant que vous étiez jalouse des autres femmes que j'avais connues, n'est-ce pas?

– Mais comment l'avez-vous su? dit-elle, tout interdite de se voir si bien devinée.

– Rien ne m'échappe de ce qui vous concerne, Aline. Je lis clairement en vous. La nuit où vous êtes venue chercher refuge dans ma chambre, j'ai très bien vu que vous avez été blessée lorsque je vous ai dit que ce n'était pas la première fois que je partageais mon lit avec une femme! J'ai compris que vous commenciez à réaliser que j'étais un homme!

Aline soupira :

– Vous êtes trop psychologue! J'ai bien peur de ne jamais pouvoir avoir de secret pour vous!

– C'est une chose que je ne vous permettrai jamais! Nous nous appartenons tout entiers : nous ne faisons plus qu'un! Vous êtes l'épouse que j'ai toujours attendue; maintenant que je vous ai enfin trouvée, je ne vous laisserai pas m'échapper, si peu que ce soit!

– Mais pourtant... vous avez eu d'autres femmes dans votre vie..., osa-t-elle dire d'une voix hésitante.

– Naturellement! Mais elles n'étaient que l'ombre

de celle que j'attendais pour lui donner mon amour. C'est pourquoi je ne me suis jamais attaché à aucune bien longtemps.

– Même... celle avec qui vous vous étiez fiancé?

En disant cela, elle se rendait compte que l'existence de cette fiancée était comme une épine plantée dans son cœur depuis qu'Elizabeth lui en avait parlé.

Il répondit d'un ton parfaitement indifférent :

– Elle n'était, elle aussi, qu'une ombre pâle de celle que je recherchais. Elle avait les cheveux de la même couleur que les vôtres et c'est peut-être ce qui m'avait inconsciemment attiré vers elle. Peut-être me rappelait-elle quelqu'un que j'avais connu dans une existence antérieure...

– Etait-elle jolie? s'inquiéta quand même Aline.

Lord Dorrington éclata de rire :

– Voilà l'éternel féminin qui parle! Oui, ma chérie, elle était très jolie! Et moi j'étais très jeune et très amoureux.

– Alors, que s'est-il passé? demanda-t-elle avec curiosité.

– J'ai tué deux de ses amoureux.

– Tués! s'exclama-t-elle, incrédule.

– Tout à fait honorablement : en duel! Ils sont morts néanmoins! Aussi, lorsque Clarisse – c'était son nom – s'est enfuie avec un autre de ses prétendants pour l'épouser, mon père est intervenu.

– Qu'a-t-il fait?

– Il m'a expédié à l'étranger, parce qu'il trouvait que je me conduisais stupidement et que je causais des scandales. En fait, c'était mon amour-propre qui me jouait des tours : je n'aurais pour rien au monde voulu admettre que Clarisse n'était pas la femme qui me convenait.

– Alors, on vous a fait voyager?

– J'ai obéi à mon père. Je suis parti pour l'Italie. J'ai appris là-bas quelque chose d'extraordinaire. J'ai pris des leçons d'escrime avec l'épéiste le plus renommé de toute l'Europe. C'était un champion remarquable. Tous les jeunes gentilshommes qui se trouvaient à Rome allaient chez lui pour s'exercer au maniement des armes...

Lord Dorrington rêva un moment. Passionnée par ce qu'il lui racontait, Aline le pressa de continuer :

– Racontez-moi, je vous en prie!

– Eh bien, un jour, le signor Antonio Decredi m'a dit qu'il existait toujours un – et un seul – homme invincible à l'épée par siècle. Cela peut sembler curieux et je ne voudrais pas paraître présomptueux, mais :

Aline affirma péremptoirement, sans hésiter :

– C'est vous, n'est-ce pas, pour ce siècle-ci?

– Le signor Decredi le croyait... Il en était même tellement certain qu'il m'avait fait jurer de ne jamais me battre avec quelqu'un, si je n'étais pas absolument certain que cet homme avait perdu tout droit de vivre pour les forfaits qu'il avait commis.

– Ce qui revient à dire que votre adversaire n'a aucune chance de s'en tirer?

– Probablement, si le signor Decredi disait vrai... Vous comprenez, ce n'est pas vraiment sportif d'accepter de se battre en duel quand on connaît d'avance l'issue du combat. Ce n'est pas digne des lois de l'honneur pour un gentilhomme.

– Et qu'avez-vous fait ensuite?

– J'ai voyagé. J'ai fait le tour du monde. J'ai appris à me dominer et à maîtriser mes impulsions, de façon à ne jamais risquer de me battre en duel pour une peccadille.

– Est-ce la raison pour laquelle vous avez appris à

pratiquer le yoga? demanda Aline vivement intéressée.

– Naturellement! C'est ce qui m'a permis d'acquérir la maîtrise absolue de mon corps et de mes réflexes. Par ailleurs, ce développement de ma puissance spirituelle et de ma volonté m'a amené à voir le monde et la vie sous un jour nouveau.

– Je commence à mieux vous comprendre..., murmura la jeune fille d'un ton rêveur.

– Ma chérie! Nous avons tant de choses à nous dire! Tant de choses à apprendre l'un sur l'autre! Tant de choses à découvrir ensemble, sur l'amour surtout!

Il la couvrait de douces caresses tout en parlant. Puis il se pencha sur son visage pour déposer un baiser sur ses lèvres. Mais elle cacha sa bouche avec sa main.

– Finissez d'abord de tout me raconter! suppliat-elle.

– Je n'ai pas grand-chose d'autre à vous dire... Quand je suis rentré en Angleterre, j'avais vieilli, j'étais plus mûr et plus raisonnable. Mais il y a également quelque chose de très important que j'avais appris pendant mon séjour en France, avant d'arriver en Italie. Je n'ai pas réalisé immédiatement combien c'était important, je ne l'ai compris que plus tard...

– De quoi s'agit-il? questionna-t-elle intriguée.

– J'avais un vieil ami français : un noble qui avait été condamné à la guillotine peu avant mon passage à Paris. Je suis allé le voir dans sa prison. Il devait être exécuté le lendemain et je l'ai trouvé occupé à choisir avec soin le costume qu'il allait mettre le lendemain pour monter dans la charrette dans laquelle on allait le conduire au trépas. Je m'en suis étonné, mais quand je lui ai demandé : « Quelle importance cela peut-il avoir pour vous? » il a souri comme si je lui avais posé une question stupide. Puis il m'a dit : « Cher ami, la manière dont nous sommes habillés ne traduit pas seulement notre personnalité et notre état d'esprit. Elle influence aussi notre conduite : on ne jappe pas comme un chien, quand on est vêtu comme un prince! »

– Voilà donc pourquoi vous avez voulu devenir un dandy! s'écria triomphalement Aline.

– Néanmoins, l'élégance a toujours beaucoup compté pour moi. Mais, après mon retour en Angleterre, le prince de Galles m'a fait connaître le beau Brummel. C'est lui qui m'a enrégimenté, car il estimait que cela lui donnerait beaucoup de crédit si les gens constataient qu'il m'avait recruté parmi ses disciples!

– Le prince de Galles sait-il que vous êtes une fine lame?

– Il m'a souvent vu faire des assauts avec le signor Berlini qui est le meilleur maître d'armes de Londres. Et il connaît la maîtrise que j'ai sur moi-même, dit lord Dorrington en déposant un baiser sur le coin de l'œil d'Aline. (Puis il poursuivit :) Mais je puis vous affirmer que mon self-control était beaucoup plus facile à garder devant le prince Ahmadi que devant vous! Ce n'était rien en comparaison des efforts que j'ai dû m'imposer pour résister à la tentation de vous avouer mon amour et d'user de mes droits d'époux! C'était un tourment inexprimable pour moi, après notre mariage, de ne pouvoir vous embrasser!

– Moi qui croyais ne pas vous plaire! murmura Aline pleine de regrets.

– Et maintenant! Etes-vous enfin persuadée du contraire?

Aline murmura, frissonnante de bonheur :

– Oh! c'est merveilleux d'être aimée par un homme

tel que vous. C'est merveilleux de savoir qu'on a découvert un être qui mérite si bien d'être aimé! Je commence seulement à comprendre ce qui m'a toujours manqué dans l'existence, avant de vous connaître...

– Jamais plus vous ne manquerez d'amour, ma chérie! Car je vous aime plus que je ne croyais qu'il fût possible d'aimer une femme, dit-il avec feu. (Puis il ajouta :) Mais il y aura bien d'autres choses encore qui nous apporteront du bonheur...

– A quoi pensez-vous? demanda-t-elle, intriguée par le ton que son mari avait pris.

– Figurez-vous, Aline, que je ressens la même chose que vous. Il me semble, au fond de moi-même, que ce n'est pas la première fois que nous vivons ensemble... Nous avons dû déjà vivre bien des existences communes. Et peut-être en vivrons-nous également beaucoup d'autres dans le futur : qui sait? (Il embrassa passionnément le front d'Aline et reprit :) Par moments, dans le passé, nous avons dû rester séparés, solitaires, à nous attendre et à nous chercher désespérément, soit parce que nous n'étions pas nés tous deux à l'époque voulue, soit parce que la mort nous avait séparés...

– Ne parlez pas de cela! coupa vivement Aline. Imaginez donc ce qui serait arrivé si je m'étais noyée. Si vous n'étiez pas passé par là, le soir du bal chez lady Glossop, pour m'en empêcher!

La voix de lord Dorrington était pleine de ferveur et de tristesse pour répondre :

– Alors, il m'aurait fallu passer toute mon existence sans vous, Aline! Je serais resté célibataire; et quelque chose m'aurait toujours manqué. Je n'aurais jamais été un être complet.

Aline rapprocha sa tête de la sienne et l'entoura de son bras pour lui dire à l'oreille :

– Heureusement, nous nous sommes retrouvés!

– Et désormais, nous resterons ensemble! Oui! Et vous m'appartenez tout entière, comme je vous appartiens. Nous ne cesserons de nous aimer jusqu'à la fin de nos jours. (La voix de lord Dorrington se fit encore plus profonde :) Je vous aime, Aline! répéta-t-il solennellement. Je vous aime passionnément, profondément! Je pense dire vrai en affirmant que vous êtes la seconde moitié de moi-même. Oh! ma bien-aimée! Dites-moi que vous ressentez la même chose!

Il se pencha vers elle, approcha les lèvres de son visage pour la couvrir de baisers. Alors, le fulgurant bonheur de l'amour s'empara d'Aline.

Elle avait l'impression de flotter dans une atmosphère de lumière dorée. Elle tremblait de bonheur – elle qui avait si souvent tremblé de peur – et avait l'impression de s'envoler vers lui.

Elle ne pouvait plus parler, submergée par une émotion merveilleuse qui l'anéantissait. Elle dut faire effort pour dominer son ravissement et lui murmurer, dans un souffle, la réponse qu'il attendait :

– Je vous aime... Vous êtes et vous resterez toujours mon beau chevalier... Je vous aime et je vous appartiens tout entière et pour toujours!

Il la serra plus fort entre ses bras avec tendresse. Ils se croyaient au paradis. Ils ne faisaient plus qu'un, pour l'éternité.

Les amours mexicaines (1052 * * *)
Maltraitee par son oncle, Kamala se glisse en cachette dans un bateau en partance pour le Mexique.

Cœur captif (1062 * *)
Sabina est déjà fiancee lorsqu'elle rencontre le fascinant Roi des Bohémiens.

Les roses de Lahore (1069 * *)
Un secret honteux entache son nom : a-t-elle le droit d'aimer ?

Le message de l'orchidée (1072 * *)
Un flot tumultueux de passions se dechaine lors de l'inauguration du canal de Suez.

Quand l'amour triomphe (1076 * *)
Que faisait chez lui cette jolie fille serrant une bombe contre elle ?

Le corsaire de la reine (1077 * * *)
Habillée en homme, elle prend la place de son frère à bord d'un vaisseau corsaire.

Séréna (1087 * * * *)
A la mort de son père, elle devient la propriété d'un noble débauché.

Par amour ou par pitié ? (1088 * * *)
Epousée par pitié, Jacinda parviendra-t-elle cependant à trouver le bonheur ?

Au péril de l'amour (1097 * * *)
Enlevée, conduite en Afrique, Sélina est vendue au plus offrant.

Messagere de l'amour (1098 * *)
Chargée de mission par Elisabeth Ire, elle tombe aux mains des ennemis de la reine.

La fille de Séréna (1109 * * * *)
Dans la forêt, Caroline ne rencontre pas le loup, mais un lord seduisant.

La flamme d'amour (1110 * *)
Messes noires, satanistes : dans quel monde est tombée l'innocente Vada ?

Sous le charme gitan (1120 * *)
Une gitane peut-elle être transformee en jeune fille du monde ?

Un faux mariage (1121 * * *)
Pour échapper à une « tigresse » il épouse la première venue.

Des fleurs pour mon amour (1133 * * *)
Derriere la grâce de Lokita se cache un incroyable secret.

Les beaux messieurs de Pétrina (1134 * *)
Scandaleuse, incorrigible, exaspérante, telle est Pétrina.

Samantha des années folles (1144 * *)
Celui qu'elle aime est parti avec une autre.

Comtesse Natacha (1145 * *)
Elle doit se vendre pour sauver son frère.

La splendeur de Ventura (1155 * *)
Sous cet adolescent en haillons, qui reconnaîtrait la jolie Ventura ?

Le bonheur commence à l'aube (1156 * *)
Un échange d'identite place Xénia dans une situation impossible.

Le valet de cœur (1166 * * *)
Ravella court vers ce qu'elle croit être son bonheur.

Mon beau capitaine (1167 * *)
L'amour la fera-t-elle renoncer au couvent ?

Seras-tu lady, Gardénia ? (1177 * * *)
L'homme qu'elle aime veut l'entretenir, non l'epouser.

Fiancés sans amour (1178 * * *)
Pour echapper à un mariage forcé, Alyna devra-t-elle se suicider ?

L'enchantement du désert (1188 * *)
Peut-on impunément enlever et séquestrer une jeune fille ? (juin 1981)

La première étreinte (1189 * *)
Saura-t-elle rester pure dans le demi-monde ? (juin 1981)

Barbara Cartland presente :

Le Cheik, par E.M. Hull (1135 * *)
Prisonniere dans le desert, Diana doit céder à son ravisseur.

Candide Evangéline, par E. Glyn (1157 * *)
Naïve et pure, elle se rêve femme fatale.

La lune au trésor, par J. Farnol (1179 * *)
Il est des nuits magiques ou tout devient possible.

Orage en Camargue (1043 ***)
En pleine guerre napoléonienne, il n'est pas facile pour une jeune Anglaise d'aimer un Français.

Marietta (1125 ***)
Autour d'elle, dans ce château d'Ecosse, la mort rôde...

La reine et le gitan (1169 ****)
Les amours tumultueuses d'Elisabeth Ire d'Angleterre.

HOLT Victoria

La maison aux mille lanternes (834 ***)
A Hong-Kong, une jeune Anglaise devient propriétaire d'une maison maudite.

La porte du rêve (899 ****)
Elle se croyait aimée : elle se découvre haïe, menacée de mort...

L'orgueil du Paon (1063 ****)
Elle découvre une tombe qui porte son nom. Quel mystère entoure sa naissance ?

Le galop du Diable (1113 ****)
Une jeune Anglaise prise dans la tourmente de la Révolution française.

La nuit de la septième lune (1160 ****)
Helena a vécu un rêve, au réveil il ne reste qu'un cauchemar.

KONSALIK Heinz G.

Amours sur le Don (497 ****)
Un journaliste allemand est aimé par la belle Helena, agent du K.G.B., et par Nioucha, la sauvage fille cosaque.

Brûlant comme le vent des steppes (549 ****)
Un orphelin allemand est adopté en 1945 par un officier soviétique.

La passion du Dr Bergh (578 ***)
Un grand médecin voit sa carrière menacée par la haine d'une femme.

Docteur Erika Werner (610 **)
Par amour, elle s'accuse à la place de son amant indigne.

La caravane des sables (1084 ***)
Un voyage au pays de la soif, de la peur et de l'inconnu.

Une nuit de magie noire (1130 **)
Un sorcier indigène peut-il guérir leur fils atteint de leucémie ?

Le médecin de la tsarine (1185 **)
On murmure que Maria, la tsarine, est un démon deguisé en ange. *(juin 1981)*

METALIOUS Grace

Peyton Place
(2 t. 849 *** et 850 ***)
Derrière ses blanches façades, l'enfer des délires et des secrets inavouables.

Retour à Peyton Place (905 ****)
... d'Allison Mackensie devenue romancière célèbre.

METALIOUS et FULLER

Carnaval à Peyton Place (998 **)
Infirme, Kathy pourra-t-elle trouver le bonheur ?

Du nouveau à Peyton Place (1108 ***)
La bourgeoisie de Peyton Place acceptera-t-elle cet enfant sorti du bidonville ?

SEGAL Erich

Love story (412 *)
Le roman qui a changé l'image de l'amour.

Oliver's story (1059 **)
Jenny est morte mais Oliver doit réapprendre à vivre.

STEEL Danielle

Leur promesse (1075 ***)
Reconnaîtra-t-il sa fiancée à qui la chirurgie esthétique a modelé un nouveau visage ?

et tous les romans de Guy des Cars et Barbara Cartland.

Editions J'ai Lu, 31, rue de Tournon, 75006 Paris

diffusion
France et étranger : Flammarion, Paris
Suisse : Office du Livre, Fribourg
Canada : Flammarion Ltée, Montréal

Achevé d'imprimer sur les presses de l'imprimerie Brodard et Taupin
7, Bd Romain-Rolland, Montrouge. Usine de La Flèche,
le 14 avril 1981
1106-5 Dépôt Légal 2e trimestre 1981. ISBN : 2 - 277 - 21178 - 8
Imprimé en France